U0095341

主编 红孩 曹维劲

女人坊 **毕淑敏**
散文精品赏析

女人坊 —— 中国当代著名女作家散文精品赏析丛书

毕淑敏 著 李冰 赏析

学林出版社

掌上的风景（代总序）

红　孩

这套书是"女人坊"系列丛书的第一辑。女人坊，顾名思义，由女人和坊组合而成。简单地说，这套书的内容全部是由女人完成的。其实，不论男人还是女人，我们所创造的作品，都可以用劳动来统一表述。我向来认为，作家、艺术家就是手工劳动者。他们劳动的场所该称为坊，就像油坊、磨坊、染坊那样。不知别人怎样，近年来我到乡村每每看到那些各式各样的坊，我便心动，便有一种眼泪噙满眼眶的动容。真的，请不要笑话我的多愁善感，我只想表达我的一种心情。

我为什么要在第一辑书选择"中国当代著名女作家散文精品赏析丛书"呢？想来有这样几个原因：一是自白话文章以降，女作家随着新文学的开始逐步登上中国文坛，她们的群体出现，彻底改变了千百年来一直以男性主宰文学的格局。然而，尽管在现代作家中，女性作家有相当一批人曾经辉煌耀眼过，但同整个男性作家比较起来，还是逊色得多。建国后的十七年，女性作家几乎整体星夜无光。而真正使女作家扬眉吐气，可以同男性作家比翼齐飞的时代，则是伴随着新时期文学一同开始的。特别是在 20 世纪 90 年代以后，女性作家的作品非常引人注目，有些甚至可以影响到整个中国文坛。是不是可以这样判断,女性文学的发展已经进入成熟期。我觉得女性作家的成熟,不仅仅是女性文学的成熟,它还包含着整个文学的成熟、政治上的成熟。很难想像,即使是所谓的经济发达国家,也不会出现我们中国这样一支庞大的女性作家队伍。二是在小说、散文、诗歌、杂文、报告文学、戏剧等文学诸多样式中,女性在散文创作上似乎有着天生的亲和力。相对于男性,女人更富于感性。我过去曾说,非感性的东西,与散文无关。近些年来,我们有相当多的男性作家醉心致力于文化散文的创作,虽然也一度火过,但仅仅经历五六年的样子就逐渐成了强弩之末。对此,很多人问我是什么原因,我回答说,那些过于理性的东西,实在不是散文所需要的。如果读者想得到文史知识,多看些那方面的专业书籍就可以了,何必要通过作家去解读呢? 相反,我们的女作家就极少人写那些所谓有文化的东西,结果她们的散文越写越是散文了。三是我近十年来一直从事散文的批评研究。可以说,我是近十年中国散文直接的亲历者,我深知其个中的变化与奥妙。有的风头正劲,有的昙花一现,有的默默潜行,有的风光依旧,当然还有端着架子、摇着旗子、举着奖牌、一路招摇过市的,对于这些我觉得都不重要,我非但不想否定,反而希望它存在,似乎只有这样,才能让人们看到那些真正的好的散文、有质地的散文是怎样地随着时间的流逝而依然鲜活地存在着。

由于专事散文批评研究,很多朋友常问我这样的问题:什么样的散文是好散文? 某某作家的散文如何? 关于第一个问题,我在本人主编的《2003年我最喜爱的中国散文100篇》一书的序言里说过,在唯美的前提下,散文无外乎有三种成分:第一,提供多少情感含量;第二,提供多少文化思考含量;第三,提供多少知识含量。具体化之即散文可分为三种类型:生活积累型、文化思考型和艺术感觉型。在此平台上,散文创作的题材越宽泛越好,技巧越灵活越好。不论是哪种类型，只要写好了，都不失为一篇好散文。关于第二个问题，我也曾经说过，你不要问我对哪个作家的整体印象如何，我只想谈这个作家的具体作品。我总觉得，作家之间是很难比较的，除非是同一题材的同题征文。就像我们所选择的这五位作家的作品一样，你不能说某某人的作品就比某某人的好，甚至你不能说某作家的这一篇就比那一篇好。因为，题材不同，环境不同，作家的感觉也不同。同样，对于我们的五位赏析人，你可以说这个作家的作品如何好，你不能一定也让我认同，因为那只是你的认识。不必多说，我们所选择的五位作家，她们的散文作品大体代表了她们个人的最高水准，或者说也大体代表了中国当代女作家散文创作的水准。即便如此，我还是要说，她们只是众多优秀作家中的代表，我知道我也相信，在我们的女作家中肯定还有着许多优秀的散文篇章。或许，在下一辑中就会出现那些值得我们关注的名字。至于五位赏析人，均是近年来涌现出的有一定影响力的作家和记者，他们在赏析名家精品力作时，常常会不知不觉融入作品的情境之中，以至忘记了自己还有赏析的任务。等把赏析的文字用心写完了，还是感觉没有写准确写生动，唯恐亵渎了作品的美好，误导了读者。

　　过去，关于作品赏析一类的书有出版社尝试过，但像这种一对一的形式，还不多见。承蒙学林出版社同人的认可与支持，终于使这第一辑"中国当代著名女作家散文精品赏析丛书"面世。自然，这种赏析形式不会是"女人坊"的唯一形式。以后，我们还将会陆续推出这一类的其他形式的文学原创成果，但前提必须是女性作家，是女性作家中有成就、有个性、有发展前途的作家。在"女人坊"里，人人都是劳动者。劳动者是美丽的。

掌上的风景（代总序）

目录

第七辑　成长篇

第一辑

女性篇

每 一 天 都 去 播 种

MEI YI TIAN DOU QU BO ZHONG

朋友,当我看你的信的时候,是一个阴雨绵绵的早上。我仿佛听到你在远处悠长地叹息。我认识很多这样的女人,青春已永远驶离她们的驿站,只把白帆悬挂在她们肩头。在辛劳了一辈子之后,突然发现整个世界已不再需要自己。她们坠入空前的大失落,甚至怀疑自己生存的意义。

女人,你究竟为谁生活?

当我们幼小的时候,我们是为父母而活着的。我们亲昵的呼唤,我们乖巧的举动,我们帮母亲刷锅洗碗,我们优异的成绩给父亲带来欣喜……女孩以为这就是生存的意义。

当我们青春的时候,我们是为工作和知识而活着。我们读书,我们学习,我们在自己的岗位上努力地工作着,我们得各式各样的奖状……女人以为这就是生存的意义。

当我们和人类的另一半结合在一个屋檐下的时候,我们以为太阳会在每一个早上升起,风暴会被幸福隔绝在遥远的天际。我们以丈夫的事业为自己的事业,无私地贡献出自己的一切。遵循美德,妻子以为这就是生存的意义。

当我们有了自己的孩子以后,我们视孩子胜过自己的生命。在母亲和孩子的冲突中,母亲是永远的弱者。在干渴中,只要有一口水，母亲一定会把它喂给孩子。在风寒中，只要有一件衣，母亲一定会披在孩子的身上……母亲以为孩子就是自己生存的意义。

终于，丈夫先我们而去，孩子已展翅飞翔。岗位上已有了更年轻的脸庞，整个世界已把我们遗忘。

这个时候，不管你有没有勇气问自己，你都必须重新回答：为谁而生存？

丈夫、孩子、事业……这些沉甸甸的谷穗里，都有女人的汗水，但它们毕竟不是女人自身。女人是属于自己的，暮年的女人，像秋天的一株白杨，抖去纷繁的绿叶，露出树干上智慧的眼睛，独自探索生命的意义。

生命对于每个人，都是上苍只有一次的馈赠。女人要格外珍惜生存的机遇，因为她们的一生更多艰难。我们是为了自己而生活着，不是为其他的任何人。尽管我们曾经如此亲密，尽管我们说过不分离。但生命是单独的个体，无论怎样血肉交融，我们必须独自面临世界的风雨。

女人要学会播种，即使是在一个没有收获的季节。女人太习惯以谷穗衡量是否丰收，殊不知有时播种就是一切。开心的钥匙不是挂在山崖上，就在我们伸手可及的地方。

只要你感到是为自己而生活，世界也许就会在眼中变一个样子。写文章，为什么一定要发表？自己对自己倾诉，会使心灵平和。练书法，为什么一定要展览？凝神屏气地书写，就是与天地古今的交融。教学生，为什么一定要到学校？做善事，为什么一定要别人知晓？

生命是朴素的，它让女人领略了旖旎的风光之后，回归到原始的平静。在这种对生命本质的探讨中，女人更深刻地认识自身的价值。

在生命所有的季节播种，喜悦存在于劳动的过程中。

【赏析】

其实，无论再如何认可或强调男女平等，在年龄的增长问题上，相比于男人，女人似乎与生俱来有更多的恐惧和失落感，在许多女性（亦同时包括男性）的眼中，青春年华的逝去几乎是女人心头最深的痛与惜。

作家一上来就切到人的痛处。看看她们是多么有理由绝望吧：

"在辛劳了一辈子之后，突然发现整个世界已不再需要自己。"更具体的理由呢？"丈夫先我们而去，孩子已展翅飞翔。岗位上已有了更年轻的脸庞，整个世界已把我们遗忘。"这种无奈的失落与先前相伴的"如花似玉"、"乖乖女"、"好学生"、"优秀员工"都已不再相干，连因相夫教子而拥有的"贤妻良母"的头衔也转手后来者。是啊，正如作者面对的远方困顿的女友的诘问：女人，你究竟为谁生活？

确实，历数女人的一生，不外乎这样的来路："幼小的时候，我们是为父母而活着；青春的时候，我们是为工作和知识而活着；当我们和人类的另一半结合在一个屋檐下的时候，我们以为太阳会在每一个早上升起，风暴会被幸福隔绝在遥远的天际；当我们有了自己的孩子以后，我们视孩子胜过自己的生命……"奉献，求得认可，获得心理上的满足，这是女人的幸还是不幸？"丈夫、孩子、事业……这些沉甸甸的谷穗里，都有女人的汗水，但它们毕竟不是女人自身。女人是属于自己的，暮年的女人，像秋天的一株白杨，抖去纷繁的绿叶，露出树干上智慧的眼睛，独自探索生命的意义。"文字干净而带有初冬的凉意，让人清醒。

此文与当年广为传颂的舒婷的诗作《致橡树》有"同曲异工"之妙："我如果爱你——/绝不学攀援的凌霄花，/借你的高枝炫耀自己……你有你的铜枝铁干，/像刀像剑也像戟；/我有我红硕的花朵,/像沉重的叹息,/又像英勇的火炬。/我们分担寒潮风雷霹雳……"只不过散文作家的语言更朴实更具象,她教给女人"要学会播种,即使是在一个没有收获的季节","写文章,为什么一定要发表? 自己对自己倾诉,会使心灵平和。练书法,为什么一定要展览? 凝神屏气地书写,就是与天地古今的交融。教学生,为什么一定要到学校? 做善事,为什么一定要别人知晓?"与其说这是一篇散文,倒不如说是一剂心灵鸡汤,它不是药,却照样可滋润脾胃,妙手回春。

淑女书女

假若刨去经济的因素,比如想读书但无钱读书的女子,天下的女人,可分成读书和不读书两大流派。

我说的读书,并不单单指曾经上过小学中学大学硕士博士,读过一本本的教材。严格地讲起来,教材不是书。好像司机的学驾驶和行车,厨师的红白案和刀工一样,是谋生的预备阶段,含有被迫操练的意味。

我说的读书,基本上也不包括报纸和杂志,虽然它们上头都印有字,按照国人"敬惜字纸"的传统,混进了书的大范畴。那些印刷品上,多是一些速朽的信息,有着时尚和流行的诀窍。居家过日子的实用性是有的,但和书的真谛,还有些差异。

好书是沉淀岁月冲刷的沙金,很重,不耀眼,却有保存的价值。它是地球上曾经生活过的那些智慧的大脑,在永远逝去之前自立下的思维照片。最精华的念头,被文字浓缩了,好像一锅灼热久远的煲汤,濡养着后人的神经。

书对于女人的效力,不像睡眠。睡眠好的女人,容光焕发。失眠的女人,眼圈乌青。读书的女人和不读书的女人,在一天之内是看不出来的。

书对于女人的效力,也不像美容食品。滋润得好的女人,驻颜有术。失养的女人，憔悴不堪。读书的女人和不读书的女人，在三个月之内，也是看不出来的。

日子是一天天地过，书要一页页地读。清风朗月水滴石穿，一年几年一辈子地读下去。书就像微波，从内向外震荡着我们的心，徐徐地加热，精神分子的结构就改变了，成熟了，书的效力凸显出来。

读书的女人，更善于倾听，因为书训练了她们的耳朵，教会了她们谦逊。知道这世上多聪慧明达的贤人，吸收就是成长。

读书的女人，更乐于思考。因为书开阔了她们的眼界，拓展了原本纤细的胸怀。明白世态如币，有正面也有反面。一厢情愿只是幻想。

读书的女人，心有明灯。

读书的女人，更勇于决断。因为书铺排了历史的进程，荟萃了英雄的业绩。懂得万事有得必有失，不再优柔寡断贻误时机。

读书的女人，更充满自信。因为书让她们明辨自己的长短，既不自大，也不自卑。既然伟人们也曾失意彷徨，我们尽可以跌倒了再爬起来，抖落尘灰向前。

读书的女人，较少持续地沉沦悲苦，因为晓得天外有天乾坤很大。

读书的女人，较少无望地孤独怅惘，因为书是她们招之即来永远不倦的朋友。

读书的女人，较少怨天尤人孤芳自赏，因为书让你牢记个体只是恒河沙粒沧海一粟。

读书的女人，较少刻毒与卑劣，因为书中的光明，日积月累浸染着节操鞭挞着皮袍下的"小"……

"淑"字，温和善良美好之意。好书对于女人，是家乡的一方绿色水土。离了它，你自然也能活。但与书隔绝的日子，心无家园。半生过下来，女人就变得言语空虚眼神恍惚心地狭窄见识短浅了。

淑女必书女。

【赏析】

《淑女书女》，其意为"淑女必书女"，也就是说读书是女人成为淑女的必要条件。

"我说的读书，并不单单指曾经上过小学中学大学硕士博士，读过一本本的教材。严格地讲起来，教材不是书……我说的读书，基本上也不包括报纸和杂志，虽然它们上头都印有字……好书是沉淀岁月冲刷的沙金，很重，不耀眼，是地球上曾经生活过的那些智慧的大脑，在永远逝去之前自立下的思维照片。"像她曾从事的医务工作一样,作家一针见血地给出了书的定义,把"疑似书"全部排除。读到这儿,自以为读书人的你我可能有些汗颜,我们引以为骄傲的读书人有多少是称职的?

读书的重要其实早已不再新鲜,求闻达者要读书,因为书中自有黄金屋和颜如玉;求德行者必读书,书犹药也,善医愚;求雅态者也视书为利器,腹有诗书气自华。

淑女书女,便接近于腹有诗书气自华,虽然"书对于女人的效力,不像睡眠……读书的女人和不读书的女人,在一天之内是看不出来的;也不像美容食品……读书的女人和不读书的女人,在三个月之内,也是看不出来的"。因为,书就像微波,从内向外震荡着我们的心,徐徐地加热,精神分子的结构就改变了,成熟了。

在毕淑敏《我喜欢的女性》一文中,她也提到了"我喜欢爱读书的女人"。事实上,毕淑敏是个言行一致的写作者,言为心声,十七岁入伍,在喜马拉雅山、冈底斯山、喀喇昆仑山交会的西藏阿里高原部队当兵十一年,若不是文学的滋养,很难想像中学就读于北京外国语学院附属学校的高干女孩在那儿是怎么度过的。讲到读书,她充满感激:"在西藏工作,非常封闭寂寞,就把《鲁迅全集》读了好几遍,看完后感觉对我帮助很大。鲁迅身上的批判精神,包括他渊博的知识,他的文风,我觉得非常有代表性。有些人认为鲁迅过时了,新时代有更新的东西。但我想,一些很基本的、很民族的东西,其实应该传承下去。"她告诫年轻人:"我们在读书时不要为现在某些表面的、功利性的东西所诱惑,青年人应该关注自己的生命,关注生活中最本质的东西。比如说,面对生命,面对疾病,面对你真正喜欢的工作,如何取舍?要关注一些人本的、自然的东西。"

正因为从书中汲取了足够的养分,毕淑敏才敢素面朝天却心颜常驻,才会不靠棍棒而铿锵有力,才敢于承认自己是老太太。曾有记者问她:"一位上海的评论家说起女作家的长相问题,说毕淑敏是个老太太了,您怎么看?"毕淑敏坦言:"我今年五十多岁了,也可以说是老太太了。人是会老,这是正常现象。但我认为写作不是青春型的事业,像大家熟悉的杜拉、杨绛很老了仍在写作。容貌对我不是最重要的,最重要的是我思想的力量。"此份从容淡定,乃真正书女炼就的淑女!

寻觅优秀的女人

寻觅优秀的女人。

女人占了人类的一半。这个数字是多少？假定人类有六十亿，广义的女人（从垂垂老媪到嗷嗷待哺的女婴）就有三十亿。假如我们把女孩的年龄界定在十五岁至三十岁，大约占女人总人数的五分之一吧，那也有六个亿了。

望漫天霞霓，俯苍茫人寰，常常想，这其中最优秀的女人该有多少？

优秀的女人首要该是善良的。

之所以把善良排得唯此为大，是因为这个世界残酷太多。权力场、金钱场、情场、战场……到处弥漫着硝烟，到处流淌着血污。在温文尔雅的面纱下，潜伏着充满杀机的眼睛。优秀的女孩被赋予净化灵魂的使命，她们像明矾一样，使世界变得澄清。她们的血像油一般润滑了车轮，历史艰难地向前滚动。女人的善良是人类温情的源泉。

善良的女人知多少？

这个比例实在是不敢高估。女性其实是极不易保持善良的。她们遭受的屈辱多，她们自身的负担重。在被伤害之后，易滋生出火焰一样的报复。在悲伤之余，常在凄冷的黑夜咬牙切齿，对整个生活发出女巫般的诅咒。

原谅我，女人们。虽然我很想说出一个有关你们善良的高比例，犹如我们面对一块待检的金石，报出它是十金足赤。但事实是，历经磨难而终不改善良本性的女人，像一道穿流污浊仍清澈见底的小溪，其实是很罕见的。苍老的夫人多见狞恶之色，琐碎之色，猥琐之色，就是明证。

优秀的女人其次应该是智慧的。

女人比男人更需要智慧，因为她们是更柔弱的动物。智慧是优秀女人贴身的黄金软甲，救了自身才可救旁人。没有智慧的女人，是一种通体透明的藻类，既无反击外界侵袭的能力，又无适应自身变异的对策，她们是永不设防的城市。智慧是女人纤纤素手中的利斧，可斩征途的荆棘，可斫身边的赘物。面对波光诡谲的海洋，智慧是女儿家永不凋谢的白帆。优秀的智慧的女性，代表人类的大脑半球，对世界发出高亢而略带尖锐的声音，在每一面山壁前回响。

但女人难得智慧。她们多的是小聪明，乏的是大清醒。过多的脂粉模糊了她们的眼睛，狭隘的圈子拘谨了她们的想像。她们的嗅觉易在甜蜜的语言中迟钝，她们的脚步易在扑朔的路径中迷离。智慧不单单是天赋的独生女，她还是阅历、经验、胆魄三位共同的学生。智慧是一块璞，需要雕琢。而雕琢需要机遇。

不是每一块宝石都会璀璨，不是每一粒树种都会挺拔。

我是一个保守的农人。面对一块贫瘠土地上的麦苗，实在不敢把收成估计得太好。智慧的女人通常比我们想像的要少。

优秀的女人还需要勇气。在这颗小小的星球上，什么矛盾都不存在了，男人和女人的矛盾依然欣欣向荣。交战的双方永远互相争斗，像绳子拧出一个个前进的螺纹。假如你是一个优秀的女人，无论你朝哪个领域航行，或迟或早你将遭遇这个世界上最优秀的男人。不要奢望有一处干燥的麦秸可供你依傍,不要总在街上寻找古旧的屋檐避雨。当你不如一个男人的时候,他会宽宏大量地帮助你,当你超过一个男人的时候,他会格外认真地对抗你。这不知是优秀女人的幸抑或不幸?善良的智慧的有勇气的女人,要敢在黑暗的旷野独自唱着歌走路,要敢在没有桥没有船也没有乌鸦的野渡口,像美人鱼一般泅过河。

这个比例有多少?

望着越来越稀疏的队伍,我真不忍心将筛孔做得太大。但女人天性胆小,就像含羞草乐意把叶子合起来一样。你不能苛求她们。

现在,在漫长阶梯上行走的女人已经不多了。

最后让我们来说说美丽吧。

在这样艰苦的跋涉之后再来要求女人的美丽,真是一种残酷。犹如我们在暴风雨以后寻找晶莹的花朵。

但女人需要美丽。美丽是女人最初也是最终的魅力。不美丽的女人辜负了造物主的青睐,她们不是世上的风景,反倒成了污染。

何为美丽? 一千个人有一千种说法。我只能扔出我的那一块砖。

美丽的女人首先是和谐的。面容的和谐,体态的和谐,灵与肉的和谐。美丽并非一些精致巧妙的零件的组合,而是一种整体的优美。甚至缺陷也是一种和谐,犹如月中的桂影。那不是皓月引发无数遐想最确实的物质基础吗? 和谐是一种心灵向外散发的光辉,它最终走向圣洁。

美丽其次应该是柔和的。太辛辣太喧嚣的感觉不是美,而是一种刺激。优秀女人的美丽像轻风,给世界以潜移默化的温馨。当然它也容纳篝火一般的热情。可是你看,跳动的火苗舒卷的舌头是多么的柔和,像嫩红的枫叶,像浸湿的红绸。激情的局部仍旧是细致而绵软的。

美丽的女人应该是持久的。凡稍纵即逝的美丽都不是属于人的,而是属于物的。美丽的女人少年时像露水一样纯洁,青年时像白桦一样蓬勃,中年时像麦穗一样端庄,老年时像河流的入海口,舒缓而磅礴。

美丽的女人经得起时间的推敲。时间不是美丽的敌人,而只是美丽的代理人。它让美丽在不同的时刻呈现出不同的状态,从单纯走向深邃。

女人的美丽不是只有一根蜡烛的灯笼,它是可以不断燃烧的天然气。时间的掸子轻轻扫去女人脸上的红颜,但它是有教养的,

美丽的女人,如白桦般蓬勃。

还女人一件永恒的化妆品——叫做气质。可惜有的女人很傻,把气质随手丢掉了。

也许可以说,所有美好的女人都是美丽的。

我在女性的群体里砌了一座金字塔。它是我心目中的女性黄金分割图。

这样一路算下来,优秀的女人多乎哉? 不多也。

是不是我的比例过于苛刻? 是不是我对世界过于悲观? 是不是我看女人的暗影太多? 是不是优秀和平庸原不该分得太清?

现代的世界呼唤精品。女士们买一个提包都要求质量上乘,为什么我们不寻求自身的优秀?

优秀的女人也像冰山,能够浮到海面上的只有庞大体积的几十分之一。精品绝不会太多,否则就是赝品或是大路货了。

难道女人不该像拥有眼睛一样拥有善良吗? 难道没有智慧的女人不是像没有翅膀的鸟儿一样无法翱翔? 难道坚韧不拔果敢顽强对于女人不是像衣衫一般重要? 难道女人不是像老妪爱惜自己最后一颗牙齿一样爱惜美丽?

让我们都来力争做一个优秀的女人吧。为了世界更精彩,为了自己更完美,为了和时间对抗,为了使宇宙永恒。

【赏析】

仍是一篇探讨女性的作品。

在这个全世界都在嚷嚷从优秀到卓越的年代,究竟什么才是优秀? 优秀的女人又该有怎样的标准? 女作家给出了很质朴且精彩的答案:就像一艘堪称完美的航船,优秀女人不可或缺的几个部件包括善良、智慧、勇气、美丽。

文中看似平和的讲述与探究中,给读者带来的有淡淡的失落,在讲到某个品质的重要性后,作家都会毫不讳言设问,如:善良的女人知多少？

"这个比例实在是不敢高估。女性其实是极不易保持善良的。她们遭受的屈辱多，她们自身的负担重。在被伤害之后，易滋生出火焰一样的报复。在悲伤之余，常在凄冷的黑夜咬牙切齿，对整个生活发出女巫般的诅咒。"至此还不够，作家在请女人们原谅后仍有下文："虽然我很想说出一个有关你们善良的高比例，犹如我们面对一块待检的金石，报出它是十金足赤。便事实是，历经磨难而终不改善良本性的女人，像一道穿流污浊仍清澈见底的小溪，其实是很罕见的。苍老的夫人多见狞恶之色，琐碎之色，猥琐之色，就是明证。"——此时，作家似乎又还原为医生，没有性别，没有长幼，没有好恶，有的只是把一切病菌放在显微镜下的真实报告。你可能不愿相信自己得了病，但不得不承认，医生的诊断都直指痛处，准确得让自己心惊。

再说智慧，她再次亮明立场："女人难得智慧。她们多的是小聪明，乏的是大清醒。过多的脂粉模糊了她们的眼睛，狭隘的圈子拘谨了她们的想像。她们的嗅觉易在甜蜜的语言中迟钝，她们的脚步易在扑朔的路径中迷离。"作家不讳言自己的失望："我是一个保守的农人。面对一块贫瘠土地上的麦苗，实在不敢把收成估计得太好。"

我曾与毕淑敏探讨她的写作风格与类别，她曾表示："若非得把文学分成板块，我想我是现实主义。文学有一个永久的价值，每个人对时代的感受都是切肤的，不能用流派来约束它。"如果你对她的小说不够熟悉，读到这篇散文，你会明白她的现实主义的含义：直面现实，不管美与丑，善与恶，她的视线不曾拐弯，她的语言不会矫饰，因为她的心灵不曾扭曲。

女也怕
NU YE PA

若干年前,某机构邀请我担任一场辩论赛的评委兼点评,我看了题目——你喜欢干得好还是嫁得好? 没敢接下这份信任。因为我向往的是鱼和熊掌一锅烩,不矛盾啊。时下流行的观念好像干得好了,嫁人的危险指数就升高了。若是嫁得好,似乎就把自己给出卖了,活得不够硬气……命题本身似有矛盾之处。为什么就不访问一下男人们:你是期望干得好还是娶得好? 估计所有的男士都会毫不迟疑地回答:那还用问!

想必每个女性,都期望自己既干得好,又力争嫁得好,这才双赢。干嘛平白无故地把干和嫁对立起来啊? 这不是自己和自己过不去吗?

从那以后留了心,才发现,干和嫁这两件事,好像捆绑式火箭,常常成双成对出现。比如一句流传很广的古话:男怕入错行,女怕嫁错郎。

行当这件事,是社会进步的表现之一。远古时代的行当简单,除了打猎就是放牧。至于在山顶洞里看着篝火以保留火种和用兽骨磨根骨针缝块遮羞布这样的活儿,估计和今日的家务劳动不记入国民生产总值差不多,属于隐形经济,是不能算行当的。以后诸事发展了,行当渐渐多起来,出现了占卜师和舞蹈家,还有部落酋长……想来这些人就是以后的研究员、艺术家、政治家的雏形。

近代,行当以几何级数增长。据说美国的职业大典,已经收入了一万七千种职业。世界好像一张花毯,被各式各样的职业尼龙线,织得如此密不透风,让人惊惧。虽然从理论上讲,男人能做的事,女人也都能做。但不管行业如何的多,女性普遍所能从事的行业,还是比男人要少些。我认识一位杰出的妇产科主任,就是男性。我说,为什么连妇产科这样的领域,也请你坐了头把交椅?他说,因为我从来不会得我所医治的这些病,比如难产和子宫肌瘤,所以,我就格外的用心。

女人所能从事的职业较之男性为少,女性就更怕入错了行。对女人来说,"行"是什么?是一双吃饭的筷子,是一袭柔软的金甲,是一条曲折幽冷的雨巷,是一副飞跃雪野的滑板……入对了行,成功的把握就大。入错了行,事倍功半也许是零。让一个擅长举重的运动员,练了体操,必蹉跎岁月一事无成。

这事也能反过来看。查查事业成功的人士,究竟有些什么特点呢?在美国,有一位研究人员,作了长期的跟踪调查,得出了优秀人士的四大基本特征。

第一条是:通常是男人居多。第二条是:通常是结过婚的。第三条是:通常离婚的比例较低。第四条也就是最重要的一点是:通常没有共同点。(这一条查得很周到,比如说他们的身高、体重、籍贯、受教育的程度、性格、品德等等,都不相同。)

四个通常。我看到这个结果之后,愣了一会儿就嘻嘻笑起来。我相信它是有道理的,也相信这个研究人员辛苦了若干年,得到的常识没什么用。

那么,选择行当的依据是什么呢?研究表明,对职业最持久和最深远的影响力,来自我们的兴趣。爱因斯坦说过,爱好是我们最好的老师。

对女人来说,如果你有一份挚爱倾心的工作,你就为自己植下了一株神秘的花朵。它妖娆生长,持久地散发出魅人的香气,熏炙着你的每一个日子,使它们从黯淡的岁月中凸现出来,变得如此不同寻常。

你爱一个人,那个人可以背叛你。你爱一只狗,那只狗虽然不会背叛,可是它会老去。唯有你爱一桩事业,它是奔腾不息的。你付出的是青春,它回报你的是惊喜。你可以消失,但你在你的事业中永恒。当我们阅读着一部经典的作品,当我们注视着一座伟大建筑的遗址,当我们摩挲着一个古瓷小碗,当我们在星斗的照射下,缅怀人类所有的探索和成就时,我们就是在检阅事业的花名册了。

当女性选择行当的时候,比较少地考虑自己的爱好,更多考虑的是安全和收入,这是历史也是现实,这是生活所迫也是发展的羁绊。女性的温饱解决之后,工作就日益成为尊严和自我价值体现的最主要杠杆。

【赏析】

干得好还是嫁得好?这确实是曾经被人们讨论得热火朝天的话题。我知道事业有成的毕淑敏有个体贴的好丈夫,所以,这道题让她来回答有些不合时宜,"没敢接下这份信任。因为我向往的是鱼和熊掌一锅烩,不矛盾啊"。确实,她幸运地做到了一锅烩。但凡还对自己有几分信心的女人也都会这么祈盼,包括男人,也会希望既干得好又娶得好。

但通读全篇,我们还是能得出结论,如果干得好与嫁得好,只能是二选一的话,作家会选择干得好:

"对女人来说,如果你有一份挚爱倾心的工作,你就为自己植下了一株神秘的花朵。它妖娆生长,持久地散发出魅人的香气,熏炙着你的每一个日子,使它们从黯淡的岁月中凸现出来,变得如此不同寻常。你爱一个人,那个人可以背叛你。你爱一只狗……它会老去。唯有你爱一桩事业,它是奔腾不息的……"之所以把题目定为女也怕,就是说女人也怕入错行。

在街头,我们不时会看到开着宝马七系或奥迪TT跑车的年轻女子,香车美女,真是一道绝好的风景,让人艳美的同时又不禁引人好奇:这么年轻的女子,她的车是自己干出来的还是嫁出来的?相对于干,嫁,似乎是多少人都暗暗期许的捷径。尤其是在竞争越来越激烈的时代,女性干得好的难度系数似乎在日渐加大,作者引用的事业成功人士的调查结果第一条不就是"通常是男人居多"么?有些女性甚至还提出了回归家庭的愿望,期许相夫教子可乐终生。其实,任何存在,只要是和谐的就不为过,你干得好和我嫁得好没有对错。但有些女孩子怀着不劳而获的心理去傍个大款(似乎介于嫁与干之间),一时似乎也是一种物质(到手的金钱)精神(看似的爱情)双丰收,成为笼中的金丝雀的结果又是如何?据说深圳某些二奶楼盘几乎每周都有自杀身亡的年轻美貌女子,或因对方破产生活无以维系,或因对方移情别恋成为弃妇,或因被社会道德所不容而无颜过正大光明的日子……

那天跟姜汤聊他的《姜汤说女人》,说起这些现象,他道:其实这些为了物质利益而牺牲自我的女子都很傻,她们误以为拥有了物质享受就是生存的终极目的,其实天长日久来看,睡在别墅里跟住居民楼没那么大区别,吃青菜稀饭跟天天吃鲍鱼海鲜没什么两样,出入高级轿车与坐地铁公交车也没什么大不同,而放弃了一个人活出自我的权利与机会,实在是得不偿失。此言与毕淑敏有相通之处。

女人什么时候开始享受

女人什么时候开始享受？

当我们为自己的母亲，为自己的姐妹，为我们自己，问这个问题的时候，我们先要说明什么是女人的享受？

我们所说的享受，不是一掷千金的挥霍，不是灯红酒绿的奢侈，不是喝三吆四的排场，不是颐指气使的骄横……

我们所说的享受，不是珠光宝气的华贵，不是绫罗绸缎的柔美，不是周游列国的潇洒，不是管弦丝竹的飘逸……

我们所说的享受，只不过是在厨房里，单独为自己做一样爱吃的菜。在商场里，专门为自己买一件心爱的礼物。在公园里，和儿时的好朋友无拘无束地聊聊天，不用频频地看表，顾忌家人的晚饭和晾出去还未收回的衣衫……在剧院里，看一出自己喜欢的戏剧或电影，不必惦念任何人的阴晴冷暖……

我们说的女人的享受，只是那些属于正常人的最基本的生活乐趣。只因无数的女人已经在劳累中将自己忘记。

女人何尝不希冀享受啊？

抱着婴儿，煮着牛奶，洗着衣物，女人用沾满肥皂的手抹抹头上的汗水说，现在孩子小，等孩子长大了，我就可以好好享受享受了……

1976 年的长辫子

孩子渐渐地大了,要上幼儿园。女人挽着孩子,买菜做饭,还要在工作上做得出色,女人忙得昏天黑地,忘记了日月星辰。

不要紧,等孩子上了学就好了,松口气,就能享受了……女人们说,她们不知道皱纹已爬上脸庞。

孩子终于开始读书了,女人陷入了更大的忙碌之中。

要把自己的孩子培育成一个优秀的人。女人们这样想着,陀螺似地转动在单位、家、学校、自由市场和各种各样的儿童培训班里……孩子和丈夫是庞大的银河系,女人是行星。

白发似一根银丝,从空气中悄然落下,留在女人疲倦的额头。

毕淑敏散文精品赏析

我什么时候才能无牵无挂地享受一下呢?

在没有月亮的夜晚,女人吃力地伸展自己酸痛的筋骨,这样问自己。

哦,坚持住。就会好的,等到孩子大了,上了大学,或有了工作,一切就会好的。到那个时候,我可以好好地享受一下了……

女人这样对自己允诺。

她就在梦中微笑了。

时间抽走女人的美貌和力量,用皱纹和迟钝充填留下的黑洞。

孩子大了,飞翔出鸽巢。仅剩旧日的羽毛与母亲做伴。

女人叹息着,现在,她终于有时间享受一下了。

可惜她的牙齿已经松动,无法嚼碎坚果。她的眼睛已经昏花,再也分不清美丽的颜色。她的耳鼓已经朦胧,辨不明悦耳音响的差别。她的双腿已经老迈,再也登不上高耸的山峰……

出去的孩子又回来了,他带回一个更小的孩子。

于是女人恍惚觉得时光倒流了,她又开始无尽的操劳……

那个更幼小的孩子开始牙牙学语了,只是他叫的不是"妈妈",而是"奶奶"……

女人就这样老了,终于有一天,她再也不需要任何享受了。

在最后的时光里,她想到了,在很久很久以前,她对自己有过一个许诺——在春天的日子里,扎上一条红纱巾,到野外的绿草地上,静静地晒太阳,听蚂蚁在石子上行走的声音……

那真是一种享受啊。

女人说着,就永远地睡去了。

原谅我描述了这样一幅女人享受的图画,忧郁而凄凉。

因为我觉得无数的女人,在慷慨大度地向人间倾泻爱的时候,她们太不爱一个人了——那就是她们自己。

女人们,给我们自己留一点享受的时间和空间吧。不要一拖再拖,不要一等再等。

就从现在开始,就从今天开始。

不要把盘子里所有的肉都夹到孩子的嘴边。不要把家中所有的钱,都用来装扮房间和丈夫。不要在计划节日送礼物的名单上,独独遗下自己的名字……

善良的女人们,请从这一分钟开始,享受生活。

【赏析】

一个设问句像一个水中鱼儿吐出的气泡,轻薄透明,却又似乎掷地有声,在水面上滑行,让人不由不驻足,不由不细思。

作者没有正面回答,而是又吐出一个新气泡:什么是女人的享受?作为读者首先会联想到自己,什么才是享受生活的先决条件?大房子,好车子,美满的爱情,和睦的家庭,健康的身体……作家给出的答案却是那么近乎卑微的寻常:只不过是在厨房里,单独为自己做一样爱吃的菜,在商场里专门为自己买一件心爱的礼物,在公园里和儿时的好朋友无拘无束地聊聊天,在剧场里看一出自己喜欢的戏剧或电影。

读者可能会有些失望,甚至认为作家在故弄玄虚或小题大作,这有什么难以实现的?难道这也算享受?那也太易如反掌了!

可如果你还没有被孩子嚷饿或老公让你倒茶的声音打断再往下读,你就会改变看法:抱着婴儿,煮着牛奶,洗着衣物,女人用沾满肥皂的手抹抹头上的汗水说,现在孩子小,等孩子长大了,我就可以好好享受享受了……怎么说得那么熟悉?再往下读:

孩子渐渐地大了,要上幼儿园。女人挽着孩子,买菜做饭,还要在工作上做得出色,女人忙得昏天黑地,忘记了日月星辰。不要紧,等孩子上了学就好了,松口气,就能享受了……女人们说,她们不知道皱纹已爬上脸庞……白发似一根银丝,从空气中悄然落下……她的牙齿已经松动，无法嚼碎坚果。她的眼睛已经昏花，再也分不清美丽的颜色。她的耳鼓已经朦胧，辨不清悦耳音响的差别。她的双腿已经老迈，再也登不上高耸的山峰……

读至此，拿着书的女人已经动容泪下：我真是在这样走着啊，这些文字真是我的来路？太可怕了！

毕淑敏的长项就是于细微之中见哲理，她有着极为敏锐的感知能力，像一个富有经验的猎手，再不起眼的司空见惯的小事，透过蛛丝马迹，她都能一路跟进探索，直到挖掘出让人叹服的宝物。

此文我曾在最初读到的时候推荐给一位四十多岁的女同事。她是位非常敬业的编辑，年近四十才嫁给了一位画家，但已经不能生育，二人最后抱养了一个女婴，没想到这个小小的婴儿彻底改变了同事的生活走向，爱运动的她远离了自己钟爱的游泳，爱美食的她再也不去饭馆，买各位名家画册一向是她的收藏至爱，放弃掉！场场不落的各种画展演出，放弃掉！连受人称道的稿件，也能推就推能放就放——为了孩子，她要省钱省时间："否则对不起孩子啊，她要上学结婚生孩子，我都得为她着想啊。"她似乎很怪我居然不理解，又说："即使不为孩子也该省吃俭用，否则老了生病没钱可不行。"结果省吃俭用的她得了再障，几乎掏空了所有积蓄。当躺在病榻上读到这篇文章时，她用失神的眼神看着我叹息道："怎么我没早读到这些话？"

第二辑

心

灵

篇

没有一棵小草自惭形秽

MEI YOU YI KE XIAO CAO ZI CAN XING HUI

　　被人邀请去看一棵树，一棵古老的树。大约有五千年的历史，已被唐朝的地震弯折了腰，半匍匐着，依然不倒，享受着人们尊敬的注视。

　　我混在人群中直着脖子虔诚地仰望着古树顶端稀疏的绿叶，一边想，人和树相比是多么的渺小啊。人生出来，肯定是比一粒树种要大很多倍，但人没法长得如树般伟岸。在树小的时候，人是很容易就把树枝包括树干折断，甚至把树连根拔起，树就结束了生命。就算是小树长成了大树，归宿也是被人伐了去，加工成各种各样实用的物件。长得好的树，花纹美丽木质出众，也像美女一样，红颜薄命，被人劫掠的可能性更大，于是很多珍贵的树种濒临灭绝。在这一点上，树是不如人的。美女可以人造，树却是不可以人造的。

　　树比人活得长久，只要假以天年，人是绝对活不过一棵树的。树并不以此傲人，爷爷种下的树，照样以硕硕果实报答那人的孙子或是其他人的后代。

　　通常情况下，树是绝对不伤人的。即便如前几天报上所载一些村民在树下避雨，遭了雷击致死，那元凶也不是树，而是闪电，树也是受害者。人却是绝对伤树的，地球上森林数量的锐减就是明证,人成了树的天敌。

树比人坚忍。在人不能居住的地方,树却裸身生长着,不需要炉火或是空调的保护。

树会帮助人的,在饥馑的时候,人扒过树的皮以充饥,我们却从未听到过树会扒下人的什么零件的传闻。

很多书籍记载过这棵古树,若是在树群里评选名人的话,这棵古树是一定名列前茅了。很多诗人词人咏颂过这棵古树,如果树把那些词句都当作叶子一般披挂起来,一定不堪重负。唐朝的地震不曾把它压倒,这些赞美会让它扒在地上。

树的寿命是如此的长久,居然看到过妲己那个朝代的事情。在我们死后很多年,这棵古树还会枝叶繁茂地生长着。一想到这一点,无边的嫉妒就转成深深的自卑。作为一个人活不了那么久远,伤感让我低下头来,于是我就看到了一棵小草,一棵长在古树之旁的小草。只有细长的两三片叶子,纤细得如同婴儿的睫毛。树叶缝隙的阳光打在草叶的几丝脉络上,再落到地上,阳光变得如绿纱一样飘浮了。

这样一株柔弱的小草,在这样一棵神圣的树底下,一定该俯首称臣毕恭毕敬了吧?我竭力想从小草身上找出低眉顺眼的谦卑,最后以失望告终。

这棵不知名的小草,毫无疑问是非常渺小的。就寿命计算,假设一岁一枯荣,老树很可能见过小草五千辈以前的祖先。就体量计算,老树抵得过千百万小草集合而成的大军。就价值来说,人们千里万里路地赶了来,只为瞻仰老树,我敢肯定没有一个人是为了探望小草。

既然我作为一个人,都在古树面前自惭形秽了,小草你怎能不顶礼膜拜?我这样想着,就蹲下来看着小草。在这样一棵历史久远声名卓著的古树身边为邻,你岂不要羞愧死了?

小草的卑微,并不指向羞惭。

　　小草昂然立着,我向它吐了一口气,它就被吹得蜷曲了身子,但我气息一尽,它就像弹簧般伸展了叶脉,快乐地抖动着。我再吹一口气,它还是在弯曲之后怡然挺立。我悲哀地发现,不停地吹下去,有我气绝倒地的一刻,小草却安然。

　　草是卑微的,但卑微并非指向羞惭。在庄严的大树身旁,一棵微不足道的小草都可以毫不自惭形秽地生活着,何况我们万物灵长的人类!

【赏析】

　　"被人邀请去看一棵树,一棵古老的树。大约有五千年的历史,已被唐朝的地震弯折了腰,半匍匐着,仍然不倒,享受着人们尊敬的注视。"一上来,作者就写古树,只字不提标题中的小草。

　　混在人群中直着脖子虔诚地仰望着古树顶端稀疏的绿叶,作者发出的由衷感慨是对树的赞颂:"人生出来,肯定是比一粒树种要大很多倍,但人没法长得如树般伟岸……树比人活得长久,只要假以天年,人是绝对活不过一棵树的……通常情况下,树是绝对不伤人的……树比人坚忍……树会帮助人。"由树到人,由人到树,作者把心理活动描绘得细致入微,从这棵古老的树联想到普天下的树,一番感慨后再从普天下的树回到眼前的这棵古树:"很多诗人词人咏颂过这棵古树,如果树把那些词句都当作叶子一般披挂起来,一定不堪重负。唐朝的地震不曾把它压倒,这些赞美会让它扑在地上。"

　　在作者眼中,古树承载了过多的溢美之辞,为后面写小草埋下伏笔。

　　"树的寿命是如此的长久,居然看到过妲己那个朝代的事情。在我们死后很多年,这棵古树还会枝叶繁茂地生长着。一想到这一点,无边的嫉妒就转成深深的自卑。"由树及我,继而引出小草的出现:"作为一个人活不了那么久远,伤感让我低下头来,于是我就看到了一棵小草,一棵长在古树之旁的小草。"如一组电视慢镜头,由远及近,由大到小,由上到下:"既然我作为一个人,都在古树面前自惭形秽了,小草你怎能不顶礼膜拜?"至此,作者仍然是用大量的笔墨写自己的心理活动,直到"我向它吐了一口气,它就被吹得蜷曲了身子,但我气息一尽,它就像弹簧般伸展了叶脉,快乐地抖动着。我再吹一口气,它还是在弯曲之后怡然挺立……"人草之战会是什么结局?"我悲哀地发现,不停地吹下去,有我气绝倒地的一刻,小草却安然。"

　　2006年的清明节公祭轩辕黄帝典礼在陕西黄陵县举行,见识了场面浩大的祭拜活动的同时,我也随严家炎、陈忠实、何西来、张锲等人一同参观了黄帝陵,桥山巍巍、渭水环绕的陵庙内矗立着十五株古柏,最著名的那株位于门口,写有"黄帝手植柏",号称世界柏树之父。站在遮天蔽日的古柏下,我也体会到了作家的感伤与无助,长久无法释然。

"草是卑微的,但卑微并非指向羞惭。在庄严的大树身旁,一棵微不足道的小草都可以毫不自惭形秽地生活着,何况我们万物灵长的人类!"我们都需要救赎,作家这一番话,可谓直指心灵的良药。

暴 雨 筛

BAO YU SHAI

　　南方的女友讲过这样一个故事——

我三十五岁的时候,考上了一所夜大学。每天下班后,要穿越五条街道去读书。

　　一天傍晚,台风突然来了,暴雨像牛仔的皮带一样宽,翻卷着抽打天地。老师还会不会上课呢? 我拿不准。那时,电话还不普及,打探不到确实的消息。

　　考虑了片刻,我穿上雨衣,又撑开一把伞,双重保险,冲出屋门。风雨中,伞立刻被劈开,成了几块碎布。雨衣阴险地背叛了我,鼓涨如帆,拼命要裹挟我去云中。我只有扔了雨衣,连滚带爬。渺无人迹的城市中,我惊惶地想到,是不是只有我一个人这样傻? 也许今天根本就不上课。

　　我迟疑了片刻,但咬紧牙,继续向前。好不容易到了学校,贴身的衣服已像海带一般冷硬,牙齿像上了发条似地打战。没想到看门的老人说,从老师到学生,除了你,没有一个人来!

　　那一瞬,我非常绝望。不单是极端的辛苦化为泡沫,更有无穷的委屈和沮丧。

　　老人看我失魂落魄的样子,让我进他的小屋歇口气。喝着他沏的热茶,我心灰意懒。

伴着窗外瀑布般的水龙,老人缓缓地说,你以后会有大出息。我说,我是一个大傻瓜啊。

他说,所有学生里,只有你一个人来上学了。看,暴雨是一个筛子。胆小的,思前想后的,都被它筛了出去,留下了最有胆量和最不怕吃苦的人。

那一瞬,好似空中打了一个闪电,我的心被照得雪亮。也许我不是三千学生当中最聪明的,但今晚的暴雨,让我知道了,我是三千学生中最有胆量和毅力的人。

从那以后,我就多了自信。你晓得,天地万物都会齐来帮助一个自信的人。所以,我就一步步地有了今天的成功。

我说,那位老人,是你人生最重要的导师之一啊。

【赏析】

虽然这个故事是作家托南方女友的口气讲出来的,我却宁愿相信这就是作家本人的经历:

一个台风来袭暴雨滂沱的夜晚,三十五岁的她去上夜大,因为没接到不上课的通知,"我穿上雨衣,又撑开一把伞,双重保险,冲出屋门。风雨中,伞立刻被劈开,成了几块碎布。雨衣阴险地背叛了我,鼓涨如帆,拼命要裹挟我去云中。我只有扔了雨衣,连滚带爬"。

终于到了学校,比暴风雨更给她重击的是看门老人的话:"从老师到学生,除了你,没有一个人来!"

这是一个多么让人心灰意冷的结局啊,正如她自叹一样:"我是一个大傻瓜啊!"而又是这个不相识的老人的话,让她从地狱飞向了天堂:"你以后会有大出息。看,暴雨是一个筛子。胆小的,思前想后的,都被它筛了出去,留下了最有胆量和最不怕吃苦的人。"

其实,作者完全可以直接用自己的口气讲述这个故事(如果真是听来的另当别论),这段生命历程中的小插曲,不仅让女主人公,也让所有听到这个故事的人,"好似空中打了一个闪电,心被照得雪亮"。

　　短短的五百字,短短的一段路,似闪电之下的惊鸿一瞥,极具画面感和冲击力,是借风雨雷电之口讲出的生命箴言。

我 不 喜 欢 的 中 年 人

WO BU XI HUAN DE ZHONG NIAN REN

　　我不喜欢总爱说自己年轻的中年人,那是对一个人基本的组成部分——年龄的不敬。年龄是生命的坐标,好似一个中学生,一年年读书,一年年升级。明明要进大学了,却要蹲班二年级,不很相宜吧?

　　我不喜欢总爱话说沧桑的中年人,疑那里面隐含着虚荣的夸耀和无奈的凄凉。经历是一个事实,总挂在嘴边,就成了邮寄过时的请柬,除了一笺华美或是简陋的纸,已无出席的意义。

　　我不喜欢好为人师的中年人。你已多少有些教诲他人的资本,仿佛家有薄粮的下中农。但目前最要紧的活儿,是感天谢地祈人和,把自己地里的麦子种好,不要对着广阔的田野指手画脚。

　　我不喜欢唉声叹气的中年人。你可以放声哭泣,却不要长久地抑郁。不妨和三五好友深情倾诉,之后把泪抹干,微笑向前。

　　我不喜欢惧怕衰老的中年人,以你的经验,已知那是不可逃避的天然。别装烂漫,别故意显示身手敏捷头脑不凡,懂得渐渐消失并欣然迎接老迈是一种成熟的光荣。

　　我不喜欢停顿学习的中年人。学习和年龄没有关系,只和心智相连。明白了书本如同钙质,幼儿需要老年人需要,中年人也需要的时候,你就心平气和地眷恋它了。

【赏析】

　　人到中年,不同的人从这句话里品出的是不同的滋味。本文极为简短,只有五百字,用排比句式道出了自己对中年的理解,虽然并未直接说自己喜欢什么样的中年人,也没讲自己要做什么样的中年人。

　　怎么写重要还是写什么重要? 这在许多作家眼中都有自己的定论,但看毕淑敏的散文,内涵的挖掘似乎更重于形式的表现,可这并不能说明她就忽略了这种外在表现,比如这篇小文则体现了她极好的梳理功夫,人们或许都有过的模糊感觉,到了她手里就被施了魔法般井井有条。

　　从内容上看似乎只表达了作家自己的观点,事实上这个观点本身就是一个醒目的标杆,让人不能视而不见。

　　本文列出了她不喜欢的中年人常犯的五种毛病,可谓正己之镜:

　　首先,不喜欢总爱说自己年轻的中年人,因为那是对年龄的不敬。这不由得让我联想到毕淑敏的那篇尽人皆知的《素面朝天》。"明明要进大学了,却要蹲班二年级",幽默风趣! 学医的经历让她确定:人,在尊重文明礼仪等社会规范时,更要首先尊重自己的生命和生理阶段。

　　其二,不喜欢总爱话说沧桑的中年人,因为疑那里面隐含着虚荣的夸耀和无奈的凄凉。此观点让人再次回味《定风波》中作者"途中遇雨,同行皆狼狈余独不觉"的意境:"莫听穿林打叶声,何妨吟啸且徐行。竹杖芒鞋轻胜马,谁怕? 一蓑烟雨任平生。料峭春风吹酒醒,微冷,山头斜照却相迎。回首向来萧瑟处,归去,也无风雨也无晴。"

　　其三,不喜欢好为人师的中年人。作者再现幽默本色:你已多少有些教诲他人的资本,仿佛家有薄粮的下中农。看到这一条,我不禁想起毕淑敏的处世态度,尽管先后从医从文从心理学研究,从繁华京城到荒远西藏都留下了她与生活亲密拥抱的身影,几乎听不到她以丰富的阅历学识作资本的说教,三十而立,四十不惑,五十不逾矩,对毕淑敏,此言极是。

其四,不喜欢唉声叹气的中年人,与作者一向乐天的性格一致。

其五,不喜欢惧怕衰老的中年人,与第一条相近,建议合并为一条。

其六,不喜欢停顿学习的中年人。

散文的魅力,在于抒发独特的情感,也就是说要有不同于他人的真知灼见,同时,这种独特情感又具有某种共性,非哗众取宠而为之,能引起读者共鸣。本文虽为不带叙事色彩的纯粹观点表达,却丝毫没有枯燥之嫌,直抒胸臆的结果是得到读者的认同。

走 出 黑 暗 巷 道

ZOU CHU HEI AN XIANG DAO

那个女孩子坐在我的对面,薄而脆弱的样子,好像一只被踩扁的冷饮蜡杯。我竭力不被她察觉地盯看着她的手——那么小的手掌和短的手指,指甲剪得秃秃,仿佛根本不愿保护指尖,恨不能缩回骨头里。

就是这双手,协助另一双男人的手,把一个和她一般大的女孩子的喉管掐断了。

那个男子被处以极刑,她也要在牢狱中度过一生。

她小的时候,家住在一个小镇,是个很活泼好胜的孩子。一天傍晚,妈妈叫她去买酱油,在回家的路上,她被一个流浪汉强暴了。妈妈领着她报了警,那个流浪汉被抓获。他们一家希望这件事从此被人遗忘,像从没发生过那样最好。但小镇的人对这种事,有着经久不衰的记忆和口口相传的热情。女孩在人们炯炯的目光中,渐渐长大,个子不是越来越高,好像是越来越矮。她觉得自己很不洁净,走到哪里都散发出一种异样的味道。因为那个男人在侮辱她的过程中,说过一句话:"我的东西种到你身上了,从此无论你在哪儿,我都能把你找到。"她原以为时间的冲刷,可以让这种味道渐渐稀薄,没想到随着年龄的加大,她觉得那味道越来越浓烈了,怪异的嗅觉,像尸体上的乌鸦一样盘旋着,无时不在。她断定世界上的人,都有比猎狗还敏锐的鼻子,都能侦察出这股味道。于是她每天都哭,要求全家搬走。父母怜惜越来越皱缩的孩子,终于下了大决心,离开了祖辈的故居,远走他乡。

迁徙使家道中落。但随着家中的贫困,女孩子缓缓地恢复了过来,在一个没有人知道她的过去的地方,生命力振作了,鼻子也不那么灵敏了。在外人眼里,她不再有显著的异常,除了特别爱洗脸和洗澡。无论天气多么冷,女孩从不间断地擦洗自己。由于品学兼优,中学毕业以后她考上了一所中专。在那所人生地不熟的学校里,她人缘不错,只是依旧爱洗澡。哪怕是只剩吃晚饭的钱了,她宁肯饿着肚子,也要买一块味道浓郁的香皂,把全身打出无数泡沫。她觉得比较安全了,有时会轻轻地快速微笑一下。童年的阴影难以扼制青春的活力,她基本上变成一个和旁人一样的姑娘了。

这时候,一个小伙子走来,对她说了一句话:我喜欢你。喜欢你身上的味道。她在吓得半死中,还是清醒地意识到,爱情并没有嫌弃她,猛地进入到她的生活中来了。她没有做好准备,她不知道自己能不能爱,该不该同他讲自己的过去。她只知道这是一个蛮不错的小伙子,自己不能把射来的箭,像个印第安土人的"飞去来"似的,放回去。她执著而痛苦地开始爱了,最显著的变化是更频繁地洗澡。

一切顺利而艰难地向前发展着,没想到新的一届学生招进来。一天,女孩在操场上走的时候,像被雷电劈中,肝胆俱碎。她听到了熟悉的乡音,从她原先的小镇,来了一个新生。无论她装出怎样的健忘,那个女孩子还是很快地认出了她。

她很害怕,预感到一种惨痛的遭遇,像刮过战场的风一样,把血腥气带了来。

果然,没有多久,关于她幼年时代的故事,就在学校流传开来。

她的男朋友找到她,问,那可是真的?

她很绝望,绝望使她变得无所顾忌,她红着眼睛狠狠地说,是真的! 怎么样?

那个小伙子也真是不含糊的,说,就算是真的,我也还爱你!

那一瞬,她觉得天地变容,人间有如此的爱人,她还有什么可怕的呢! 还有什么不可献出的呢!

于是他们同仇敌忾,决定教训一下那个饶舌的女孩。他们在河边找到她,对她说,你为什么说我们的坏话?

那个女孩心有些虚,但表面上却更嚣张和振振有辞。说,我并没有说你们的坏话,我只说了有关她的一个事实。

她甚至很放肆地盯着爱洗澡的女孩说,你难道能说那不是一个事实吗?

爱洗澡的女孩突然就闻到了当年那个流浪汉的味道,她觉得那个流浪汉一定是附体在这个女孩身上,千方百计地找到她,要把她千辛万苦得到的幸福夺走。积攒多年的怒火狂烧起来,她扑上去,撕那饶舌女生的嘴巴。一边对男友大吼说,咱们把她打死吧!

那男孩子巨蟹般的双手,就掐住了新生的脖子。

没想到人怎么那么不经掐,好像一朵小喇叭花,没怎么使劲,就断了。再也接不上了。女孩子直着目光对我说,声音很平静。我猜她一定千百次地在脑海中重放过当时的录影,不明白生命为何如此脆弱。为自己也为他人深深困惑。

热恋中的这对凶手惊慌失措。他们看了看刚才还穷凶极恶现在已了无生息的传闲话者,不知道下一步该怎样动作。

咱们跑吧。跑到天涯海角。跑到跑不动的时候,就一道去死。他们几乎是同时这样说。

他们就让尸体躺在发生争执的小河边,甚至没有丝毫掩盖。他们总觉得她也许会醒过来。匆忙带上一点积蓄,窜上了火车。

不敢走大路，就漫无目的地奔向荒野小道，对外就说两个人是旅游结婚。钱很快就花光了，他们来到云南一个叫"情人崖"的深山里，打算手牵着手，从悬崖跳下去。

于是拿出最后的一点钱，请老乡做一顿好饭吃，然后就实施自戕。老乡说，我听你们说话的声音，和新闻联播里的是一个腔调，你们是北京人吧？

反正要死了，再也不必畏罪潜逃，他们大大方方地承认了。

我一辈子就想看看北京。现在这么大岁数，原想北京是看不到了。现在看到两个北京人，也是福气啊。老人说着，倾其所有，给他们做了一顿丰盛的好饭，说什么也分文不取。

他们低着头吃饭，吃得很多。这是人间最后的一顿饭了，为什么不吃得饱一点呢。吃饱之后，他们很感激也很惭愧，讨论了一下，决定不能死在这里。因为尽管山高林密，过一段日子，尸体还是会被发现。老人听说了，会认出他们，就会痛心失望。他一生看到的唯一两个北京人，还是被通缉的坏人。对不起北京也就罢了，他们怕对不起这位老人。

他们从情人崖走了，这一次，更加漫无边际。最后，不知是谁说的，反正是一死，与其我们死在别处，不如就死在家里吧。

他们刚一回到家，就被逮捕了。

她对着我说完了这一切，然后问我，你能闻到我身上的怪味吗？

我说，我只闻到你身上有一种很好闻的栀子花味。

她惨淡地笑了，说，这是一种很特别的香皂，但是味道不持久。我说的不是这种味道，是另外的……就是……你明白我说的是什么……闻得到吗？

我很肯定地回答她，除了栀子花的味道，我没有闻到任何其他的味道。

她似信非信地看着我,沉默不语。过了许久,才缓缓地说:今生今世,我再也见不到他了。就是有来生,天上人间苦海茫茫的,哪里就碰得上!牛郎织女虽说也是夫妻分居,可他们一年一次总能在鹊桥见一面。那是一座多么美丽和轻盈的桥啊。我和他,即使相见,也只有在奈何桥上。那座桥,桥墩是白骨,桥下流的不是水,是血……

我看着她,心中充满哀伤。一个女孩子,幼年的时候,就遭受重大的生理和心理创伤,又在社会的冷落中屈辱地生活。她的心理畸形发展,暴徒的一句妄谈,居然像咒语一般,控制着她的思想和行为。她慢慢长大,好不容易恢复了一点做人的尊严,找到了一个爱自己的男孩。又因为这种黑暗的笼罩,不但把自己拖入深渊,而且让自己所爱的人走进地狱。

旁观者清。我们都看到了症结的所在。但作为当事人,她在黑暗中苦苦地摸索,碰得头破血流,却无力逃出那桎梏的死结。

身上的伤口,可能会自然地长好,但心灵的创伤,自己修复的可能性很少。我们能够依赖的只有中性的时间。但有些创伤虽被时间轻轻掩埋,表面上暂时看不到了,但在深处,依然存有深深的窦道。一旦风云突变,那伤痕就剧烈地发作起来,敲骨吸髓地痛楚起来。

我们每个人,都有一部精神的记录,藏在心灵的多宝格内。关于那些最隐秘的刀痕,除了我们自己,没有人知道它在陈旧的纸页上滴下多少血泪。不要乞求它会自然而然地消失,那只是一厢情愿的神话。

重新揭开记忆疗治,是一件需要勇气和毅力的事情。所以很多人宁可自欺欺人地糊涂着,也不愿清醒地焚毁自己的心理垃圾。但那些鬼魅也许会在某一个意想不到的瞬间,幻化成形,牵引我们步入歧途。

我们要关怀自己的心理健康,保护它,医治它,强壮它,而不是压迫它,掩盖它,蒙蔽它。只有正视伤痛,我们的心,才会清醒有力地搏动。

【赏析】

几年前,在北京作协副主席李青的倡导下,曾有散文家与评论家们一起探讨当今散文的创作倾向,"大散文"似乎成为在场者一致肯定的新散文形式。何为大散文?除了余秋雨开创、王充闾等人同路的"涉足历史的后花园,力图通过对旧文化、旧人物的缅怀和追思,建立起一种豪放的、史学力度的、比较大气的"新散文路径,大散文还被一些人定义为小说式的片断描写,这篇《走出黑暗巷道》就似一篇故事性很强的短篇小说。

故事说的是一个幼年被强暴的无辜女孩,"觉得自己很不洁净,走到哪里都散发出一种异样的味道……她断定世界上的人,都有比猎狗还敏锐的鼻子,都能侦察出这股味道"。为了成全这个越来越皱缩的女孩的愿望,全家离开了祖辈的故居,远走他乡。这个仍然成天洗澡、有着洁癖的女孩没想到遭遇到了她意想不到的爱情,一个小伙子爱上了她。正在庆幸之余,意外出现了,"从她原先的小镇,来了一个新生。无论她装出怎样的健忘,那个女孩子还是很快地认出了她……没有多久,关于她幼年时代的故事,就在学校流传开来"。事情急转直下,小伙子表示即使传闻是真的,他也照样爱她,但他们要教训一下那个饶舌的女孩,于是为"捍卫"幸福,一个血腥的画面诞生了,"没想到人怎么那么不经掐,好像一朵小喇叭花,没怎么使劲,就断了。再也接不上了"。

与小说的记述手法不同,作者用大量的描写勾勒出故事的枝节与叶脉,冷静而简洁,如同冬天的树林,虽然你很容易望到它的尽头,却不得不承认这片树林有着某种宿命般的神秘。作家说出这个故事,是想与每个人分享:"重新揭开记忆疗治,是一件需要勇气和毅力的事情。所以很多人宁可自欺欺人地糊涂着,不愿清醒地焚毁自己的心理垃圾……我们要关怀自己的心理健康,保护它,医治它,强壮它,而不是压迫它,掩盖它,蒙蔽它。只有正视伤痛,我们的心,才会清醒有力地搏动。"

　　每个人心里都有一座地狱,那个地狱之门的钥匙其实就掌握在自己手中。

坦然走过乞丐

TAN RAN ZOU GUO QI GAI

喜欢张爱玲的一个理由,是她说自己不喜欢乞丐。凡人不敢说厌恶乞丐,特别是女性,那样显得多不善良啊。

乞丐是一个现象,它把贫穷和孱弱表面化了,瘫软地体现了出来。它把人的哀助赤裸裸地表达着,让他人在同情之后,起了帮助的欲望和收获施予的喜悦。

于是乞丐就成了常说常新的话题,名著中的乞丐常常是睿智和淳厚的,平常人也有很多与乞丐有关的故事。听过一个女子讲述,她最终决定嫁给丈夫,是因为那个男人在看到乞丐的时候,总是一往情深地掏钱。某次竟把请女孩吃饭的钱悉数捧出,以至于两个人只能空腹沿江散步(女孩的钱只够两人回家的路费)。女孩认定男子值得信赖,很快和他结了婚。那个衣衫不整的乞丐不知不觉中成了红娘。当我对女孩见微知著的聪敏欣赏不已时,她脸色陡沉,说婚后不久发现丈夫狭隘虚伪,很快分道扬镳。于是那个乞丐又在浑然不觉中成了罪人。

我茫然了,不知如何对待这大城市眉眼上的瘤。某天和海外宗教界的朋友结伴走地铁。肮脏的老乞丐身裹污浊破毡,半跪半俯地挡住了阶梯,破旧草帽中,零星小币闪着黯淡的光。毡下像枪管一般刺出半截腿,该长着脚的地方,是一团褐色的腐肉。情景的

奇情女子张爱玲

惨和气味的熏,使人不得不远远抛下点钱,逃也似地躲开。

我知趣地退后了几步,和朋友拉开距离。依她的慈悲和博爱,无论捐出多少,都是心意,也是隐私,我尊重地闪开为好。

她端庄地走了过去,俯身对残疾老人说,请您让一让,不要阻了通道,您没看到人们都绕开您走吗?这让大家多不方便啊。老人从地面抬起那张脸,并不答她的话,我行我素道,行行好,太太,给几个小钱……

朋友悄然走了过去,不曾放下一枚硬币。进入地铁,找到站内的工作人员,她说,通道上有个乞丐,妨碍了交通,请你们敦促他离开。

我无声地看着这一切,心想不给钱尚能理解,比如恰逢心绪不佳,无有余力关顾他人,但找了保安驱赶老乞丐,是不是也嫌过严?忍不住替她找理由,说,我看到报载,有些乞丐骗吃骗喝,白天在街上乞讨衣衫褴褛,下了"班"之后,西装革履地下馆子。有的干脆以此为业,几年下来,居然在乡下起楼造屋成了当地首富。想你一眼看出那乞丐正是这路人等?

朋友笑了,说我哪有这份神力。你说的那些事例我也在报上看过。具体到这位老人,没有证据,我们不可以随便怀疑。我疑惑道,既然你不认为他是坏人,为何不施舍?

朋友道,可我也不能判断出他是否真的贫病无告,难以自食其力啊。

我说,这却难了。每个人在掏腰包施舍之前,难道还要雇个私人侦探,一一查访乞丐们的收入情况吗?

朋友正色道,这正是现代社会的为难之处。农耕社会,谁个穷谁个真无助,十里八乡的人都心里有数。进入信息社会了,人员大量流动,我们知道火星几日几时几分大冲,一般人却无法掌握乞丐们的真实背景。

我说,那怎么办呢?有些乞丐挡住你的路,展示他们的残疾和可怕,吓得你不得不甩钱。几个人同行,若你袖手而过,就显出小气和不仁,压力也挺大啊。

朋友说,我是从不在马路边施舍的。那样不是仁慈,而是愚蠢。当然了,我不敢说马路边的每一个人都不该救助,但救助,也要有现代的意识。你给了一点钱,他就叩头,他靠出卖尊严得到金钱,你收获了廉价的欲望满足。你的那几个小钱,是不配得到这样的回报的。他轻易地以头触地,因为他已不看重自我。靠展示生理恶疾,压榨人们的感官的行为,更是一种潜在的威胁和逼迫。利用丑恶博得金钱,古来就被称为"恶乞",被人所不齿。如果你辛辛苦苦挣来的钱,却助长了不良之风,不正与你善良的愿望相悖吗!

我听得点头,又问,那我们如何施舍呢?

朋友说,要有正式的慈善机构来负责这些事务。它要接受各方面的监督,来有来路,去有去向,一清二白才能把好钢使在刀刃上,又省了普通民众的甄别之难。

从那以后,我可以坦然走过乞丐身旁。对那些慷慨解囊之人不再仰慕,对那些扬长而去之人也不再侧目。当然了,也积极向正规机构捐助并期待他们的清廉。

【赏析】

这也是一个令人产生阅读欲望的题目。"乞丐是一个现象,它把贫穷和孱弱表面化了,瘫软地体现了出来。"我们谁不熟悉乞丐?在城市的热闹所在,不管是商场门口还是地铁通道,不管是过街天桥还是步行街上,都有乞丐的身影,像崭新衣服上藏不住的一块块补丁,让人侧目。不管行人持什么样的态度,他们分明都摆在那儿。

相信许多人都有作者的茫然,不知如何对待"这大城市眉眼上的瘤"。作者没有正面说自己对乞丐的态度,上来就毫不讳言自己对张爱玲的感受:"喜欢张爱玲的一个理由,是她说自己不喜欢乞丐。凡人不敢说厌恶乞丐,特别是女性,那样显得多不善良啊。"——童言无忌,是因为有着透明的心,可爱!

之所以能够坦然走过乞丐,作者自有原委:某天和海外宗教界的朋友结伴走地铁。肮脏的老乞丐身裹污浊破毡,半跪半俯地挡住了阶梯,破旧草帽中,零星小币闪着黯淡的光。毡下像枪管一般刺出半截腿,该长着脚的地方,是一团褐色的腐肉。情景的惨和气味的熏,使人不得不远远抛下点钱,逃也似地躲开。我知趣地退后了几步,和朋友拉开距离。依她的慈悲和博爱,无论捐出多少,都是心意,也是隐私,我尊重地闪开为好。

结果却令作者吃惊：她端庄地走了过去，俯身对残疾老人说，请您让一让，不要阻了通道，您没看到人们都绕开您走吗？这让大家多不方便啊。老人从地面抬起半张脸，并不答她的话，我行我素道，行行好，太太，给几个小钱……朋友悄然走了过去，不曾放下一枚硬币。

　　这个让人有些吃惊的悬念勾起了读者进一步阅读的欲望，扶助弱者，救济穷苦，一向是人之美德，难道作家要为这一美德翻案？

　　朋友的一席话让人茅塞顿开："我是从不在马路边施舍的。那样不是仁慈，而是愚蠢。当然了，我不敢说马路边的每一个人都不该救助，但救助，也要有现代的意识。你给了一点钱，他就叩头，他靠出卖尊严得到金钱，你收获了廉价的欲望满足。你的那几个小钱，是不配得到这样的回报的。他轻易地以头触地，因为他已不看重自我。靠展示生理恶疾，压榨人们的感官的行为，更是一种潜在的威胁和逼迫。利用丑恶博得金钱，古来就被称为'恶乞'，被人所不齿。如果你辛辛苦苦挣来的钱，却助长了不良之风，不正与你善良的愿望相悖吗！"

　　谁没有过面对乞丐的尴尬？不施援手会觉得自己不够仁慈，施舍的同时又会嘀咕这钱给得是否值得，读了此文的人从此是否也给了自己几分坦然面对的理由？

　　此文胜在选题，直面乞丐这个特殊人群，直面不可回避又让人不知所措的社会问题，说理而不枯燥不教条，让人思索。

男 妇 产 科 医 生

NAN FU CHAN KE YI SHENG

他坐在我对面,十分庄重。

他是一位男妇产科医生,在这个岗位上已经度过了三十多个春秋,从翩翩少年到德高望重的医学权威。

全中国大约有九万名妇产科医生,其中男医生不到百分之十。也就是说,在我们广阔的国土上,只有几千名男妇产科医生在这一特殊领域,专心致志地为女性工作着。也许比搞原子弹和航天飞机的人还少吧?

我只能用"庄重"这个词来形容他,虽然我刚开始想用"慈祥"或是"温和"。不,慈祥太衰迈乏力了,而他不但叫人感觉到无惧可亲,还有一种很内敛的力量蕴含其中,预备着在危难中给你以期望和能够兑现的光明。

至于"温和"。他毫无疑问是和蔼的,但"温和"似乎太单纯平淡了一些,面对这样一位深谙生死和女性秘密的科学家,你断定自己将得到哲学和生命的启迪。

对话。我的问题时有冷僻和挑战,但他始终是从容不迫和安详的。于是想,在鲜血淋漓的手术台上,面对泛滥的癌肿,他一定也这般神闲气定。

问:作为一名男性,您为什么挑中了妇产科? 好奇还是组织决定？

答：那时我是刚刚毕业的大学生，当实习医生。当征求去向的时候，我填写了外科和妇产科。我比较喜欢外科的手起刀落，更爽快和当机立断，有间不容发治病救人的成就感。

我在国外研究的时候，看到过麦多先生的一段话："有两种男人做了妇产科医生。有一种是对妇女有一种特殊的敏感和关心。而另一种则是十分谨慎，因为要判断病人是很困难的。换言之，他们处理的每个病例和操作，都不会发生在他们自己身上。当他帮助病人度过分娩阵痛、卵巢癌、乳癌的时候，他可能存在一定的隔距，因为他知道，他是绝不会蹈此覆辙的。"

我想我是属于非常谨慎的那一类人。但我并不认为医生治病的经验仅仅来自感受。你没有得艾滋病，但你要摸索出治疗它的方法。要是只有得过很多病才可以当医生，那么医生早就死光了。

问：随着社会的进步，越来越多的女人要求在手术时，保留她们的子宫。您怎么看？

答：以前的病人很惧怕医生，基本上是医生说什么，她们就服从。但是现在不一样了，病人常常提出她们特别的想法。子宫是一个很不平凡的器官，它既关乎到本人的机体，也关乎到后代。有没有孩子这件事，会影响女人、男人，甚至上下几代人，娘家婆家……所以这是一个很慎重的问题。我认为，医生不是修理机器的机修工，面对的不仅是一个生了病的器官，而是一个完整的、有血有肉的、与周围有着千丝万缕联系的活生生的人……摘不摘除子宫，我主要是依据病情，综合家庭、生育情况、年龄等等因素。昨天一个病人强烈要求保留子宫，对我说要是切掉了子宫，她就得崩溃……我说，你留下它，就是在身体里埋着一颗定时炸弹。作为医生，我无法答应这种请求。但是你可以到其他医院再看看，听听别的医生的建议。我的实际意思是——如果你要坚持保留，可以另请高明。因为这也关系到我作为一个医生的原则问题。但话不能那样说,不委婉,对病人太刺激了。当医生的,也应该是语言大师。后来她思索再三,还是接受切除子宫的手术。我不是一个手术狂。切除是破坏,当可以避免或是能缩小它的危害时,我必尽力而为。曾经为一个病人在子宫里切除了二百多个肌瘤,剔出那些大大小小的颗粒,当然比一揽子切除子宫费时费力。操作很麻烦,像在一团海绵状的橡胶里抠除豌豆。这个项目的世界纪录,由英国医生保持着,从子宫里一下子切除了三百多个肌瘤,我们还不曾打破它。

问:在医院,谁是中心?病人还是医生?或者护士?

答:现在提倡在医院里,病人是中心。我以为这是一种奇怪的说法。据说医务人员态度不好,可以到消协投诉,这很可笑。医生不能等同于饭店服务员、汽车售票员。他所提供的服务,不是普通的商品,而是一种极为特殊的、和鲜血生命联系在一起的宝贵物质。我在报纸上看到,有的医院开始为手术明码标价,这非常可笑。手术是千变万化的,在手术前怎么可能完全预计到呢?

医生作为一个职业,是十分崇高的,当然这并不是说看不起普通劳动者。以前那个卖糖的张秉贵老人活着的时候,我常到他的柜台前站着,并不买糖,只是远远地看他举手投足。微笑着向顾客问好,优美地一抄手,把顾客要的糖,一块不多一块不少地抓到秤盘里。那种严丝合缝劲,叫你涌出许多感慨。精致地包扎,微笑着递给你……动作的连贯流畅,叫你顿悟工作是一种享受,敬业的美丽和庄严。

问:当你在台上做手术的时候,是何感觉?

答:我渴望手术。那种充满血腥和药气的氛围,极端安静。没有电话、聊天、无关的话题。没有敲门声。不会有人无端地闯进来,用莫名其妙的事干扰你。你全神贯注,被一种神圣感涨满,很纯净,没有丝毫犹疑,就是全力以赴地救治手术单下覆盖着的这条生命。主刀的时候,妙不可言。所有的人以你为核心,完全服从你的指挥,没有讨论和敷衍,不扯皮。你甚至是很武断的,像至高无上的船长,其余的人,只是水兵。遇到危险,你必须当机立断,操纵着潜艇,在血泊里航行。威武豪迈,有一种"得气"的感觉。

我觉得给医生送红包,医生就好好手术,反之,就不负责任的说法,很难想像。在技术上几乎不成立,因为无法操作。别的行业可能会有一个尺寸、一个波动的范围。给了钱,我就尽心尽意给你办,不给钱,就拖着不办。医生只要一上了手术台,是没有选择的。起码在技术上无法掌握这个幅度。不可能故意不给病人好好做手术,给他点厉害瞧瞧,恰到好处地增添某种痛苦,并不危及他的生命……不,手术远无法那么精确地控制,吉凶未卜,台上什么事都可能发生。

问:对于毫无背景的病人,你能否一视同仁?

答:你说的是关系户吧? 在我们的登记卡片上,有一行小小的注释,标明这个病人是某某介绍来的,那个是谁谁的门路。我有的时候很奇怪,怎么几乎所有住院的病人,都能通过各种关系找到内部的人呢? 例外也是有的,有时我会在卡片上看到一位老太太,名字下有一片空白,就是说,没有任何人打过招呼,完全是因为病情笃重,自己住进来的。我就说,现在我同你们打招呼,她没有关系,我给她一个关系——就是我。请特别关照。

当然,我也碰到过给首长的夫人做手术,被人反复叮嘱的时候。我只能回答说我会特别当心,不要出什么技术事故。我能做到的就是这些。

问:你当了这么多年的医生,经历了无数的生死。对人生怎么看?

答:我是一个宿命论者,几乎是生死由命的响应者。死和病,都不是可以预防可以选择的。有的时候,一切人力都无效,生命自有它的轨道。我经常写一些科普著作,当然我在书里不会这样说。我会告诫大家减肥,不要养成某些不良习惯,比如酗酒、抽烟等等。但我自己从来不吃什么补品,病人送给我的补品,因为自己不喜欢补,所以也不愿用它送人,时间长了,就生出蚂蚁。我也没有特殊的保健措施,不抽烟,是因为不喜欢那气味。如果接受那味,也许会抽的。我喜欢紧张的活动,白天很忙,几乎没有思索的工夫。我的格言是——紧张有力量。晚上下班回家的路上,是我一天最惬意的时候,骑一辆二六型女车,气不足……

问:是特意不把气打足,还是车胎慢撒气?

答:故意不把气打足。这样骑不快,有利于想事。我的很多文章,都是在路上慢慢酝酿出来的。

问:你提到病人送礼品,你是否经常需要病人的感激?当然我指的不是纯物质上的。

答:我通常不接受病人礼品,但不绝对。比如一个病人出院几个月后,请我吃一顿便饭,我会接受。从医这么多年,从病人一个眼神、一个动作,能看出他是否真心诚意感谢你。医生的劳动需要别人的承认和肯定,需要病人由衷的感激。我不喜欢那些表层的感谢之辞,哪怕是很贵重的礼物,如果里面没有蕴含真挚的情感,我也不看重。医生在高强度的生死搏斗中,和病人是战友。他需要病人对花费在他身上的心血和劳动,予以理解和敬重。

问:如果有来世,你还会再做医生吗?

答:会。我的两个孩子都不做医生,他们说,不要说自己干,就是从小到大,看着你这般辛苦,看也看得累了。医生每天看到的是痛苦和呻吟,听到的是烦人的主诉,承担的是责任和压力,医生的工作是很枯燥的。但我会继续做医生,我从这个行业里,学到了很多哲学,懂得了如何尊重人。科学家也许更多地诉诸理智,艺术家也许更多地倾注感情,医生则必须把冷静的理智和热烈的感情系于一身。

问:我想提一个比较敏感的问题,做妇产科医生,接触的是女性特殊部位。作为男性,是否经受特别的考验?

答:这个问题还从未有人问过我。

在生活中,我是一个和常人一样的男子。当我穿上白衣,就进入了特殊的角色。我是一名医生,我会忘记我的性别,或者说,我成了中性人。白衣有效地屏蔽了世俗的观念,使我专心致志地面对病人。白衣对我有象征的意义,是一身进入工作状态的盔甲。当然,还有一些特别需要注意的规矩,比如,为病人检查的时候,必须有其他女医务人员在场。从来不同病人开玩笑,哪怕彼此再熟,也要矜持把握。

对于女性的生殖系统,当我工作的时候,只把它看作是一个器官,仅此而已。这对一个敬业的训练有素的医生来说,不是很困难的事。就像一个口腔科医生,让女病人张开嘴,想看的只是她的牙齿,而不是要和她接吻。这些年来,我看过无数的病人,年轻的年老的,好看的丑陋的,妙龄少女或是白发苍苍的老妪……在我眼里,她们都是一样的,都是我的病人。

问:妇产科的男医生,会不会碰到障碍?

答:有些女病人不愿找男医生,这在我年轻的时候,感觉比较明显。现在年纪大了,在大城市里,不成为很大的问题了。我刚当医生的时候,战战兢兢,因为没有经验。但病人把希望寄托在医生身上,使人压力很大。你比她年纪小,初出茅庐,但她依旧毫不犹豫地把你当成上帝。病人把年轻的医生当成长者,把平庸的医生当成圣人。后来有几年,有了一些经验,胆子大一些了。但医生当得年头多了,又战战兢兢起来,感到生命脆弱责任重大,医生被赋予上帝的角色,但我知道自己不是。好像一个怪圈,又回到了原地。

问:你治疗了多少病人？做过多少手术？

答:不知道。没计算过。有人会精确地计算,有人大略地估计,比如一天大致做了几例手术,一年大约多少天,算出总数。我从来没有计算过。

问:你见过那么多女人,你以为对女人来说,最高贵的品质是什么？

答:(毫不迟疑地)善良。其次是美丽。

问:最后有一个纯属私人的问题,请教于您。我有一位关系密切的女友,各方面条件都很好,大龄未婚。有人给她介绍了一个男友,也是处处优异,工作为妇产科医生。她无法接受,理由是他对女人懂得太多了,没有神秘,就没有幸福。我觉得这有些先入为主,劝她,她说,你又不是那种男医生,你如何知道他们的心？

答:幸福和神秘画等号吗？什么东西最神秘？是肉体吗？我以为最神秘的是人的思想,身体没有什么可神秘的。女人只靠身体的神秘吸引男人吗？当身体不再神秘以后,幸福存在何方？人的感情是最神秘的,有感情才有幸福。女人啊,你因为思索而美丽。

【赏析】

如果做新闻,毕淑敏一定会是个出色的编辑:她太了解标题的重要性,取个醒目的标题是吸引读者阅读下去的第一要素。有统计表明,一篇文章,读者是否要看下去,只需要在三秒钟内判断就可决定。

男妇产科医生,这是多么让人好奇的一个名称!

"全中国大约有九万名妇产科医生,其中男医生不到百分之十。"因为没有注明本文的写作年代,我不清楚作者所说的不到百分之十的时代背景,如果在写作时大致予以年代上的说明是否会更好一些。在此只作建议。

男妇产科医生是什么样的?作者没有去描写他的外貌,"庄重",这是一个有着分量的词汇。"对话。我的问题时有冷僻和挑战,但他始终是从容不迫和安详的。于是想,在鲜血淋漓的手术台上,面对泛滥的癌肿,他一定也这般神闲气定。"作者没有过多描述,反而让自己成为一个客观的记录者与有探求欲望的提问者,让自己本身就成为读者中的一员,为什么挑中妇产科?你怎么看女人要求保留她们有病的子宫?在手术台上你有何感觉?接触女性的特殊部位你是否认为那是特殊考验?妇产科的男医生是否会碰到障碍?

随着一个个精彩的解答,如抽丝剥茧,男妇产科医生的形象与心理状态跃然纸上。本文与以往的毕氏风格散文有很大不同,与其说是散文,还不如说是一篇精彩的通讯文本。不变的是流畅朴素的文字风格。

遮颜男子

ZHE YAN NAN ZI

　　一位做职业心理医生的朋友,对我讲过这样一个故事。

　　某个下午,也许是因为突如其来的豪雨,预约的咨客访过之后,没有新的咨询者来谈。我收拾好文件夹,预备下班,这时突然走进来一位年轻的男子。他西服笔挺,很有身份的样子。头上戴着一顶礼帽,帽檐压得很低,几乎看不清他的眉眼。我直觉到,这人有很深的隐秘,不愿让人知晓。他来找心理医生,想必是遇到了实在难以排解的苦闷。

　　他坐下来以后,对着我需要他填写的表格说,就不填了吧。因为,如果你一定要我填写,我就会编一些假资料在上面,无论是对我还是对您,都是一个尴尬和可笑的过程。

　　我点点头说,谢谢你这样坦诚地告诉我。不过,有一些资料,你是可以如实告诉我的。你对你的名字职务地址联系方式……都可以保密。但是,既然你是来和我讨论你的问题,那么关于你的婚姻情况,你的文化水准等等,应是可以回答的。如果我们连这种基本的信任都没有,那么,请原谅,即使你很愿意讨论问题,我也无法接受你的要求。

　　他若有所思,想了想之后,在空白的名字之后,写下了职业:国家公务员。教育水准:硕士。

我说,好吧,你可以不告知我你的姓名,但是,我怎么称呼你呢?

他说,你就叫我老路好了。

你一点都不老。看起来很年轻啊。我把感想告知他。

他说,你就把我当成一个老年人吧。

这是一个奇怪的要求,但我的来访者有很多令人诧异的想法,我已见怪不怪。

我说,咱们聊些什么呢?

他清清嗓子说,你能告诉我,女人和食物有什么区别吗?

一个怪异的问题。但他的眼睛,看得出认真和十分渴望得到答案。甚至,他还掏出了一个很精美的笔记本,想把我的话记录下来。

我说,女人和食物,当然是有非常重大的区别的。我看你是受过良好教育的人,一定晓得这两样东西,是完全不同的。我想了解,你为何想到了这样一个问题?这其中发生了什么?我觉察到了你的迷惘和混乱。

他好像被我点中了穴位,久久地不吭声。停了半天,才说,是这样的。我在政府机构里任职,现在做到了很高的位置。我的办公室里有一位秘书,是那种很优雅很干练的女孩,当然,外表也是非常漂亮的。你要知道,在当代大学生寻找工作的排行顺序里,公务员是高列榜首的。对于女孩子来说,更是一份优厚和体面的工作。这个女孩,就叫她蔻吧。蔻是我从大学生求职招聘会上特招来的,我需要一个善解人意练达能干的女秘书,当然,还要赏心悦目。我是一个讲究品位的人,我使用的所有物件,都是高质量的。我对我的秘书要求高,也是情理中的事。蔻来了以后,很快就适应了工作,比我以往的任何一任秘书,都更让我得心应手。我很高兴,觉得自己多了一条胳膊一条腿。我不是开玩笑这样说,是真心的。当你有了一个比你自己想得更周到的秘书之时,你觉得自己的生命被延长了,力量和智慧都加强了。那是很美好的感觉。事情停留在这个地步就好了,但是,关系这种东西,不是你想让它发展到哪一步就可以凝结住的东西,它一旦诞生了,就有了自己的规律。因为我和蔻在一起工作的时间很长,每天都要讨论一些问题,交代一些事务,对于我是一个怎样的人,她很快就了如指掌。她说,她喜爱我的一切,从我的学识风度到细小的习惯和动作,连我的老伴非常不喜欢的我的呼噜,她都戏称为是一只安详的老猫在休养生息,预备着更长久的坚守和一跃而起……你知道,一个中年接近老年的人,被一名年轻女孩这样地观察和评价,是很受用的……

我听得很认真,我相信这些叙述的可靠性,不过,巨大的疑惑涌起。我说,对不起,打断一下,你一再地提到自己的年龄,还有老伴什么的说法……但是,我觉得这与实际不很吻合。

老路右手很权威地一挥,说,你先别急,且听我说。

我默不作声,迷惘越重了。

老路说,钱钟书说过,老年人的爱情就像是老房子着了火,没得救的。我和蔻的关系,燃烧起来了。是蔻点起的火,还不停地往上泼汽油。我一生操守严格,本以为自己年纪已经这样大了,从生理到心理,对于女色都会淡然,没想到,在蔻的大举进攻下,我的城堡不堪一击,连我们发生性关系的时间和地点,都被蔻以公务会面,堂而皇之地写在了我的一周计划中,那么天衣无缝。我被这个小女子安排进了一个圈套。当然,我还存有最后的理智,我对她说,这是你自愿的,咱们可要说清楚。蔻说,这都什么时候了,你还这样克制?我给你吃一个药片,你就不会如此矜持了。说着,她拿出了淡蓝色的菱形药片……

我插话道,是伟哥?

老路说,是,正是。

我说,你吃了。

老路说,吃了,但是在吃之前,我还是清醒地同她约法三章:第一,我没有强迫你;第二,我不会和你结婚;第三,你不要以此来要挟我。

蔻冷笑着说,你可真是 20 世纪遗留下来的人了。性是什么呢?食色性也,就是说,它是正常的,是常见的,是没什么附加条件的。当你看到了一盘美食,你肚子正好饿了,很想吃,那盘美食也很想入了它所喜爱的人的肚子,这不是一拍即合两全其美的好事吗?你还犹豫什么呢?

话说到这份儿上,我真的被这种大胆和新颖的说法所俘获,我想,我可能真是老了吧?也许是伟哥的效力来了,也许是我内心里潜伏着一股不服老的冲劲,我巴不得被这么年轻的女孩接受和称赞,我就当仁不让了……

小小的咨询室里出现了长久的停顿。空气沉得如同水银泻地。

后来呢?我问。

后来,蔻就怀孕了。老路垂头丧气。

蔻不再说那些女人和食物是等同的话了,蔻向我要求很多东西。她要钱,这倒还好办,我是个清官,虽然不是很有钱,但给蔻的补偿还是够的。但蔻不仅是要这些,她还要官职,她要我列出一个表,在什么时间内,将她提为副处级,什么期限内将她提为正处级。还有,何时提副局级……我说,那个时候,也许我已经调走或是退休了,蔻说,那我不管。你可以向你的老部下交代,我有学历有水平,只要有人为我说话,提拔我是顺理成章的事情,只要你愿意,你是一定办得到的。我为难地说,国家的机构,也不是我的家族公司,就算我愿意为你两肋插刀,要是办不成,我也没办法。

蔻说，如果办不成，就是你的心不诚。

我有点恼火了，就算我在伟哥的作用下乱了性，也不能把这样一个小野心家送进重要的职务里啊。我说，如果我办不成，你能怎么样呢？

蔻说，你知道克林顿吧？你知道莱温斯基的裙子吧？你的职务没有克林顿高，可我的身上有的东西，比莱温斯基的裙子，可要力道大得多啊！

蔻现在还没有到医院去做手术，我急得不得了。我不知道向谁讨教，我就到你这里来了。当然，蔻对我也是软硬兼施，有的时候，也是非常温存。我真的不知道该怎么办了，那个孩子在一天天地长大，到了我这个年纪的人，对孩子还是非常喜爱的，但我更珍惜的是我一生的清誉，不能毁于一旦啊……

我赶快做了一个强有力的手势，截断老路的话，把我心中盘旋的疑团抛出——老路，不好意思，我一定要问清楚你的年纪，因为这是你的叙述中一个非常重要的线索，你不断地提到它，并感叹自己的经历，我想知道，你究竟有多大年纪？

老路目光犹疑而沉重地盯着我，说，既然你问得这样肯定，我也没办法隐瞒了，我五十六了。

我虽有预感，还是讶然失声道，这……实在是太不像了。你有什么秘密吗？

这是一句语带双关的话。我不能随便怀疑我的来访者，但我也没有必要隐瞒我的疑窦丛生。

老路长叹了一口气说，你眼睛毒。我当然是没有那么大的年纪了，这是我的首长的年龄。除了年龄以外，我所谈的都是真的。只是首长德高望重，他没有办法亲自到你这里来咨询，我是他的助手，我代他来听听专家的意见，也可让他在处理如此纷繁和陌生的问题上，多点参考。

说到这里,老路长吁了一口气,看来这种李代桃僵的事,对他也是不堪重负。

轮到我沉默了。说实话,在我长久的心理辅导生涯中,不敢说阅人无数,像这样的遭遇还是生平第一次。我能够体会到那位首长的悔恨懊恼一筹莫展的困境,也深深地被蔻所震惊。在这个美丽和工于心计的女子身上,有一种邪恶的力量和谋略,她真要投身政治,也许若干年之后,会升至相当的位置。至于这位为首长冒名咨询的男子,更是罕见的案例。

我说,终于明白你开始问的那个问题的意义了。女人和食物,是完全不同的。男女之间的性关系,绝不像人和物之间的关系那样简单和明朗。它是人类有史以来最亲密的关系之一。两个不同的人,彼此深刻地走入了对方的心理和生理,这是关乎生命和尊严的大事情,绝非电光石火的一拍两清。倘若有什么人把它说得轻描淡写或是一钱不值,如果他不是极端的愚蠢那就一定是有险恶的用心了。

至于你的首长,我能理解他此刻复杂惨痛的情绪,他陷在一个大的危机当中。他要作出全面的选择,万不要被蔻所操纵……

那天还谈了很多,临走的时候,老路说,谢谢你。

我说,如果你的首长还想咨询的话,希望他能亲自来。老路把礼帽往下压了压说,好吧,我会传达这个信息。

朋友讲完了他的故事。我说,那位上当的老人,来了吗?

朋友说,我从他的助手临走时压帽子的动作,就知道首长不会来的。

我说,这件事究竟怎样了结?

朋友说,不知道。世上的人,究竟有多少能分清食和色的区别呢?只要这事分不清,此类的事就永不会终结。

【赏析】

有人说散文是文学的基本功,一个好的小说家,也必然且首先是一个散文家。毕淑敏却是一个喜欢把小说因素揉进散文的作家,平添了散文的可读性。

借一位医生朋友之口,作家为读者讲述了一个悬念不断、跌荡起伏的故事。

故事的主角是一个西服笔挺,看起来很有身份的咨询者,"头上戴着一顶礼帽,帽檐压得很低,几乎看不清他的眉眼"。作家并没着墨写此人的五官,单从装束上就把来访者的形象勾勒出来,寥寥数笔,让人感觉到即将开场的一定会是带有几分精彩的好戏。

女人和食物有什么区别吗?这个让人不知出处的问题拉开了真正的故事序幕,其实故事还真不是什么闻所未闻的新闻,只不过一个政府高层官员在女秘书的步步引诱下,越过了生理底线发生了肉体关系,女人怀孕了,男人成了瓮中之鳖,继而女人以腹中之子为利器,要挟男人用手中职权为其谋私利。在整个事件的叙述过程中,男人全都以"我"的口气一一道来,其中出现了一系列以往毕淑敏作品中很少出现的字眼,如:伟哥,莱温斯基的裙子。

医生曾有几次打断对方的讲述,其中有三处都与对方的年龄有关:"你就叫我老路好了。——你一点都不老。看起来很年轻啊。""一个中年接近老年的人,被一名年轻女孩这样地观察和评价,是很受用的。——对不起,打断一下,你一再地提到自己的年龄,还有老伴什么的说法……我觉得与实际不很吻合。""到了我这个年纪的人,对孩子还是非常喜爱的,但我更珍惜的是我一生的清誉,不能毁于一旦。——我赶快做了一个强有力的手势,截断老路的话,把我心中盘旋的疑团抛出:老路,不好意思,我一定要问清楚你的年纪,因为这是你的叙述中一个非常重要的线索,你不断地提到它,并感叹自己的经历,我想知道,你究竟有多大年纪?——老路目光犹疑而沉重地盯着我,说,既然你问得这样肯定,我也没办法隐瞒了,我五十六岁了。"故事讲完了,作家又为我们制造了一个新的波澜:"老路长叹了一口气说,你眼睛毒。我当然是没有那么大的年纪了,这是我的首长的年龄。除了年龄以外,我所谈的都是真的。只是首长德高望重,他没有办法亲自到你这里来咨询,我是他的助手……"

文中作者无意解答女人与食物究竟有什么区别,反而意在仍是借朋友之口说出的"世上的人,究竟有多少能分清食和色的区别呢?只要这事分不清,此类的事就永不会终结"。

文字干净,如一粒泉水中清洗过的砂石子,朴素地还原着它的故事,那回响未必有多大,却让你不能忽视。

永别的艺术

YONG BIE DE YI SHU

　　近读一文,内有几位日本女性,款款道来,谈她们如何人到中年,就开始柔和淡定地筹划死亡。好像戏刚演到高潮,主角就潜心准备谢幕时的回眸一笑,机智得令人恐惧。

　　一位艺术家,六十二岁时,把家中房子改建成三间,适合老年人居住,以用作"最后的栖身之所"。删繁就简,把用不着的家具统统卖掉,只剩下四把椅子,两个杯盘。丈夫叹道:这么早就给我收拾好啦!

　　一位女儿为父母收拾遗物,阁楼就像旧仓库,到处是旧书和电话簿,摞得比人还高。式样该进博物馆的服装,包装的盒子还未撕开。不知何时买下的布料,质地早已发脆。像出土文物一般陈旧的卫生纸,不起丝毫泡沫的洗涤剂……但房地产证、银行存折、名章等重要物件,却不知藏在什么地方。她想起母亲生前常说,我是不会给孩子们添任何麻烦的……心想,人不能在死亡面前好强,还是未雨绸缪的好。

　　她把父母家中的家具、衣物、餐具都处理了,最难办的是,母亲生前花了二百五十万日元自费出版的自传,剩下一百多册,无法处置。再三考虑之后,女儿双手合十默念道:妈妈,留下来的人还要生存,只有对不起您了。说完,她只收起四册自传,其余的都销毁。

母亲的日记，她带走了。但每读一遍，都沉浸在痛苦之中。当她四十九岁时，先烧掉了自己的日记，然后把母亲的日记也断然烧光，从此一了百了。

风靡全球的《廊桥遗梦》，其实也是一个从遗物讲起的故事。死之前应该做的事，似乎还挺多。如果疏忽了，有时便是难以弥补的缺憾。一位妻子患病住进医院，丈夫天天守候在床边，寸步不离。妻子刚开始是感动，随之就是生疑。终于察觉到自己患的不是一般的病，丈夫是在永诀前，尽力增多和自己呆在一起的时间。女人深深地不安了，一再强烈要求出院，回到自己家中。丈夫知她病情重笃，哪敢让她走？只好不断用"明天我们就办手续"敷衍她。女人终于在一天夜里，大睁着双眼走了。丈夫整理妻子遗物的时候，发现了她与情人八年相通的记载，总算明白妻子最后放心不下的是什么了。

读着这些文字，心好像被一只略带冷意的手轻轻握着，微痛而警醒。待到读完，那手猛地松开了，顷刻有新鲜蓬勃的血，重新灌注四肢百骸，令人感到阳间的温暖。

第一次清晰地感受生人对死亡的准备，是十几岁下乡时，房东大娘在秋阳下晾晒老衣。她脸上欣赏的神色和寿装绚丽妖娆的色彩，令我感到她有一种早日套入它们的期待。细想起来，农牧社会的死亡，也是节俭和单纯的。一个人死了，涉及的不过是几件旧衣，或烧或送，都好处置。其他农具家具炊具，属于公众的大家庭，不会也不应随了死者遁去。

现代社会在种种进步之中，也使死亡奢华和复杂起来。你不在了，曾经陪伴你的那些物品，还坚固地存在。怎么办呢？你穿过的旧衣，色彩尺码打上强烈个人印迹，假如没有英王妃黛安娜的名气，无人拍卖无处保存。你读过的旧书，假如不是当世文豪，现代文学馆也不会收藏，只有掩在尘封中，车载斗量地卖废品。你用过的旧家具,式样过时,假如不是紫檀或红木,也无后人青睐,或许丢弃垃圾堆。你的旧照片,将零落一地,随风飘荡,被陌生的人惊讶地踏着问:这是谁?

当我认真思忖死后的技术性问题时,感觉到的不再是对死亡的畏惧,而是对不幸参与料理这一切事务的人,充满歉意。假如是亲人,必会引起悸痛,但我的本意,是望他们平静。假如是素不相识的人,出于公务或是仁慈相助,更应减少他人的劳动强度。

我原以为死亡的准备,主要是思想和意志方面,不怕死,是一个充满思辨的哲学范畴。现在才醒悟,涉及死亡的物质和事务,也相当繁杂。或者说,只有更明智巧妙地摆下尘世间最后的棋子,才能更有质量地获得完整的人生尊严。

让年富力强的人,考虑死亡,似乎是一件可笑的事情。但死亡必定会在某一个不可知的时辰,与我们正面相撞,无论多么伟大的人物,都要臣服于它的麾下。

经常想想自己可能明天或者最近就死,是一件有趣而且有益的事。

首先是有利于感悟生命,体验到它的脆弱和不堪一击,会格外地珍惜今天。有许多暂时看来无法跨越的忧愁与痛苦,在死亡的烈度面前,都变得稀薄了。

第二是有利于抓紧时间。日常生活的琐碎重复,使我们常常执拗地认为,自己是坐拥无限时光的富翁,可以随意抛洒。死亡给了我们一个不由分说的倒计时,无论你此刻多么精力超群,时间之囊里的水,都在一去不复返地失落着,储备越来越少。

第三是有利于我们善待他人,快乐自身。死亡使真情凸现,友情长存。

总之,死亡是不讲情面的伴侣,厮伴我们终身。此公最大的爱好就是冷不防,极少发布精确的预告。于是如何精彩地永别,就成了值得深入探讨的问题。日本女人的想法，像她们的插花，细致雅丽，趋于婉约。我想，这门最后的艺术，不妨有种种流派，阴柔纤巧之外，也可豪放幽默。小桥流水或横刀跃马，都可以事先多次设计，身后一次完成。或许将来可有一种落幕时分的永别大赛，看谁的准备更精彩，构思更奇妙，韵味更悠长。

唯一的遗憾，就是这比赛的冠军，不能亲自领奖了。

【赏析】

记得有一次毕淑敏到一所大学演讲，有不少听众递纸条给她，其中一个写着：请你用诚实的态度告诉我们，你的人生目标是什么（不要说政治教科书上的话）。毕淑敏说，我以一个中年人的诚实告诉你们，经过我多年对这个问题的心得，人生其实是没有目标的，人生其实是没有意义的。刚说到这儿，全场响起暴风雨般的掌声，等掌声停歇下来，她接着说，但是你要为自己确立一个目标。这个插曲让人经久难忘，人生其实是没有意义的，是啊，如果你肯承认这一点，那又为何不肯坦然面对那必然会来临的一天？当死亡之神来敲击我们的窗棂的时候，我们有谁为之做好了足够的准备？这没有意义的人生为什么那么值得怀念，让我们不肯轻易道别离？

本文中那几位日本女性柔和淡定筹划死亡的画面，让人的心"好像被一只略带冷意的手轻轻握着，微痛而警醒。待到读完，那手猛地松开了，顷刻有新鲜蓬勃的血，重新灌注四肢百骸，令人感到阳间的温暖"。

值得一提的是作者对第一次清晰地感受人对死亡的准备的描写："是十几岁下乡时，房东大娘在秋阳下晾晒老衣。她脸上欣赏的神色和寿装绚丽妖娆的色彩，令我感到她有一种早日套入它们的期待。细想起来，农牧社会的死亡，也是节俭和单纯的。一个人死了,涉及的不过是几件旧衣,或烧或送,都好处置……"与后面写到的现代社会种种进步之中的奢华复杂死亡相对比,"你穿过的旧衣,无人拍卖无处保存;你读过的旧书,车载斗量地卖废品;你用过的旧家具,无人青睐被丢进垃圾堆;你的旧照片,将零落一堆,随风飘荡,被陌生人惊讶地踏着问:这是谁?"

对待死亡,作者显然是冷静的,与许多缺乏死亡意识的人相比,医生与作家的双重身份,让她认为"经常想想自己可能明天或者最近就死,是一件有趣而且有益的事"。因为死亡的存在,可以令人们珍惜有限的生命,且善待他人,快乐自身,虽然它是个不讲情面的喜欢冷不防造访的伴侣。

但死亡又是让人不愿接受的无奈,毕竟,那意味着我们与一切美好的可爱的人和物的诀别。所以,作者认为,戏演到高潮,潜心准备谢幕时的回眸一笑,未尝不可。这种哲学思维新鲜却不失庄重。

旷 野 与 城 市

城市是一粒粒精致的银扣,缀在旷野的黑绿色大氅上,不分昼夜地熠熠闪光。我所说的旷野,泛指崇山峻岭,河流海洋,湖泊森林,戈壁荒漠……一切人迹罕至保存原始风貌的地方。

旷野和城市,从根本上讲,是对立的。

人们多以为和城市相对应的那个词,是乡村。比如常说"城乡差别"、"城里人乡下人",其实乡村不过是城市发育的低级阶段。再简陋的乡村,也是城市一脉血缘的兄长。

唯有旷野与城市永无声息地对峙着。城市侵袭了旷野昔日的领地,驱散了旷野原有的驻民,破坏了旷野古老的风景,越来越多地以井然有序的繁华,取代我行我素的自然风光。

城市是人类所有伟大发明的需求地、展览厅、比赛场、评判台。如果有一双慧眼从宇宙观看夜晚的地球,他一定被城市不灭的光芒所震撼。旷野是舒缓的,城市是激烈的。旷野是宁静的,城市喧嚣不已。旷野对万物具有强大的包容性,城市几乎是人的一统天下……

人们为了从一个城市,越来越快地到达另一个城市,发明了各式各样的交通工具。人们用最先进的通讯手段联结一座座城市,使整个地球成为无所不包的网络。可以说,人们离开广义上的城

旷野是大自然的肌肤

市已无法生存。

我读过一则登山报道,一位成功地攀上了珠穆朗玛峰的勇敢者,在返回营地的途中,遭遇暴风雪,被困,且无法营救。人们只能通过卫星,接通了他与家人的无线电话。冰暴中,他与遥距万里的城市内的妻子,讨论即将出生的孩子的姓名,飓风为诀别的谈话伴奏。几小时后,电话再次接通珠峰,回答城市呼唤的是旷野永恒的沉默。

我以为这凄壮的一幕,具有几分城市和旷野的象征。城市是人们用智慧和心血,勇气和时间,一代又一代堆积起来的庞然大物,在城市里,到处有文明的痕迹,以至于后来的人们,几乎以为自己披甲执兵,无坚不摧。但在城市以外的广袤大地,旷野无声地统治着苍穹,傲视人寰。

人们把城市像巨钉一样,楔入旷野,并以此为据点,顽强地繁衍着后代,创造出流光溢彩的文明。旷野在最初,漠然置之,甚至是温文尔雅地接受着。但旷野一旦反扑,人就一筹莫展了。玛雅古城,庞贝古城……一系列历史上辉煌的城郭名字,湮灭在大地的皱褶里。

人们建造了越来越多越来越大的城市,以满足种种需要,旷野日益退缩着。但人们不应忽略旷野,漠视旷野,而要寻觅出与其相亲相守的最佳间隙。善待旷野就是善待人类自身,要知道,人类永远不可能以城市战胜旷野,旷野是大自然的肌肤。皮之不存,毛将焉附?

【赏析】

人与自然,生与死,这是作为一个以外在客观世界为审美观照的个体时刻在思索的主题,在漫长的进化史中,种种的人文情结沉积为一种宽厚的人性亮点,那就是真正意义上的悲天悯人。沉郁顿挫的杜少陵,信仰坚定的泰戈尔,胸有沟壑的摩罗,以及一个用细腻的视角打磨着苍茫人间的毕淑敏。

似乎很多敏锐的作家都会对人类的举动产生发自内心的反思——自然与人,旷野与城市——这是很宏大但又细碎的发生着的关系,到了毕淑敏这里,会是怎样的表现形式呢?是百尺楼头振臂高呼?是低眉顺眼怨天尤人?才情了得的毕淑敏,用她圆熟冷静的笔墨调理着这一盘的错综复杂,就像熟稔的糕点师做着随心所欲的花式并落下点睛的果脯——这不得不归功于她丰富的生活积淀与超强的文字驾驭能力——精美闲适的文字风格,足以吸引人的眼球。

毕淑敏用了形式的华美与轻灵,声色不动地烘托出词句之间哲理思考的光辉,将人的主体角色与依附角色闲散地演绎着,其中贯穿的是对人本位意识的深刻思考以及对人类命运的慈悲忧虑。“人们把城市像巨钉一样,揳入旷野,并以此为据点,顽强地繁衍着后代,创造出溢光流彩的文明。旷野在最初,漠然置之,甚至是温文尔雅地接受着。但旷野一旦反扑,人就一筹莫展了。玛雅古城,庞贝古城……一系列历史上辉煌的城郭名字,湮灭在大地的皱褶里。"历史的演进,社会的构建,人类的情态……简练的话语蕴涵着振聋发聩的哲理力量,不管什么身份,只要是真正意识到自己客观存在的人,将莫不耸然,之后就是对作者不经意流露的悲悯情怀由衷的敬佩。打一个不太恰当的比方,张曼玉有句话说:"谁能知道我要经过多少心碎才能在镜头前流下那几滴泪来?"毕氏亦然——如此悲悯的散淡,我们能否掂量这散淡中的凝重?

第三辑

亲

情

篇

混入北图

带儿子混入北京图书馆,蓄谋已久。

孩子的度量衡,与成人大不相同。人小的时候,可以吃到一生中最好吃的东西,看到一生中最神秘的景象,记住一生中最难忘的话语。甚至恐惧,也是童年时为最。

我带孩子参观过许多展览,许多博物馆。四岁时便让他独自去爬长城,我坚信那份磅礴与宏伟,会渗入他的骨髓。少年是一块虚怀若谷的包袱皮,藏进什么都最稳妥,一辈子都能闭着眼摸到。

北图是亚洲最大的图书馆和北京最美的建筑之一,但它只对成人开放。门口很随意地写着(想像中北图的规矩应该铭刻在铜质烫金的硬物上)进入需要证件。说起来挺宽松的,比如退休证、个体工商者证都行,唯有对学生,是一份别致的苛刻:需大学三年级以上的学生证。

假如儿子二十岁时才能进入北图,我觉得那是生命的遗憾。对于成人,北图只不过是获取知识的所在。对于孩子,这座宝蓝色屋顶的巨大宫殿,该有一股独特的魔力。无奈我们的国立图书馆"少儿不宜",于是一个鬼祟而崇高的主意开始萌动:等他长到和我一般高,我们就混入北图。

耐心地等待这颗青果成熟。终于有一天,孩子能穿四十号的鞋了。我对他说：想去北图吗？想去。儿子酷爱书。他说过最爱的是母亲，其次是书，气得他父亲咻咻的。现在，第一爱的要领他去看第二爱的，焉有不快活之理。

需要做些准备。

穿上你爸爸的羽绒服，这样可以显得更臃肿更老成些。戴上平光镜。别戴墨镜，墨镜容易诱人起疑，哪有进图书馆两眼昏黑的。不要戴口罩，现在大街上谁戴口罩，欲盖弥彰。

最重要的是揣上你爸爸的工作证。且慢，让我再看看像不像。那是丈夫年轻时的肖像，儿子与他酷似，心中便很踏实。

装扮妥当，临出门的那一瞬，突然气馁。从来没做过这种偷天换日的事，心中惶惶然。要不，等你再长大一点，唇边有了小胡须，就更像你爹了，咱们再去？我试图劝阻儿子。

妈妈，你为什么这么婆婆妈妈！纵然被人捉住了，又有什么？鲁迅早说过，窃书不算偷。况且我们并没有偷，只是看。看看有什么罪过？十四岁男孩像马驹一样蓬勃的话，鼓舞了我。不过那句话是孔乙己说的，不是鲁迅说的。我纠正他。

走！去北图！

北图门口有卫兵，那是不足虑的，他并不盘查。很顺利地通过这第一道关卡。我故意落下几步，从侧面观察儿子。他确实很像个成人了，步履匆匆地向北图高大的正门迈去。漫长的汉白玉台阶上生长着在北国冬天显出苍灰色的苔藓。

慢行。我说。为什么？妈妈。他问。你看那台阶。台阶怎么啦？那台阶证明很少有人从正门通行。那人们从哪里进去读书呢？有许多学子从我们身边掠过。

从侧门。我说。

那么正门什么时候开呢？好像是有贵宾参观的时候。

儿子便有一刻黯然。然而毕竟是孩子，他很快被北图幽雅的环境所陶醉。

这是北方冬日极好的一个晴天。天穹蓝得如同海底世界。北图以同样碧蓝且更为耀眼的琉璃瓦无所顾忌地炫耀自己。在这座庞大的王国里,居住着书的君王和它的亿万子民。洁净的院落里,树影扶疏。注意树上的标牌,上面写着这株植物的名称种属……我提醒儿子。

儿子像小鹿似地跑。妈妈,我们还是去看书! 到了图书馆,看书最重要,看植物留到植物园吧!

现在,我们要通过第二道封锁线了。进楼的人需把证件打开。妈妈,他会仔细看我的工作证吗? 爸爸的年龄一栏里写着四十岁,我怕……儿子倚住我。

别害怕! 我在前面走,你在后面跟。注意我的动作,只潇洒地把证件扬一扬,以我的经验,门卫就会挥手放行……我勇敢地给儿子示范。

终于,我们成功地进入了北图!

我领着儿子,教给他怎样存包,怎样查找目录,怎样办理复印手续……他像只乖巧的小狐狸不远不近地跟随我……我最后指点给他厕所的位置。

现在,我们去阅览厅吧! 儿子跃跃欲试地说。

现在,我们回家去吧! 你已经看到了北图的巍峨,你已经知道了借阅的程序,我们的目的已经圆满达到。该走了。至于书,哪里都是一样的,犹如水,无非是河里的浅,海里的深。不! 妈妈。那不一样,海水是咸的! 如果我们不看书,那还算什么到过北图!

我要承认我在粉饰怯懦。领儿子游览北图迄今顺利,一切平安应该见好就收。终究是用的假证件,出了纰漏,就毁了初衷。

面对儿子渴求的目光,我决定率他铤而走险。孩子你走进厅里,工作人员会接过你的证件,然后换给你两个号码牌,你就到座位上去读书……注意签字时,一定要写你父亲的名字而不是你的……还有单位,千万不能写成你所在的中学……最后,切记不可把书带出来,不然特殊的仪器会发出尖锐的鸣叫……我谆谆告诫。

妈妈,我去了。儿子像股火苗,一蹿好高。不成,咱们再换一个阅览厅。我牵起他转移阵地。

为什么?儿子大惑不解,这个阅览厅的工作人员看起来很负责,我们太危险。

真正明白了什么叫做贼心虚。挑了一个工作人员埋头读书的阅览厅,用手一指,果断地说,你进去吧!

妈妈,你不同我一起去呀?儿子惊讶地瞪圆了眼睛。你害怕了吗?我激他。好,妈妈!儿子一步迈了三级台阶,拐向阅览厅。

真实的理由是:我害怕这种场面。也许儿子尚不致露马脚,我先要在一旁面红耳赤,心跳如驼铃了!

我卡在楼梯口,既不敢上,也不敢下,探头觑着阅览厅落地的玻璃门。在儿子向工作人员掏出证件的那一瞬,我闭上了眼睛……

真害怕看到尴尬的一幕,真恐惧听到刺耳的叱声……

四周静悄悄,仿佛一片荒原。待我再睁开眼睛,我已看不到儿子了。巨大的玻璃门像一层无声瀑布,只有那位工作人员仍在痴迷读书……

儿子终于成了北图读者,我好欣喜。原想进去找他,又想还是让他独自享受在这殿堂中阅读的喜悦吧。

我在楼梯拐角处,一直等到闭馆时儿子出来。我们到小卖部买点熟食充饥。

妈妈,你说人家不会仔细瞧照片,实际上他的眼光像吸尘器,在我脸上吸了个遍,肯定认出了我。只是,他什么也没有说。

哦,谢谢你,北图爱读书的管理员!

告别北图。儿子说,今天我有三点感受最深:一是北图的书真多啊! 二是北图的快餐鱼真好吃。最后一条是……他沉吟,显出少年老成。

最后一条是什么呢? 轮到我好奇。

我想从北图的正门走进去。

【赏析】

单看篇名,就感到有一股凉爽之气迎面扑来,有"混在北京",如今是混入北图!

果然,作者没让我们失望。

由于酷爱读书的儿子不够进北图看书的条件:需大学三年级以上的学生证。"假如儿子二十岁时才能进入北图,我觉得那是生命的遗憾",终于等到孩子"能穿四十号的鞋"了(母亲,也正是母亲,才用这种方式描述自己的儿子),儿子第一所爱(母亲)要领他去看第二所爱(图书)。尽管乔装打扮,穿上爸爸的羽绒服,戴上平光镜,揣上爸爸的工作证,作者仍然惴惴不安,混入北图的过程一波三折,在作者的笔下更是有惊无险:

"临出门的那一瞬,突然气馁。从来没做过这种偷天换日的事,心中惶惶然。要不,等你再长大一点,唇边有了小胡须,就更像你爹了……我试图劝阻儿子。"被儿子"窃书不算偷。况且我们并没有偷。只是看,看看有什么罪过"的话鼓舞,下定决心起身:"走! 去北图!"颇有壮士一去分之气,幽默感十足。

轻松入得大门,"要通过第二道封锁线了。进楼的人需把证件打开。妈妈,他会仔细看我的工作证吗? 爸爸的年龄一栏里写着四十岁,我怕……儿子倚住我",这次轮到儿子犹疑了,在妈妈的示范下,成功进入北图。

当跃跃欲试的儿子说既入了馆看书是理所当然的,可是母亲却打起了退堂鼓:"现在,我们回家去吧……至于书,哪里都是一样的。"母亲承认自己粉饰怯懦,因为"终究是用的假证件,出了纰漏,就毁了初衷",儿子却不愿意,"如果我们不看书,那还算什么到过北图",母亲只好决定"率他铤而走险",千万叮咛之后,母亲又停住脚步,"不成,咱们再换一个阅览厅。我牵起他转移阵地……这个阅览厅的工作人员看起来很负责,我们太危险"。

终于挑到一个工作人员埋头读书的阅览厅,"用手一指,果断地说,你进去吧",放儿子单独进去,母亲坦言:我害怕这种场面。

虽然一波三折,儿子终于还是成了北图的读者。

这篇小文写得有情思且颇为平民化,只是一个去北图看书的过程,在作者笔下,娓娓道来,富有极强的戏剧效果。善于调动自己的生活经验,这是毕淑敏散文的一大特点。其实她的这些经验于每位读者都并不陌生,只不过作家有一支善于还原再现的妙笔。

教 你 生 病

JIAO NI SHENG BING

儿子比我高了。

一天,我看他打蔫,就习惯性地摸摸他的头。他猛地一偏脑袋,表示不喜欢被爱抚。但我已在这一瞬的触摸中,知道他在发烧。

"你病了。"我说。"噢,这感觉就是病了。我还以为我是睡觉少了呢。妈妈,我该吃点什么药?"他问。

孩子一向很少患病,居然连得病的滋味都忘了。我刚想到家里专储药品的柜里找体温表,突然怔住。因为我当过许多年的医生,孩子有病,一般都是自己在家就治了。他几乎没有去过医院。

"你都这么大了,你得学会生病。"我说。"生病还得学吗? 我这不是已经病了吗?"他大吃一惊。"我的意思是你必须学会生病以后怎么办。"我说。

"我早就知道生病以后该怎么办。找你。"他成竹在胸。

"假如我不在呢?""那我就打电话找你。""假如……你最终找不到我呢?""那我就……就找我爸。"

也许这样逼问一个生病的孩子是一种残忍。但我知道总有一天他必须独立面对疾病。既然我是母亲,就应该及早教会他生病。

"假如你最终也找不到你爸呢?""那我就忍着。反正你们早晚会回家。"儿子说。"有些病是不能忍的,早一分钟是一分钟。得了病以后最应该做的事是上医院。""妈妈,你的意思是让我今天独自去医院看病?"他说。虽然在病中,孩子依然聪敏。"正是。"我咬着牙说,生怕自己会改变主意。"那好吧……"他扶着脑门说,不知是虚弱还是在思考。"你到外面去打的,然后到医院。先挂号,记住,要买一个本……"我说。"什么本?"他不解。"就是病历本。然后到内科,先到分号台,护士让你到几号诊室你就到几号,坐在门口等。查体温的时候不要把人家的体温表打碎。叫你化验你就到化验室去,要先划价,后交费。等化验结果的时候,要竖起耳朵,不要叫到了你的名字没听清……"我喋喋不休地指教着。"妈妈,你不要说了。"儿子沙哑着嗓子说。

我的心立刻软了。是啊,孩子毕竟是孩子,而且是病中的孩子。我拉起他滚烫的手说:"妈妈这就领着你上医院。"他挣开来,说:"我不是那个意思。我是说我要去找一支笔,把你说的这个过程记下来,我好照办。"

儿子摇摇晃晃地走了。从他刚出门的那一分钟起,我就开始后悔。我想我一定是世上最狠心的母亲,在孩子有病的时候,不但不帮助他,还给他雪上加霜。我就是想锻炼他,也该领着他一道去,一路上指指点点,让他先有个印象,以后再按图索骥。虽说很可能留不下记忆的痕迹,但来日方长,又何必在意这病中的分分秒秒。

时间艰涩地流动着,像沙漏坠入我忐忑不安的心房。两个小时过去了,儿子还没有回来。我虽然知道医院是一个缓慢的地方,心还是疼痛地收缩成一团。

虽然我几乎可以毫无疑义地判定儿子患的只是普通的感冒,如果寻找什么适宜做看病锻炼的病种,这是最好的选择,但我还是深深地谴责自己。假如事情重来一遍,我再也不教他独自去看病。

万一他以后遇到独自生病的时候,一切再说吧。我只要这一刻他在我身边!

终于,走廊上响起了熟悉的脚步,只是较平日有些拖沓。我开了门,倚在门上。

"我已经学会了看病。打了退烧针,现在我已经好多了。这真是件挺麻烦的事。不过,也没有什么。"儿子骄傲地宣布,又补充说,"你让我记的那张纸,有的地方顺序不对。"

我看着他,勇气又渐渐回到心里。我知道自己将要不断地磨炼他,在这个过程中,也磨炼自己。

孩子,不要埋怨我在你生病时的冷漠。总有一天,你要离我远去,独自面对包括生病在内的许多苦难。我预先能帮助你的,就是向你口授一张路线图。它也许不那么准确,但聊胜于无。

【赏析】

亲情,一向是毕淑敏关注的话题。《教你生病》与其说是一篇美文,倒不如说是一个母亲的拳拳之心。

文章第一句便是:儿子比我高了。"比我高"的儿子生病了,做医生的母亲告诉儿子要"学会生病",也就是在没有父母可依靠的情况下,生了病要学会去看病。为了锻炼儿子的独立生存能力,在纸上写明在医院看病的程序后,儿子摇摇晃晃地走了,"从他刚出门的那一分钟起,我就开始后悔。我想我一定是世上最狠心的母亲"。当儿子终于看完病回到家里时,母亲的勇气才又渐渐回到心里。"孩子,不要埋怨我在你生病时的冷漠。总有一天,你要离我远去,独自面对包括生病在内的许多苦难。我预先能帮助你的,就是向你口授一张路线图。它也许不那么准确,但聊胜于无。"

一件生活小事,却被作家用手术刀般的笔轻剖细析,便有了直指人类心灵的共性呈现。这种看似朴素的不经意的叙述,却蕴含

毕淑敏散文精品赏析

着让人感动的深刻。

　　两年前我与毕淑敏的一次对话至今仍记忆犹新。那天她在北京电台录节目出来，我们选定在附近的星巴克见面。因为我要以她为主题做两个整版的对话，那天聊了很多，其中一个问题是"作为女性作家，怎么看待当前看似繁荣的女性创作"，她认真而无辜地看着我，不慌不忙地答：这个问题我怎么听着有点像让一个农民谈全国的粮食产量。随即我们俩大笑。

　　对于女性作家的写作，她是有思考的："我专门查阅过中国作协在册会员的性别比例，发现男性作家占88%强，而人们印象中却有铺天盖地的女性作品充斥市场，这种作品数量与创作人数的比例差异足以证明女性作家真的很勤奋。但同时不少读者会从这些女性作品中感觉到女作家们似乎只爱写家庭琐事、儿女情长，这又是女性创作的一个误区。我认为女作家应该让自己对人类发展的所有领域都有所涉及，包括战争、和平、死亡、终极关怀等等，而不只写女性体验，我承认女性在性别领域里有着独特感觉和看法，她们可以发出自己的声音，但不要局限或被引导而局限在只写初潮的经验、初恋的经验、怀孕的经验甚至出逃或乱伦的经验，这只是女性写作的一部分。"我问她是否有意识地做到了这一点时，她答她从来不是有意识地在这么做，但生命的价值、人性伟大的品质等都是她特别关注的题材。

　　读她的散文，你会认为毕淑敏是这么说的，也是这么做的。

回家去问妈妈

那一年游敦煌回来,兴奋地同妈妈谈起戈壁的黄沙和祁连的雪峰。说到在丝绸之路上僻远的安西,哈密瓜汁甜得把嘴唇粘在一起……

安西!多么遥远的地方!我在那里体验到莫名其妙的感动。除了我,咱们家谁也没有到过那里!我得意地大叫。

一直安静听我说话的妈妈,淡淡地插了一句:在你不到半岁的时候,我就怀抱着你,走过安西。

我大吃一惊,从未听妈妈谈过这段往事。

妈妈说你生在新疆,长在北京。难道你是飞来的不成?以前我一说起带你赶路的事情,你就嫌烦。说知道啦,别再啰嗦。

我说,我以为你是坐火车来的,一件司空见惯的事情。

妈妈依旧淡淡地说,那时候哪有火车?从星星峡经柳园到兰州,我每天抱着你,天不亮就爬上装货卡车的大厢板,在戈壁滩上颠呀颠,半夜才到有人烟的地方。你脏得像个泥巴娃娃,几盆水也洗不出本色……

我静静地倾听妈妈的描述,才知道我在幼年时曾带给母亲那样的艰难,才知道发生在安西的感动源远流长。

我突然意识到,在我和最亲近的母亲之间,潜伏着无数盲点。

茫茫戈壁漫漫黄沙

　　我们总觉得已经成人,母亲只是一间古老的旧房。她给我们的童年以遮蔽,但不会再提供新的风景。我们急切地投身外面的世界,寻找自我的价值。全神贯注地倾听上司的评论,字斟句酌地印证众人的口碑,反复咀嚼朋友随口吐露的一点印象,甚至会为恋人一颦一笑的涵义彻夜思索……我们极其在意世人对我们的看法,因为世界上最困难的事莫过于认识自己。

　　我们恰恰忘了,当我们环视整个世界的时候,有一双微微眯起的眼睛,始终在背后凝视着我们。

　　那是妈妈的眼睛啊!

　　我们幼年的顽皮,我们成长的艰辛,我们与生俱来的弱点,我们异于常人的禀赋……我们从小到大最详尽的档案,我们失败与成功每一次的记录,都贮存在母亲宁静的眼中。

她是世界上第一个认识我们的人。我们何时长第一颗牙?我们何时说第一句话?我们何时跌倒了不再哭泣?我们何时骄傲地昂起了头颅?往事像长久不曾加洗的旧底片,虽然暗淡却清晰地存放在母亲的脑海中,期待着我们将它放大。

所有的妈妈都那么乐意向我们提起我们小时的事情,她们的眼睛在那一瞬露水般的闪亮。我们是她们制造的精品,她们像手艺精湛的老艺人,不厌其烦地描绘打磨我们的每一个过程。

我们厌烦了。我们觉得幼年的自己是一件半成品,而自己更愿以光润明亮、色彩鲜艳、包装精美的成年姿态,出现在众人面前。

于是我们不客气地对妈妈说:老提那些过去的事,烦不烦呀?别说了,好不好?

从此,母亲就真的噤了声,不再提起往事。有时候,她会像抛上岸的鱼,突然张开嘴,急速地扇动着气流……她想起了什么,但她终于什么也没有说,干燥地合上了嘴唇。我们熟悉了她的这种姿势,以

1958 年全家福(前正中为作者)

为是一种默契。

　　为什么怕听母亲讲过去的事情？是不愿承认我们曾经弱小？是不愿承载亲人过多的恩泽？我们在人海茫茫世事纷繁中无暇多想，总以为母亲会永远陪伴在身边，总以为将来会有某一天让她将一切讲完。

　　在一个猝不及防的刹那，冰冷的铁门在我们身后戛然落下。温暖的目光折断了翅膀，掩埋在黑暗的那一边。

　　我们在悲痛中愕然回首，才发现自己远远没有长大。

　　我们像一本没有结尾的书，每一个符号都是母亲用血书写。我们还未曾读懂，著者已撒手离去。从此我们面对书中的无数悬念和秘密，无以破译。

　　我们像一部手工制造的仪器，处处缠绕着历史的线路。母亲走了，那唯一的图纸丢了。从此我们不得不在暗夜中孤独地拆卸自己，焦灼地摸索着组合我们性格的规律。

　　当那个我们快乐时，她比我们更欢喜；当我们忧郁时，她比我们更苦闷的人，头也不回地远去的时候，我们大梦初醒。

　　损失了的文物永不能复原，破坏了的古迹再不会重生。我们曾经满世界地寻找真诚，当我们明白最晶莹的真诚就在我们身后时，猛回头，它已永远熄灭。

　　我们流落世间，成为飘零的红叶。

　　趁老树虬髯的枝丫还郁郁葱葱时，让我们赶快跑回家，去问妈妈。问她对你充满艰辛的诞育，问她独自经受的苦难。问清你幼小时的模样，问清她对你所有的期冀……你安安静静地依偎在她的身旁，听她像一个有经验的老农，介绍风霜雨雪中每一穗玉米的收成。

　　一定要赶快噢！生命给我们的允诺并不慷慨，两代人命运的云梯衔接处，时间只是窄窄的台阶。从我们明白人生的韵律，距父母还能明晰地谈论以往，并肩而行的日子屈指可数。

给母亲一个机会，让她重温创造的喜悦。给自己一个机会，让我深刻洞察尘封的记忆。给众人一个机会，让他们全面搜集关于一个人一个时代的故事。

在春风和煦或是大雪纷飞的日子，赶快跑回家，去问妈妈。让我们一齐走向从前，寻找属于我们的童话。

【赏析】

这又是一篇写母子亲情的作品，与《教你生病》不同的是，此文不是母亲写儿子，而是女儿写母亲。

作者在自己旅游回京与母亲大谈沿途见闻时说到"除了我，咱们家谁也没到过"的僻远的安西，面对得意的女儿，一直安静的母亲淡淡地插了一句："在你不到半岁的时候，我就怀抱着你，走过安西……那时候哪有火车？从星星峡经柳园到兰州，我每天抱着你，天不亮就爬上装货卡车的大厢板，在戈壁滩上颠呀颠，半夜才到有人烟的地方……"听了妈妈的描述，作者"才知道我在幼年时曾带给母亲那样的艰难，才知道发生在安西的感动源远流长。我突然意识到，在我和最亲近的母亲之间，潜伏着无数盲点"。

作者没有写过多的母女亲情，而是检点我们作为儿女不知不觉间对母亲的忽略："我们总觉得已经成人，母亲只是一间古老的旧房。她给我们的童年以遮蔽，但不会再提供新的风景。我们急切地投身外面的世界，寻找自我的价值。全神贯注地倾听上司的评论，字斟句酌地印证众人的口碑，反复咀嚼朋友随口吐露的一点印象，甚至会为恋人一颦一笑的涵义彻夜思索……"

"回家去问妈妈"，这句话让人想起那个著名的卡通画，一个小孩与苹果树的故事，从幼儿时期孩子就与苹果树为伴，孩子在树上打秋千，靠着树睡觉，长大后他来向苹果树求助，但他不再需要玩伴,而需要金钱,苹果树让孩子把苹果摘了去卖钱,后来孩子又想去看外面的世界,苹果树说自己没有什么可交给孩子的,便让他把自己的树干砍下,乘着苹果树制成的船,孩子终于到了外面的世界。若干年后,已老迈的孩子再次回到苹果树旁,他累了,苹果树慈爱地说:我什么也没有了,孩子,你可以坐在我的身上来休息……

"回家去问妈妈",正是对若干家常的天伦场景加以细致入微的描述与思索,才有了这篇作品。毕淑敏深谙此道,即使是一片片早就坠落在地上的枯叶,她也能不声不响地俯身捡拾起来,端详良久,夹进书页,待某个冬日飘雪的黄昏,与友人围炉小憩,再现它们夏日的光泽。

我和瑞恩妈妈的不同

WO HE RUI EN MA MA DE BU TONG

　　在报上看到一则故事,那是 1998 年的一天,加拿大的六岁男孩瑞恩刚一放学,就急急忙忙跑回家,向妈妈伸出手,说,给我七十块钱,我要给非洲的孩子修一口井。原来老师在给一年级的孩子们上课时说,非洲的孩子没有玩具,没有粮食和药品,甚至连洁净的水也喝不上,成千上万的孩子就这样死去了。瑞恩听了非常难过。老师接着告诉大家,一分钱可以买一支铅笔,二十五分钱可以买一百七十五粒维生素药片,一块钱可以吃一顿饱饭,两块钱可以买一条毯子。而七十块钱,可以挖一口井。

　　六岁的瑞恩下了一个决心:明天我要带来七十块钱,我要为非洲的孩子挖一口井。

　　这就是故事的由来。对于瑞恩的想法,我倒不觉得奇怪,孩子嘛,基本上都是富有爱心和怜悯之情的,他们常常想入非非。虽然成人世界有很多阴郁,但我们教育孩子的时候,总是以阳光和温暖为主。当我看到这里的时候,倒是为瑞恩的妈妈苏珊捏了一把汗。怎么回答呢?

　　苏珊是一个娱乐委员会的顾问,丈夫马克是警察。也就是说,他们是加拿大的工薪阶层,家里共有三个男孩,瑞恩是中间的一个。苏珊对瑞恩说,七十块钱太多了,我们负担不起。

我松了一口气。是的，要是我，我也这么说。要是孩子的每一个善良的愿望都付诸实施，几乎所有的家庭都能破产。

瑞恩没有放弃自己的请求，只要一有时间，他就向父母重复这个愿望。苏珊和马克不得不认真地对待这件事了，他们讨论之后，向瑞恩宣布了一个方案：我们不能白白地给你这些钱，如果你真的想得到，你可以自己去赚。

苏珊在电冰箱上放了一只旧饼干盒子，画了一张积分表，上面有三十五条线。饼干盒子里每增加两块钱，瑞恩就可以涂掉一个格子。妈妈对眼巴巴的儿子说，你只有做完额外的家务活，才能得到报酬。你以前就做的那些可不算。

瑞恩答应了。六岁的孩子开始在地毯上吸尘，足足干了两个多小时，妈妈验收之后，在饼干盒子里放下了最初的两块钱。瑞恩开始帮邻居捡大风吹落的树枝，从此不再买玩具，别人看电影的时候，他擦窗户……就这样开源节流，整整四个月之后，瑞恩攒够了七十块钱。

苏珊托了朋友，多方打听，找到了一个名叫"水罐"的组织，他们负责到非洲打井。苏珊带着隆重地穿上了小西服的瑞恩到了那里，人们告知他们，七十块钱只够买一台水泵，挖一口井，需要二千块钱。瑞恩说，那好吧，以后我干更多的活儿，来攒够这笔钱。

苏珊和马克真是发愁了。就算他们的小儿子再不辞劳苦地干家务，可是他们也付不出这笔工资啊。

苏珊的朋友被感动了，用电子邮件把瑞恩的故事传了出去。后来当地报纸登出了这个故事，名字就叫"瑞恩的井"。许多人看了报道，把钱寄给"瑞恩的井"。他的父母为了管理这些钱，专门成立了"瑞恩的井基金会"，在乌干达安格鲁打下了第一口井，现在，这个基金会的筹款已经达到了七十五万加元，正在帮助更多的非洲人实现喝上洁净水的愿望。

瑞恩作为唯一的加拿大人,被评为"北美十大少年英雄",并得到加拿大总督颁发的国家荣誉勋章。面对着这样辉煌的荣誉,瑞恩今后将何去何从? 苏珊说,瑞恩已经做得够多的了,如果他选择放弃,我们绝不会勉强他。就是说,如果瑞恩决定放弃他的井,他的爸爸妈妈会如同当年支持他打井一样,同样支持他关井。

不由得想起,如果我有瑞恩这样一个孩子,我该如何应对?

我想首先在瑞恩提出要给非洲的小朋友捐一口喝水的井时,假如我心情不好,我会不耐烦地挥挥手说,这都是大人们管的事,你还小,操那么多心干什么? 快写作业去!

假如我心情不错,也许会拿出一张世界地图,指着非洲对他说,你知道非洲在哪儿? 看见了吗? 在这儿,离咱们十万八千里呢! 就算你真有一片爱心,也得等你长大了再说。好了,睡觉去吧,梦中你就能到非洲。

如果我的孩子一定要捐七十元用来打井,如果我是一个富人,我会说,好,你来亲亲妈妈的脸,妈妈就给你这七十块钱。我的孩子多懂事啊,多么有爱心啊。

如果我手头拮据,我会悻悻地说,你还想用做家务挣钱给非洲人,我天天都在家做家务,谁给我钱了? 做家务是挣不来这些钱的,你的算盘打错了。有这个时间,你多读点书比什么都好,自己的事情都拉扯不清,连稀粥都快喝不上了,还搭理什么非洲!

如果我的孩子真的不畏艰难,靠自己的努力攒够了七十块钱,委托我把它捐到非洲去,我会把钱暗暗收起,然后对他说,我已经把钱寄出去了,非洲那地方很远,你别着急,也许很久之后才会有回音呢! 当我几乎忘掉此事的时候,孩子问起,我就会支支吾吾地说,哦,那些钱……当然了,是的,寄出去了,你知道非洲离我们万水千山,他们很难和咱们联系得上,总之我相信他们是收到了……当我说这些话的时候,舌头直打结。那笔钱已经变成了红烧凤爪或是一套课辅教材，叫我如何交代得出确切下落！

就算我没有贪污孩子打井的资助，我也不可能为他设立一个基金会。我会觉得这是多此一举，是没事找事自寻烦恼，我成天为了自家的柴米油盐还掰不开镊子呢，哪里顾得上非洲！也许对当年记挂着亚非拉三分之二受苦难的人民一事印象太深，我现在格外地愿意关注自家。

好了，就算是我为他设立了一个基金会，得到了社会各界的认可和支持，就算他得到了"十佳少年"的称号，上报纸上电视上广播，我和苏珊最大的分歧也将暴露出来。我无论如何也不能让他停下来，哪怕是他疲倦了，我越俎代庖也要鞭策他保持晚节（对这么小的孩子，也许不能说晚节，那就是早节吧），哪怕是他厌倦了，我就是打着骂着哄着，也要让他在舆论面前惟妙惟肖地表演爱心。哪怕是他兴趣转移，我也要千方百计地敦促他一如既往地坚持下去。既然已经走到了这一步，就好比是上了一条金光闪闪的传送带，怎能轻言退下？光环簇拥着，不能善罢甘休。无论如何也要咬牙挺到被保送上了名牌大学，把这个小英雄称号的内在价值充分利用起来。非洲的井里有没有水，在我这个妈妈的心里，是远远比不上孩子的前途和读书重要的。

我并非一个特别自私的特例。当瑞恩和妈妈一道来中国，在我们的电视台做客的时候，观众问得最多的问题是：瑞恩这样关注非洲的井，不会影响到他的学习吗？这个问题被问到的次数之多，连翻译都说他不耐烦了。

也许我的孩子和瑞恩没有太大的不同，但我和瑞恩的母亲实在是有很多的不同。这些不同，不仅仅是经济上的差异，还有文化和传统上的差异。比如我们会把一个孩子读书的成绩，看成是唯此为大的事情，相信仓廪足然后知荣辱，以为爱是建筑在物质的富裕之上的奢侈。值得反思的不是我们的孩子，而是我们自己。虽然从时间顺序上看起来是先有了瑞恩的想法,然后才有了支持瑞恩的妈妈的行动,其实,是先有了瑞恩的妈妈,才有了瑞恩。这不仅是从生理的意义上来说,从思想的意义上说也是如此。

【赏析】

  这是一篇极具可读性与思辨性的文字。文章从一则读来的故事开始:一个六岁的加拿大男孩瑞恩跟妈妈要七十块钱,为的是给非洲的孩子们修一口井。

  作者坦言:"当我看到这里的时候,倒是为瑞恩的妈妈苏珊捏了一把汗。怎么回答呢?"因为对于有着三个孩子的工薪家庭来说,七十块钱不是很小的数字。当苏珊回答孩子说七十块钱太多了,他们负担不起时,"我松了一口气。是的,要是我,我也这么说。要是孩子的每一个善良的愿望都付诸实施,几乎所有的家庭都能破产"。

  当瑞恩不断地向父母重复这个愿望时,苏珊与丈夫同意,儿子在做完额外的家务活后,可以得到两块钱的报酬,瑞恩开始帮家里吸地毯,帮邻居捡大风吹落的树枝,不再买玩具,四个月后他终于攒得了七十块钱。

  好事多磨,当苏珊替儿子打听到那个负责到非洲打井的组织"水罐"后,被告知七十块钱只能买一台水泵,打一口井需要二千块钱!是苏珊的朋友把瑞恩的故事通过网络与报纸传了开去,更多的热心人感动地把钱寄给瑞恩,他的父母为了管理这些钱成立了"瑞恩的井基金会",在乌干达打下了第一口井,如今基金会已筹集到七十五万加元。瑞恩也被评为"北美十大少年英雄",获国家荣誉勋章。面对荣誉,瑞恩的母亲却说:"瑞恩他已经做得够多的了,如果他选择放弃,我们绝不会勉强他。"

  对这个故事的叙述结束后,作者话锋一转扪心自问:如果我有瑞恩这样一个孩子,我该如何应对?作者层层递进:孩子要七十块钱打井,"我会不耐烦地挥挥手说,这都是大人们管的事,你还小,操那么多心干什么?快写作业去!"孩子真攒够了这笔钱委托我捐到非洲去,"我会把钱暗暗收起……那笔钱已经变成了红烧凤爪或是一套课辅教材。就算我没有贪污孩子打井的资助,我也不可能为他设立一个基金会。我会觉得这是多此一举,是没事找事自寻烦恼,我成天为了自家的柴米油盐还掰不开镊子呢,哪里顾得上非洲!"当孩子真捐献成功获得社会认可时,"我和苏珊最大的分歧也将暴露出来。我无论如何也不能让他停下来,我就是打着骂着哄着,也要让他在舆论面前惟妙惟肖表演爱心……"

作家这种坦诚着实值得肯定,先哲说:品格胜于一切才华。散文又是扎根于生活的艺术,作者在与读者探讨世界的同时,更要有勇气剖析自己的内心,唯有如此,作品才会真挚感人,才能以理服人。

青 虫 之 爱

QING CHONG ZHI AI

    我有一位闺中好友,从小怕虫子,不论什么品种的虫子都怕。披着蓑衣般茸毛的洋辣子,不害羞地裸着体的吊死鬼,一视同仁地怕。甚至连雨后的蚯蚓,也怕。放学的时候,如果恰好刚停了小雨,她就会闭了眼睛,让我牵着她的手,慢慢地在黑镜似的柏油路上走。我说,迈大步!她就乖乖地跨出很远,几乎成了体操动作上的"劈叉",以成功地躲避正蜿蜒于马路上的软体动物。在这种瞬间,我可以感受到她的手指如青蛙腿般弹着,不但冰凉,还有密集的颤抖。

    大家不止一次地设法治她这心病,那么大的人了,看到一个小小毛虫,哭天抢地的,多丢人啊!早春一天,男生把飘落的杨花坠,偷偷地夹在她的书页里。待她走进教室,我们都屏气等着那心惊肉跳的一喊,不料什么声响也未曾听到。她翻开书,眼皮一翻,身子一软,就悄无声息地瘫倒在桌子底下了。

    从此再不敢锻炼她。

    许多年过去,各自都成了家,有了孩子。一天,她到我家中做客,我下厨,她在一旁帮忙。我择青椒的时候,突然从旁钻出一条青虫,胖如蚕豆,背上还长着簇簇黑刺,好一条险恶的虫子。因为事出意外,怕那虫蜇人,我下意识地将半个柿子椒像着了火的手榴弹似的扔出老远。

待柿子椒停止了滚动，我用杀虫剂将那虫子扑死，才想起酷怕虫的女友，心想刚才她一直目不转睛地和我聊着天，这虫子一定是入了她的眼，未曾听到她惊呼，该不是又吓得晕厥过去了吧？

回头寻她，只见她神态自若地看着我，淡淡说，一个小虫，何必如此慌张。

我比刚才看到虫子还愕然地说，啊，你居然不怕虫子了？吃了什么抗过敏药？

女友苦笑说，怕还是怕啊。只是我已经能练得面不改色，一般人绝看不出破绽。刚开始的时候，我就盯着一条蚯蚓看，因为我知道它是益虫，感情上接受起来比较顺畅。再说，蚯蚓是绝对不会咬人的，安全性能较好……这样慢慢举一反三。现在我无论看到有毛没毛的虫子，都可以把惊恐压制在喉咙里。

我说，为了一条小虫子，下这么大的功夫，真有你的。值得吗？

女友很认真地说，值得啊。你知道我为什么怕虫子吗？

我撇撇嘴说，我又不是你妈，怎么会知道啊！

女友拍着我的手说，你可算说到点子上了，怕虫就是和我妈有关。我小的时候，是不怕虫子的。有一次妈妈听到我在外面哭，急忙跑出去一看，我的手背又红又肿，旁边两条大花毛虫正在缓缓爬走。我妈知道我叫虫蜇了，赶紧往我手上抹牙膏，那是老百姓止痒解毒的土法。以后，她只要看到我的身旁有虫子，就大喊大叫地吓唬我……一来二去的，我就成了条件反射，看到虫子，灵魂出窍。

后来如何好的呢，我追问。依我的医学知识，知道这是将一个刺激反复强化，最后，女友就成了生理学家巴甫洛夫教授的案例，每次看到虫子，就恢复到童年时代的大恐惧中。世上有形形色色的恐惧症，有的人怕高，有的人怕某种颜色，我曾见过一位女士，怕极了飞机起飞的瞬间，不到万不得已，她是绝不搭乘飞机的。一次实在躲不过,上了飞机。系好安全带后,她骇得脸色刷白,飞机开始滑动,她竟嚎啕痛哭起来……中国古时的"一朝被蛇咬,十年怕井绳"说的也是这回事。只不过杯弓蛇影的起因,有的人记得,有的人已遗忘在潜意识的晦暗中。在普通人看来是微不足道的小事,对当事人来说,痛苦煎熬,治疗起来十分困难。

女友说,后来有人要给我治,说是用"逐步脱敏"的办法。比如先让我看虫子的画片,然后再隔着玻璃观察虫子,最后直接注视虫子……

原来你是这样被治好的啊! 我恍然大悟道。

嗨! 我根本就没用这个法子。我可受不了,别说是看虫子的画片了,有一次到饭店吃饭,上了一罐精致的补品。我一揭开盖,看到那漂浮的虫草,当时就把盛汤的小罐摔到地上了……女友抚着胸口,心有余悸地讲着。

我狐疑地看了看自家的垃圾桶,虫尸横陈,难道刚才女友是别人的胆子附体,才如此泰然自若? 我说,别卖关子了,快告诉我你是怎样重塑了金身?

女友说,别着急啊,听我慢慢说。有一天,我抱着女儿上公园,那时她刚刚会讲话。我们在林阴路上走着,突然她说,妈妈……头上……有……她说着,把一缕东西从我的头发上摘下,托在手里,邀功般地给我看。

我定睛一看,魂飞天外,一条五彩斑斓的虫子,在女儿的小手内,显得狰狞万分。

我第一个反应是像以往一样昏倒,但是我倒不下去,因为我抱着我的孩子。如果我倒了,就会摔坏她。我不但不曾昏过去,神智也是从来没有的清醒。

第二个反应是想撕肝裂胆地大叫一声。因为你胆子大,对于在恐惧时惊叫的益处可能体会不深。其实能叫出来极好,可以释放高度的紧张。但我立即想到,万万叫不得。我一喊,就会吓坏了我的孩子。于是我硬是把喷到舌尖的惊叫咽了下去,我猜那时我的脖子一定像吃了鸡蛋的蛇一样,鼓起了一个大包。

现在,一条虫子近在咫尺。我的女儿用手指抚摸着它,好像那是一块冷冷的斑斓宝石。我的脑海迅速地搅动着。如果我害怕,把虫子丢在地上,女儿一定从此种下了虫子可怕的印象。在她的眼中,妈妈是无所不能无所畏惧的,如果有什么东西把妈妈吓成了这个样子,那这东西一定是极其可怕的。

我读过一些有关的书籍,知道当年我的妈妈,正是用这个办法,让我从小对虫子这种幼小的生物,骇之入骨。即便当我长大之后,从理论上知道小小的虫子只要没有毒素,实在值不得大惊小怪,但我的身体不服从我的意志。我的妈妈一方面保护了我,一方面用一种不恰当的方式,把一种新的恐惧,注入到我的心里。如果我大叫大喊,那么这根恐惧的链条,还会遗传下去。不行,我要用我的爱,将这铁环砸断。我颤颤巍巍伸出手,长大之后第一次把一条活的虫子,捏在手心,翻过来掉过去地观赏着那虫子,还假装很开心地咧着嘴,因为——女儿正在目不转睛地看着我呢!

虫子的体温,比我的手指要高得多,它的皮肤有鳞片,鳞片中有湿润的滑液一丝丝渗出,头顶的茸毛在向不同的方向摆动着,比针尖还小的眼珠机警怯懦⋯⋯

女友说着,我在一旁听得毛骨悚然。只有一个对虫子高度敏感的人,才能有如此令人震惊的描述。

女友继续说,那一刻,真比百年还难熬。女儿清澈无瑕的目光笼罩着我,在她面前,我是一个神。我不能有丝毫的退缩,我不能把我病态的恐惧传给她⋯⋯

不知过了多久,我把虫子轻轻地放在了地上。我对女儿说,这是虫子。虫子没什么可怕的。有的虫子有毒,你别用手去摸。不过,大多数虫子是可以摸的……

那只虫子,就在地上慢慢地爬远了。女儿还对它扬扬小手,说:"拜拜……"

我抱起女儿,半天一步都没有走动,衣服早已被黏黏的汗水浸湿。

女友说完,好久好久,厨房里寂静无声。我说,原来你的药,就是你的女儿给你的啊。

女友纠正道,我的药,是我给我自己的,那就是对女儿的爱。

【赏析】

这篇散文可谓典型的毕氏散文佳作,一条小小的青虫,在作者徐疾适度浓淡相宜的描摹下,演绎了一个有趣而又温馨的亲情故事。

面对同样的青虫,面对同样幼小的孩子,两代母亲的不同处理方式,得到不同的结果;小小的人与虫子之间的"冲突",因为作家细腻生动的文字而被赋予了戏剧效果。

本文首先胜在整体结构:先写女友如何谈虫色变,然后是来家里做客时陡生虫变,由当年的怕居然变为"神态自若地看着我,淡淡说,一个小虫,何必如此慌张",最后再揭开谜底说明不再怕虫子的缘由。先设悬念吊足读者胃口,让人不由自主跟着作者往前走。

其次,白描中配合着工笔的笔法为文章增色:"披着蓑衣般茸毛的洋辣子,不害羞地裸着体的吊死鬼,一视同仁地怕。甚至连雨后的蚯蚓,也怕。放学的时候,如果恰好刚停了小雨,她就会闭了眼睛,让我牵着她的手,慢慢地在黑镜似的柏油路上走。我说,迈大步!她就乖乖地跨出很远,几乎成了体操动作上的'劈叉'……我可以感受到她的手指如青蛙腿般弹着,不但冰凉,还有密集的颤抖。"对青虫的描写亦栩栩如生:"我择青椒的时候,突然从旁钻出一条青虫,胖如蚕豆,背上还长着簇簇黑刺,好一条险恶的虫子。因为事出意外,怕那虫蜇人,我下意识地将半个柿子椒像着了火的手榴弹扔出老远。"幽默形象,制造戏剧冲突。当然,"女友"对青虫的描述更是细致入微:"虫子的体温,比我的手指要高得多,它的皮肤有鳞片,鳞片中有湿润的滑液一丝丝渗出,头顶的茸毛在向不同的方向摆动着,比针尖还小的眼珠机警怯懦……"

究竟是什么让一个女人面对曾让自己昏倒的虫子神态自若,"我说,原来你的药,就是你的女儿给你的啊",当读者正认同作者的观点时,作者笔锋一转,"女友纠正道,我的药,是我给我自己的,那就是对女儿的爱"。

有人曾把"点题式"散文冠名为杨朔式写法,且多有不恭之意,似乎对不说点什么道理就不称其为文章的做法颇为不屑,其实,散文点题往往给人带来启发,不能一棍子打死,类似此篇体现了温馨的人情美的作品,点题不是画蛇添足,而是锦上添花。

孩子，我为什么打你

有一天与朋友聊天，我说，就是在"文化大革命"中当红卫兵，我也没打过人。我还说，我这一辈子，从没打过人……

你突然插嘴说：妈妈，你经常打一个人，那就是我……

那一瞬屋里很静很静。那一天我继续同客人谈了很多的话，但所有的话都心不在焉。孩子，你那固执的一问，仿佛爬山虎无数细小的卷须，攀满我的整个心灵。

面对你纯真无瑕的眼睛，我要承认：在这个世界上，我只打过一个人。不是偶然，而是经常，不是轻描淡写，而是刻骨铭心。这个人就是你。

在你最小最小的时候，我不曾打你。你那么幼嫩，好像一粒包在荚中的青豌豆。我生怕任何一点儿轻微的碰撞，将你稚弱的生命擦伤。我为你无日无夜地操劳，无怨无悔。面对你熟睡中像合欢一样静谧的额头，我向上苍发誓：我要尽一个母亲所有的力量保护你，直到我从这颗星球上消失的那一天。

你像竹笋一样开始长大。你开始淘气，开始恶作剧……面对你摔破的盆碗、拆毁的玩具、遗失的钱币、污脏的衣着……我都不曾打过你。我想这对于一个正常而活泼的儿童，就像走路会跌跤一样应该原谅。

第一次打你的起因,已经记不清了。人们对于痛苦的记忆,总是趋向于忘记。总而言之那时你已渐渐懂事,初步具备童年人的智慧:它混沌天真又我行我素,它狡黠异常又漏洞百出。你像一匹顽皮的小兽,放任无羁地奔向你向往中的草原,而我则要你接受人类社会公认的法则……为了让你记住并终生遵守它们,在所有的苦口婆心都宣告失效,在所有的夸奖、批评、恐吓以及奖赏都无以建树之后,我被迫拿出最后一件武器——这就是殴打。

　　假如你去摸火,火焰灼痛你的手指,这种体验将使你一生不会再去抚摸这种橙红色抖动如绸的精灵。孩子,我希望虚伪、懦弱、残忍、狡诈这些最肮脏的品质,当你初次与它们接触时,就感到切肤的疼痛,从此与它们永远隔绝。

　　我知道打人犯法,但这个世界给了为人父母者一项特殊的赦免——打是爱。世人将这一份特权赋予母亲,当我行使它的时候臂系千钧。

　　我谨慎地使用殴打,犹如一个穷人使用他最后的金钱。每当打你的时候,我的心都在轻轻颤抖。我一次又一次问自己:是不是到了非打不可的时候? 不打他我还有没有其他的办法? 只有当所有的努力都归于失败,孩子,我才会举起我的手……

　　每一次打过你之后,我都要深深地自责。假如惩罚我自身可以使你汲取教训,孩子,我宁愿自罚,哪怕它将苛烈十倍。但我知道,责罚不可以替代也无法转让,它如同饥馑中的食品,只有你自己嚼碎了咽下去,才会成为你生命体验中的一部分。这道理可能有些深奥,也许要到你为人父母时,才会理解。

　　打人是个重体力活儿,它使人肩酸腕痛,好像徒手将一千块蜂窝煤搬上五楼。于是人们便发明了打人的工具:戒尺、鞋底、鸡毛掸子……

　　我从不用那些工具。打人的人用了多大的力,便要遭受到同样的反作用力,这是一条力学定律。我愿在打你的同时我的手指亲自承受力的反弹,遭受与你相等的苦痛。这样我才可以精确地掌握力度,不至于失手将你打得太重。

我几乎毫不犹豫地认为:每打你一次,我感到的痛楚都要比你更为久远而悠长。因为,重要的不是身累,而是心累……

孩子,我多么不愿打你,可是我不得不打你!我多么不想打你,可是我一定要打你:这一切,只因为我是你的母亲!

孩子,听了你的话,我终于决定不再打你了。因为你已经长大,因为你已经懂得了很多的道理。毫不懂道理的婴孩和已经很懂道理的成人,我以为都不必打,因为打是没有用的。唯有对半懂不懂、自以为懂其实不甚懂道理的孩童,才可以打,以助他们快快长大。

孩子,打与不打都是爱,你可懂得?

【赏析】

这是一篇具有现实意义的文章,父母应该对孩子采取怎样的教育方式,这个问题值得读者去探讨思考。父母为了孩子能健康成长而心力交瘁,孩子却不能理解父母的良苦用心,正应了那句俗话,可怜天下父母心。

"我谨慎地使用殴打,犹如一个穷人使用他最后的金钱!"这是一个母亲发自内心的哀叹,更是一种复杂的心理。一方面背负着"黄荆棍下出好人"的古训;另一方面是"打在儿身痛在娘心"的痛苦折磨。此时的母亲因为面临对孩子教育方式的抉择仿佛陷入无边的沼泽,孩子不理解的眼神又如同锋利的针扎在母亲心上……文中的"我"代表了大多数母亲的心理,对孩子肉体的殴打却使自己心理受到极大创伤。

文章采用第一人称和第二人称并用的方式向读者娓娓讲述自

毕淑敏散文精品赏析

己内心的苦闷。强烈的感染力以及中肯的语气,让人能够理解父母心中认可的"打是爱"的教育方式。文章一开始写"我"对朋友说自己这一辈子从没打过人,而后文又写"我"承认自己打过人,并且经常地刻骨铭心地打人。看似矛盾其实更能引起读者共鸣,因为文中满溢着为人父母的共性——对孩子的爱。这种爱以一种另类的方式"打"来表现。错了吗? 正确吗? 留给读者自己判断。不过毕淑敏用一个普通母亲切身的体会似乎想要传达这样一个信息:打是爱的方式容易陷入一个怪圈,打让孩子肉体受苦却让父母精神受折磨,这种让两方都不好受的方式应该不是我们想要的。我们只能说:"打或者不打,这是个问题。"如何选择? 决定权在每个人手中。

第四辑

说
我
篇

第四卷

兒
年
篇

我 的 五 样

WO DE WU YANG

老师出了题目——写下"你生命中最宝贵的五样东西",我拿着笔,面对一张白纸,周围一下静寂无声。万物好似缩微成超市货架上的物品,平铺直叙摆在那里,等待你着手挑选。货筐是那样小而致密,世上的林林总总,只有五样可以塞入。

也许是当过医生的缘故,片刻的斟酌之后,我本能地挥笔写下:空气、水、太阳……

这当然是不错的。你不可能设想在一个没有空气和水的星球上,滋长出如此斑斓多彩的生命。但我很快发现自己陷入了困境——如果继续按照医学的逻辑推下去,马上就该写下心脏和气管,它们对于生命之泵也是绝不可缺的零件。结果呢,我的小筐子立马就装满了,五项指标额度用尽。想想那答案的雏形将是:我生命中最宝贵的东西——空气、水、阳光、气管、心脏……哈!充满了科普意味。

如此写下去,恐有弊病。测验的功能,是辅导我们分辨出什么是自我生命中最重要的因子,以至于面临人生的重大选择和丧失时,会比较地镇定从容,妥帖地排出轻重缓急。而我的答案,抽象粗放大而化之,缺乏甄别和实用性。

改弦易辙。我决定在水、空气和阳光三要素之后,写下对我个人更为独特和生死攸关的因子。

于是,第四样——鲜花。

真有些不好意思啊。挂着露滴的鲜花,那样娇弱纤巧,似乎和庄严的题目开了一个玩笑。但我真是如此地挚爱它们,觉得它们美轮美奂,不可或缺。绚烂的有刺的鲜花,象征着生活的美好和无可回避的艰难,愿有一束火红的玫瑰,伴我到天涯。

写下鲜花之后,仅剩一样挑选的余地了。刹那间,无数声音充斥耳鼓,啰唆地申述着自己的不可替代性,想在最后一分钟,挤进我珍贵的小筐。

偷着觑了一眼同学们的答案,不禁有些惶然。

有人写下"父母"。我顿觉自己的不孝。是啊,对于我的生命来说,父母难道不是极为宝贵的因素吗?且不说没有他们哪来的我,单是一想到他们会先我而去,等待我的是生离死别,永无相见,心就极快地冰冷成坨。

有人写下"孩子"。我惴惴不安,甚至觉得自己负罪在身。那个幼小的生命,与我血脉相连。我怎能在关键的时刻,将他遗漏?

有人写下"爱人"。我便更惭愧了。说真的,在刚才的抉择过程中,几乎将他忘了。或许因为潜意识里,认为在未曾识得他之前,我的生命就已存在许久。我们也曾有约,无论谁先走,剩下的那人都要一如既往地好好活着。既然当初不是同月同日生,将来也难得同月同日死,彼此已商定不是生命的必需,未被提名,也有几分理由吧?

正不知将手中的孤球,抛向何处,老师一句话救了我。她说,这生命中最宝贵的东西,不必从逻辑上思索推敲是否成立,只需是你情感上的真爱即可。

凝神再想。

略一顿挫之后,拟写"电脑"。因为基本上已不用笔写作,电脑便成了我密不可分的工作伴侣。落笔之际我凝思,电脑在此处,并不只是单纯的工具,当是一种象征,代表我挚爱的劳动和神圣的职责。很快又联想到电脑所受制约较多,比如停电或是病毒入侵,都会让我无所依傍。唯有朴素的笔,虽原始简陋,却可朝夕相伴风雨兼程。

于是洁白的纸上,记下了我生命中最宝贵的五样东西——水、阳光、空气、鲜花和笔。(未按笔画为序,排名不分先后。)

同学们嘻嘻笑着,彼此交换答案。一看之后,却都不做声了。我吃惊地发现,每人的物件,万千气象,绝不雷同,有些简直让人瞠目结舌。比如某男士的"足球",某女士的"巧克力",在我就大不以为然。但老师再三提示,不要以自己的观点去衡量他人,于是不露声色。

接下来,老师说,好吧,每个人在你写下的五样当中,划去相对不那么重要的一样,只剩下四样。

权衡之后,我在五样中的"鲜花"一栏旁边,打了一个小小的符号"×",表示在无奈的选择当中,将最先放弃清丽芬芳的它。

老师走过来看到了,说,不能只是在一旁做个小记号,放弃就意味着彻底的割舍。你必得用笔把它全部涂掉。

依法办了,将笔尖重重刺下。当鲜花被墨笔腰斩的那一刻,顿觉四周惨失颜色,犹如20世纪初叶的黑白默片。我拢拢头发咬咬牙,对自己说,与剩下的四样相比,带有奢侈和浪漫情调的鲜花,在重要性上毕竟逊了一筹,舍就舍了吧。虽然花香不再,所幸生命大致完整。

请将剩下的四样当中,再剔去一种,仅剩三样。老师的声音很平和,却带有一种不容商榷的断然压力。

我面对自己的纸,犯了难。阳光、水、空气和笔……删掉哪样是好？思忖片刻,提笔把"水"划去了。从医学知识上讲,没有了空气,人只能苟延残喘几分钟,没有了水,在若干小时内尚可坚持。两害相权取其轻吧。

也许女人真是水做的骨肉,"水"一被勾销,立觉喉咙苦涩,舌头肿痛,心也随之焦燥成灰,人好似成了金字塔里风干的长老。

我已经约略猜到了老师的程序,便有隐隐的痛楚弥漫开来。不断丧失的恐惧,化作乌云大兵压境。痛苦的抉择似一条苦难巷道,弯弯曲曲伸向远方。

果然,老师说,继续划去一样,只剩两样。

这时教室内变得很寂静,好似荒凉的墓冢。每个人都在冥思苦想举棋不定。我已顾不得探查他人的答案,面对着自己人生的白纸,愁肠百结。

笔、阳光、空气……何去何从？

闭起眼睛一跺脚,我把"空气"划去了。

刹那间好像有一双阴冷的鹰爪,丝丝入扣地扼住我鲠嗓咽喉。手指发麻眼冒金星,心擂如鼓气息摒室……

我曾在海拔五千多米的冰山上攀援绝壁,缺氧的滋味撕心裂肺。无论谁隔绝了空气,生命便飘然而逝。一切只能成为哲学意义上的讨论。

好了,现在再划去一样,只剩下最后一样。老师的音调很温和,但执著坚定充满决绝。对已是万般无奈之中的我们,此语一出,不啻惊雷。

教室内已经有轻轻的哭泣声。人啊,面临丧失,多么软弱苦楚。即使只是一种模拟,已使人肝肠寸断。

笔和阳光。它们在纸上誓不两立地注视着我,陷我于深重的两难。

留下太阳吧——心灵深处在反复呼唤。妩媚、温暖、明亮、洁净,天地一派光明。玫瑰花会重新开放,空气和水将濡养而出,百禽鸣唱,欢歌笑语。曾经失去的一切,都会在不知不觉当中悄然归来。纵使除了阳光什么也没有,也可以在沙滩上直直地卧晒太阳哇。

想到这里,心的每一个犄角,都金光灿灿起来。

只是,我在哪里? 在干什么?

我看到自己孤独的身影,在海边寂寞的椰子树下拉长缩短,百无聊赖。孤独地看日出日落,听潮涨潮消。

那生命的存在,于我还有怎样的意义?! 我执著地扬起头来问天。

天无语。

自问至此,水落石出。我慢而稳定地拿起笔,将纸上的"太阳"划掉了。

偌大一张纸,在反复勾勒的斑驳墨迹中,只残存下来一个固守的字——"笔"。

这种充满痛苦和抉择的测验,像一个渐渐缩窄的闸孔,将激越的水流凝聚成最后的能量,冲刷着我们纷繁的取向。当那通道变得一夫当关、万夫莫开之时,生命的重中之重,就简洁而挺拔地凸立了。

感谢这一过程,让我清晰地得知什么是我生命中的真爱——就是我手中的这支笔啊。它噗噗跳动着,击打着我的掌心,犹如我的另一颗心脏,推动我的一腔热血四肢百骸。

突然发现周围万籁无声。人们在清醒地选择之后,明白了自己意志的支点,便像婴儿一般,单纯而明朗地宁静了。

我细心地收起这张白纸,一如珍藏一张既定的船票。知道了航向和终点,剩下的就是帆起桨落战胜风暴的努力了。

【赏析】

毕淑敏曾说过:"几十年的文学创作、所有的作品,我的风格与主题从未发生变化,从第一部小说到《心灵七游戏》,它们都是关于生命与死亡这两个最该思考的问题。"《我的五样》也是一篇关于探讨生命价值的散文。

文章的特别之处是从做一个简单轻松的游戏开始,到最后却引发人们去思考生命存在价值这样一个严肃的问题。对于这样一个问题,我们总觉得应该正襟危坐,虽不用像哲人一样痛苦,但至少也应该用庄严的态度来面对。但《我的五样》不是,从文章开始作者就有意给我们营造一种轻松的氛围,让人的思维在作者的带领下进入要阐述的话题,这个过程是读者不自觉进入的,而当我们完成这个游戏后才恍然大悟作者的匠心独运,会让人的心灵受到一种强烈的震撼。这个过程也让读者经历了一次新奇、痛苦而又百感交集的旅程,在这个旅程中作者不是让我们"如临大敌"般听她说教,而是从一个游戏切入主题,避免了僵硬、呆板、程式化。会让人不自觉地思考自己的人生价值,最后内心有了醍醐灌顶般的明澈感觉,人的心灵在游戏中接受了一次洗礼。

《我的五样》语言不华丽、不雕琢、不纤细,朴素而又不失感性,干净、利落。文质兼美,情理兼顾。如果把张晓风的《矛盾篇》的语言比作一匹华丽的锦缎,那么《我的五样》的语言就像一件干净的纯棉布衣。

每一篇好作品的创作都与作者丰富的生活积淀是密不可分的,作者的军营生活和二十多年的从医生涯让她对人生有了自己更为独到深刻的体会,于是表达起来也更让人接受。此文可以说是别样的生命价值探讨!

豆角鼓

DOU JIAO GU

　　有一个在幼儿园就熟识的朋友，男生。那时，我们同在一张小饭桌上吃饭。上劳动课的时候，阿姨发给每人一面跳新疆舞用的小铃鼓，里头装满了豆角。当我择不完豆角丝的时候，他会来帮我。我们就把新疆铃鼓称为豆角鼓。

　　以后几十年，我们只有很少的来往，彼此都知道对方在城市的某一个角落里，愉快地生活着。一天，他妻子来电话，说他得了喉癌，手术后在家静养，如果我有时间的话，请给他去个电话。我连连答应，说明天就打。他妻子略略停了一下说，通话时，请您尽量多说，他会非常入神地听。但是，他不会回答你，因为他无法说话。

　　第二天，我给他打了电话。当我说出他的名字以后，对方是长久的沉默。我习惯性地等待着回答，猛然意识到，我是不可能得到回音的。我便自顾自地说下去，确知他就在电线的那一端，静静地聆听着。自言自语久了，没有反响也没有回馈，甚至连喘息的声音也没有，感觉很是怪异。好像你面对着无边无际的棉花垛……

　　那天晚上，他的妻子来电话说，他很高兴，很感谢，希望我以后常常给他打电话。

　　我答应了，但拖延了很长的时间。也许是因为那天独自说话没有回声的感受太特别了。后来，我终于再次拨通了他家的电话。

豆角鼓的声音,让我想起童年的好时光。

当我说完,你是××吗？我是你幼儿园的同桌啊……

我停顿了一下,并不是等待他的回答,只是喘了一口气,预备兀自说下去。就在这个短暂的间歇里,我听到了细碎的哗啦啦声……这是什么响动？啊,是豆角鼓被人用力摇动的声音!

那一瞬,我热泪盈眶。人间的温情跨越无数岁月和命运的阴霾,将记忆烘烤得蓬松而馨香。

那一天,每当我说完一段话的时候,就有哗啦啦的声音响起,一如当年我们共同把择好的豆角倒进菜筐。当我说再见的时候,回答我的是响亮而长久的豆角鼓声。

【赏析】

很喜欢看中学时代的毕淑敏的照片,两把长长的黑发绑成两条辫子分立脑后两侧,浓重的眉毛,挺直的鼻梁,与柔美和蔼的母亲相比,少女时代的毕同学更像父亲,充满英气。

充满英气的毕淑敏是有侠义心肠的,豆角鼓就是这样一篇读后令人感动的作品,幼儿园的同桌患了喉癌,几十年间都很少来往的两家因此有了来往,虽然只能靠电话单线联系,对方听,这边讲,正当意兴减退之时,沉默的那头突然传来豆角鼓的声音……

　　我们不去判定这个故事的真假,面对"自我评价"这几个字,毕淑敏曾说:"第一,我基本上是一个很真实的人,尽量不说谎,虽然不能做到绝对不说。其次,无论我说的或写的是否所有人都同意或认同,我都愿意向这个世界发出属于我的声音,所以我是个勇敢的人。这两点也是我一贯的自我要求。同时我是一个把责任看得很重的人,家庭、社会包括我自己的责任在我看来比什么都重要。我不会被金钱所驱使或操纵,不会有人说给我五十万让我写什么就写什么。"

　　三毛的扑朔迷离的经历曾给我们一代或几代人带来很大的影响,在她死后有人曾专门走访了解其书中所写内容,认为其多为虚构,从而对她大加指责,对这种可笑的举动,我不知道是否还有人愿意关注或认同,其实,文字带给人类的终极作用是什么?如此文一样,最终还是要带给人类心灵上的认同与精神上的提升。事件无论真假,能起到劝善求美的作用就足矣,就像沙漠中的海市蜃楼,即使虚幻,却湿润了多少干渴旅人的眼睛?我们不也有足够的理由说声感谢吗?

信　使

XIN SHI

　　我十七岁的生日，是在藏北高原过的。那天，正好是军邮车上山的日子，这个生日便像美丽的项圈，久久地悬挂在我胸前。

　　喜马拉雅山、冈底斯山、喀喇昆仑山，像三柄巨大的棱锥，将我所在的部队，托举到了离海平面五千多米的高度。我的生日在10月，这正是平原上麦秸垛金黄而干燥的时光，昆仑山却已万里雪飘。就要封山了，封山是冰雪发出的禁令，我们将与世隔绝到春天。

　　战友们把水果罐头汁倾倒在茶褐色的刷牙缸里，彼此碰得山响，向我祝贺。对于每月只有一筒半罐头的我们来说，这是一场盛大的庆典。

　　但是心里总有淡淡的悲愁——我想家。

　　一位白发苍苍的老医生对我说：也许军邮车今天会来的。

　　你骗人！我大叫。有时候猛烈指责别人说谎，其实是太渴望那消息真实。

　　军邮车大约每月从新疆喀什开上昆仑山一次，日子并不准，仿佛一只来去无踪的青鸟。老医生戍边多年，他的话有时像符咒一样灵验。

　　"每年封山前上山的最后一辆车，总是军邮车。山下的人都知道我们的心。"他晃着的满头白发，像一丛银针。

那天夜里，军邮车像破冰船一样，跋涉五天，英勇地到了，整个军营为之沸腾。我们真想欢呼，但军人只有打了胜仗才允许欢呼，我们屏住气盯着一处房舍。房舍门口站着两个威武的士兵。因为

20世纪70年代在西藏冈底斯山

曾有一次,迫不及待的边防军人们跑去抢信,从此在军邮车到来的日子,分拣信件的房间便加站双岗。

各单位取信的人站在房外,一取到信就像古代的驿马接到加急文书,拔腿就跑,送给望眼欲穿的人们。

在高原上奔跑,不是一件轻松的事。这活儿一般都分给腰细腿长的年轻人,但白发苍苍的老医生执拗地要做这件事。知情的人私下里说他家中有很老的双亲、很弱的妻子、很小的孩儿,想信比别人更甚。

老医生说,有一年封山的时间格外长。半年后军邮车首次上山,信件一直撂到分拣人的胸前。他们在信海中游走,呼吸都很困难。

老医生抱着一大撂信,我们扑上去抢。那时候干部去干校,知青接受再教育,妻离子散的多,信件也格外多。每个人都像蜘蛛一样,吐出思念思索的长丝,织一张自己的情感信息之网。

霎时老医生手中就空了,接下来是刷刷撕信,信皮的断屑萧萧而下。

我最先看的是父母的信。仿佛有一只温暖而柔软的手,从洁白的笺纸中探出来,抚摸着我额前飘动的乌发,心便不再凄然。

再看同学和朋友的信。我的同桌此刻在遥远的西双版纳,信中夹了一朵花的标本。她说这是景洪最美丽的花,有沁人肺腑的香气。夹花的那页信纸留有大片紫色的痕液,想像得出花盛开时的娇嫩。我低头嗅那被花汁浸泡过的地方,哪有什么香气,有的只是纯正而凛冽的冰雪气息缭绕其中。

我连夜回信。平常日子,营区是柴油发电机供电,每晚只亮两个小时,然后就像木偶人似地眨几下眼睛,熄灭了。军邮车一来,首长便传令延长发电时间,以利于拣信和回信。首长其实也很盼信。

同屋的女兵嘤嘤地哭了起来。她的小侄子病了。我们都放下笔去劝她。然而女孩子常常是这样:越劝越哭得欢畅。

　　老医生悠长地叹了一口气:"告诉离得这么远的一个小姑娘,孩子的病就能好了吗? 我家里人是从不这样的。"

　　不一会儿,女兵停止了哭泣,因为从老医生送来的第二批信中她得知小侄子的病已经好了。

　　"要有经验,"老医生说,"把信全拆开,码饼干似地排好,从最后面的看起,前面的只能作参考。"

　　这自然是至理名言。这么办,时间长了,我们也发现了弱点。好比一本回肠荡气的小说,快刀斩乱麻先看了结尾,再回过头去细细咀嚼,便少了许多悬念和曲折。

　　那一次军邮车上山,老医生没有收到一封信。按照他们家的逻辑,没有信来也许就是出事了。他的忧郁持续了整个冬天。

　　在这海拔五千米的高原营地,每逢有人下山,就会挨门挨户地问:"我要走了,要不要带信?"哪怕是平日最猥琐的人,在这件事上也绝对平和而周到,这是高原的风俗。

　　有时候突然写好一封信,又不知谁能带走,就在吃饭人多时喊:"谁能下山,告我一声。"一次,一个素不相识的人对我说:"我知道你父亲的名字。""你看过我的档案?"我问。"不是。几年前我为你带发过家信。"我已经完全记不得是托什么人又转到他手中的,于是赶忙表示迟到的谢意。

　　在我十七岁生日过去半年的时候,收到了西双版纳同学的回信:"那朵花怎么是紫色的呢? 它是雪白的呀! 而且,绝不可能没有香气!"

　　信是老医生送来的。这是开山后的第一次通邮,他也很快乐,他的家里寄来了平安信。有时候他又突然疑惑,说他家会不会有什么事瞒了不肯告诉他。我们都说不会不会,你是家里的顶梁柱,他们离了你,根本就办不了事,怎么会瞒你! 他也觉得很有道理,心宽许多。

终于,轮到他探家了。很早就告诉我们:他下山时专门预备一个提包,为大家装信。我便对着昆仑山皑皑的冰雪,咬着笔杆,从从容容地写了大约三十封信,每一封都竭尽我的才能。

我双手捧着这摞信,郑重地交给老医生。他的白发在雪峰的映衬下,晃动得像一盆水中的粉丝:"你放心好了! 我到了山下第一件事就是为大家发信。假如回信快的话,下次军邮车上来,你们也许就能收到回信了。"

他走了。军邮车像候鸟,飞来一次又一次,但那三十封信却一封不见回音。原来他下山乘坐的车翻了,这在高原是很平常的事,熊熊烈火吞噬了他银发苍苍的头颅,那个装满信件的旅行包,顷刻之间化为青烟。

那三十封信,只有给父母的那封信,我重写了托人发出。给其他人的,便再也提不起兴致。只要抓起笔,老医生的白发就在眼前灼目地闪动,眼珠便发酸。大团大团的冰雪,在我胸臆中凝结。

后来,在老医生的追悼会上,我才知道他的生辰,远没有我想像的那样老。满头灿然的白发,是昆仑山馈赠他的不能拒绝的礼物。

他死了以后,军邮车还带来过他的家信。我第一次注意了一下地址:是广西一个很偏远的小城。又在地图上仔细寻找,那地方在北回归线以南,属于热带,该是非常炎热的。老医生的家乡,距离昆仑山,大约有一万五千里。

那封迟到的信,边缘已经磨损,好像烙熟又蒸了几遭的馅饼。几处裂口的地方,被薄而坚韧的透明纸粘贴过,上面打着蓝色的印章:"邮件已破,军邮代封。"

不知这是否是封报平安的家信?

【赏析】

藏北高原上度过的十七岁生日！的确别开生面。用"白发苍苍的老军医"的话"也许军邮车今天会来"，引出离海平面五千多米的高原驻兵们对信的祈盼，给人苍凉之感。

每月来一次的军邮车成了身处与世隔绝的高原的士兵们心中来去无踪的青鸟："各单位取信的人站在房外，一取到信就像古代的驿马接到加急文书，拔腿就跑，送给望眼欲穿的人们。"紧跟着再次写老军医："在高原上奔跑，不是一件轻松的事。这活儿一般都分给腰细腿长的年轻人，但白发苍苍的老军医执拗地要做这件事。知情的人私下里说他家中有很老的双亲、很弱的妻子、很小的孩儿，想信比别人更甚。"侧面描写老军医的身世为人。

"每个人都像蜘蛛一样，吐出思念思索的长丝，织一张自己的情感信息之网。"不同于单纯的描述，此句想像很有意境。

值得一提的是，全文有七处提到老军医的白发，如"他晃着的满头白发，像一丛银针"，"他的白发在雪峰的映衬下，晃动得像一盆水中的粉丝"。当一个女兵因为读到信中说小侄子生病而难过地哭了时，老军医叹着气发表了自己的意见，当女兵从第二封信中读到小侄子病愈不哭了时，老军医说："要有经验，把信全拆开，码饼干似地排好，从最后面的看起，前面的只能作参考。"幽默之中透着无奈与辛酸。

凡有人下山，总会给山上的人带信下山。终于轮到老军医探亲了，他"很早就告诉我们：他下山时专门预备一个提包，为大家装信"。作者写了三十封信郑重交上。他说"如果回信快的话，下次军邮车上来，你们也许就能收到回信了"。此句作为一个铺垫，让后面的一切有悲剧冲突："他走了。军邮车像候鸟，飞来一次又一次，但那三十封信却一封不见回音。原来他下山乘坐的车翻了，这在高原是很平常的事，熊熊烈火吞噬了他银发苍苍的头颅，那个装满信件的旅行包,顷刻之间化为青烟。"

"在老医生的追悼会上,我才知道他的生辰,远没有我想像的那样老。满头灿然的白发,是昆仑山馈赠他的不能拒绝的礼物。"银白的雪山,给予了守卫它的人银白色的礼物,此句更为文章增添了悲剧色彩,令人读后动容。

至此,作者仍不罢笔,再写老医生死后才至的家信:"迟到的信,边缘已经磨损,好像烙熟又蒸了几遭的馅饼。几处裂口的地方,被薄而坚韧的透明纸粘贴过,上面打着蓝色的印章:'邮件已破,军邮代封。'"整篇文章如同一个被包裹着的神秘礼物,随着一层层包装的打开,露出里面带血的伤口,残酷,给人以震撼。

灵 魂 飞 翔 的 地 方

LING HUN FEI XIANG DE DI FANG

从北京出发,坐一个星期火车再加半个月汽车后,我服兵役来到西藏阿里部队。在地图上找不到"阿里"这个具体地名,一个名叫"狮泉河"的小镇标记,代表了世界屋脊上这块三十五万平方公里的广袤雪域。

从京城生活优裕的学外语女孩,一下子"坠落"到祖国最边远的不毛之地当卫生员(当然从海拔的角度来说,绝对是上升了,阿里的平均高度超过五千米),我的灵魂和肌体都受到了极大震动。也许是氧气太少,成天迷迷糊糊的,有时望着遥远的天际,面对无穷无尽的雪原和高山,心想,这世界上真有北京这样一个地方吗?以前的我,该不是一个奇怪的梦吧?

因为没有正规的医学教育,老医生就得言传身教地指导卫生员,好像一个老木匠带着一群小木匠。一天,老医生对我们说,想不想看看真正的恶性肿瘤是什么样?

我们那群女孩子,正是对世上一切事物好奇的年龄,忙说,想看。只是到哪儿去看呢?

老医生眺望远方,说,到最高的那座山上去。

原来是一位患肝癌的牧人在病房故去,家属对一直给他治病的老医生说,我们把亲人的身体,托付给金珠玛米(解放军)的门巴

（医生）了，希望您能将他天葬。说完之后，活着的亲人们就赶着羊群逶迤而去。

我对老医生说，您会天葬吗？

那时正是"文革"期间，所有的天葬师都销声匿迹。老医生说，尽力去做。

老医生找来担架，把尸体安放其上。来了一辆解放牌卡车，载着我们和担架，向人迹绝踪的山顶开去。我第一次与死人相距咫尺，充满恐惧。我昨天还给他化验过血，此刻他却无知无觉地躺在大厢板上，随着车轮的每一次颠簸，像一段朽木在白单子底下自由滚动。我尽量离他远一点，但车厢里只有那么大地方，我的脚紧紧地挨着他的腿，凝固的感觉自下而上蔓延，半截身体变得铁一般硬冷。

离山顶还很远，路已到尽头，汽车再无法向前。只有把担架抬下来，托举着它，向高高的山顶攀去。老医生自然身先士卒，但他一个人无法将尸体搬上山巅。他征询我的意见说，你是抬前架还是后架？我想了半天说，我……抬后面吧。倒不是我拈轻怕重，只是我已看出端倪，知道抬前架的人负有使命，需决定哪一座峰峦才是这白布下的灵魂最后的安息之地。对于这种神圣的职责，我实在没有经验。

灵魂肯定是一种承受重量的物质，它离去了，人体反而滞重。我艰难地高擎担架，在攀登的路上竭力保持平衡。尸体冰凉的脚趾隔着被单颤动着，坚硬的趾甲鸟喙一样点着我的面颊。我不敢有片刻大意，死死盯着老医生的步伐。他抬步我前进，他停脚我立定。生怕配合不默契，一个失手，死去的肝癌牧人，必得稳稳地滑坐在我肩头。

山好高啊，累得我几乎想和担架上躺着的人交换位置。我抑制着喉头的血涌说，秃鹫已经在天上绕圈子了，再不把死人放下，会把我们都当成祭品的。老医生沉着地说,只有到了最高的山上,才能让死者的灵魂飞升。我们既然受人之托,切不可偷工减料。再坚持一下吧。

终于,到了伸手可触天之眉的地方。担架放下,老医生把白单子掀开,把牧羊人平放在山顶的砂石上,如一块门板样周正。他拿出手术刀剪,锋利的刀口流利地反射着阳光,在石峰上映出点点亮斑。他高高举起刀柄,歘然划下……牧人像容器一般被打开了,老医生像拎土豆一般把布满肿瘤的肝脏提出腹腔,仔细地用刀锋敲着肿物,倾听它核心处混沌的声响,一边惋惜地叹道,忘了把炊事班的秤拿来,这么大的癌块,罕见啊……

秃鹫在头顶愤怒地盘旋着,翅膀扇起阳光的温热。我望着牧人安然的面庞,心灵感到极大的震颤。他的耳垂上还留有我昨日为他化验血时打下的针眼,粘着我贴上去的棉丝。因为病的折磨,他瘦得像一张纸。尽管当时我把刺血针调到最轻薄的一档,还是几乎将耳朵打穿。他的凝血机制已彻底崩溃,稀薄的血液像红线一样无休无止地流淌……我使劲用棉球堵也无用,枕巾成了湿淋淋的红布。他看出我的无措,安宁地说,我身上红水很多,你尽管用小玻璃瓶灌去好了,我已用不到它……

面对苍凉旷远的高原,俯冲而下乜视的鹰眼,散乱山之巅的病态脏器和牧羊人颜面表层永恒的笑容,在那一瞬间,我领悟了什么叫做生命。

它是天地的精华,它是巨大的偶然。它是无限长链中闪烁的一环,它是造化轮回中奇异的组合。周围是无穷无尽的冰川雪岭,它们虽然恒远,却是了无生命的,只有人才是这冰雪世界最活跃的生灵。我们原本是从自然中来,我们必有一天要回到自然中去。在这个短暂的旅途之中,我们要千百倍地珍惜生命……

老医生谆谆指教我们每一个脏器的部位,每一根神经的走向,直到秃鹫不耐烦地要啄他的眼镜。我们这些年轻的女孩子,围着安卧着的牧羊人,惊心动魄地学习任何医学院都不曾开设过的课程。

讲完课以后,老医生让我们退到远处,他将牧羊人肢解得粉碎,精细地铺陈在砂地上,以便秃鹫将牧羊人的灵魂,快快驮上蓝天。

秃鹫乌云一般呼啸而下,又扶摇而上,隐没在苍穹尽头。我们肃穆地注视着,默默感受着一个生命的消失与升华。

【赏析】

这是一篇极具画面感的作品,让人联想到卡拉瓦乔的画作《以马忤斯的晚餐》,笔触细腻丰富。

全文也可以说由三幅连贯的摄影画面组成:

第一幅是远景,茫茫的雪山高原上,一个老军医身边围坐着几个年轻的女兵,"因为没有正规的医学教育,老医生就得言传身教地指导卫生员,好像一个老木匠带着一群小木匠"。小木匠中有一个也许承受了比别人更多的落差,她脸上的茫然神色尤其凝重,她甚至想:"这世界上真有北京这样一个地方吗? 以前的我,该不是一个奇怪的梦吧?"

镜头拉近,变成中景,老军医与年轻的女卫生员正在把一具患癌症去世的牧人的尸体用担架运到山顶,此为第二个画面。

这段场景的描写极为细腻,先写在解放卡车上:"我昨天还给他化验过血,此刻他却无知无觉地躺在大厢板上,随着车轮的每一次颠簸,像一段朽木在白单子底下自由滚动。我尽量离他远一点,但车厢里只有那么大地方,我的脚紧紧地挨着他的腿,凝固的感觉自下而上蔓延,半截身体变得铁一般硬冷。"紧接着恐惧加剧,路到尽头,只能抬担架:"灵魂肯定是一种承受重量的物质,它离去了,人体反而滞重……尸体冰凉的脚趾隔着被单颤动着，坚硬的趾甲鸟喙一样点着我的面颊……"沉重的双手，紧张的心跳，作者仍不乏幽默："山好高啊，累得我几乎想和担架上躺着的人交换位置。"

第三幅画则可谓特写镜头：牧人像容器一般被打开了，老医生像拎土豆一般把布满肿瘤的肝脏提出腹腔……秃鹫在头顶愤怒地盘旋……年轻的女孩子围着安卧着的牧羊人，一张张惊心动魄的脸……

文章极具冲击力，如恣意勾抹的线条，粗犷豪放而又准确，不用任何说教与议论，对生命的领悟已跃然纸上，意味深远。

毕淑敏散文精品赏析

铁马冰河入梦来

TIE MA BING HE RU MENG LAI

　　当我写完《昆仑殇》最后一个标点时,有一种奇怪的感觉,好像心的某一部分被掏空了,只留下一个洞。

　　午夜时分,家人熟睡。我独自走到屋外。

　　北京的夜不黑,无数灯火交织成彩色的图画。北京的夜也不静,声音的波涛一刻不停,只不过比白昼略低沉了点。唯有冰冷如汁的空气,像清泉一样荡涤着肺腑,使人感到振奋与警醒。遥望西部,我感到一丝淡淡的欣慰。

　　西部有一座雄伟的高山。数百万平方公里的世界屋脊,由它无尽的子孙组成。它的主峰——乔戈里峰,是我们这个星球上的第二高峰。在古老的文化典籍中,它被称为"帝之下都",是黄帝居住的地方。这座威严的万山之父,就是昆仑山。

　　1969 年,我参军离开北京,来到了昆仑山上的一个部队。几个月后,迎来了我十七岁的生日。战友们为我摆了一桌"罐头宴"。银亮短粗像炮弹壳一样的军用罐头,开了一筒又一筒。有橘子的,有苹果的,有菠萝的,有雪花梨的,还有……对于每月只有一筒半水果罐头定量的士兵们,这是很靡费很丰富的盛宴了。我们把罐头汁倾倒在刷牙用的搪瓷缸里,彼此碰得山响,快乐地"干杯"。

　　"你才十七岁,太小了。"一个老医生说。

"我已经是大人了,很大的人。"我严肃地纠正他。

"真正的大人,是怕人家说他岁数大的。况且'大人'这个称呼,本来就是小孩子说的话。"老医生平静地反驳我。

许多年过去了。每逢过生日时,这对话便清晰地在我耳边响起。我不再自称为大人,而且惊讶时间过得太快了。

当我从报纸上看到,如今十七岁的女孩子们,为父母该不该偷看她们的日记而展开热烈的讨论时,不禁浮起会心的微笑。我羡慕她们,但觉得她们比那时的我们还要小。

她们自有她们的幸福。假如历史能够退回去重新书写,我愿意踊跃加入她们的讨论,并坚决主张父母亲不应该偷看她们的日记。

可惜,历史不可涂改。于是,我只有羡慕,却从不后悔。

关于昆仑山上的艰苦;关于高原、缺氧、奇寒、强烈的紫外线;关于冰峰雪崩,汽车失事,置人死地的高原病,我们的文学家、艺术家已经写过那么多的文字,我说不出更令人惊心动魄的故事。我一直在从事医务工作,这在军营之中,相对是比较安全舒适的了。尽管如此,我还是看到了那么多死亡,那么多牺牲。没有身临其境的人,是无法想象在那种严酷的自然条件下,人自身的生命力是何等软弱!我想过妈妈,我掉过眼泪,我甚至诅咒过命运。但我终于义无反顾地加入了保卫者的行列,成为祖国的哨兵。

昆仑山呼啸的风雪,卷走了我一生中最好的年华。它浓重的身影,横亘在我生命的原野上。我步入这座高山的时候,还是个稚气未脱的少女。十二年后,当我离开这座山时,已是人近中年了!昆仑山在向我索取了高昂的代价之后,馈赠我一件终生享用不尽的珍宝,这就是青年时代艰苦生活的磨炼。

我是个医生,而且自信是个不错的医生。

我之所以写起小说,就是因为对昆仑山的挚爱。它是我心中一颗充满活力的种子。

昆仑山是值得用如椽大笔去挥写的。在我国灿烂的古代文化之中，它有过无数辉煌的传说。在高高的昆仑山巅，长着顶天立地的稻谷，它的每一粒谷米，都是珍珠和美玉。黄帝巍峨壮丽的帝宫，是百神聚议的地方。把守这座华美宫殿的天神，名叫陆吾，他有着英俊威严的面孔，背后却是老虎的身子和脚爪，还拖着九条尾巴……

1969年在西藏阿里军分区（后排左）

然而，现实中的昆仑山，哪有什么天稻！哪有什么宫殿！哪有什么陆吾！它是一个严酷的冰雪世界。在这被称为"世界第三极"的冰冻雪国里，生活着我们的边防战士。告别父母，远离家乡，四面八方的稚子在昆仑山上被铸成了钢。在那场空前的民族灾难中，他们经受了更为惨烈的苦难，却始终像昆仑山一样，沉稳坚强地挺立着……

我曾急切地寻找所有描写昆仑山的文学作品。它们有的写得真好，令我赞赏，令我感叹。但每每于掩卷之后，又生出一丝淡淡的惆怅：这同我心中那座雄奇伟岸的高山，似乎并不能完全重合。像一台尚未调试到极佳状态的电视机，总有一点重影，有几行波动。

这怪不得别人。有一百个人，就有一百座昆仑山吧！

那座属于我的昆仑山，时时像雕塑一般，凸现在眼前。陆游的两句话,简直像为我写的:夜阑卧听风吹雨,铁马冰河入梦来。

我想试着勾画我心中的那座昆仑山。

只是,我行吗? 一个"文革"时期的初中毕业生。虽然有一张大专文凭,但那是医学的,与文学可不搭界。那场可怕的"革命",中断了我们这一代人的学业。除了医学,对于数理化,对于文史哲,我似乎总停留在一个初中生的水平。无论怎样自学,无论怎样读书,就像一株误了生长期的植物,再也抽不出绿色的枝条。

我有繁重的本职工作,还有头绪诸多的社会工作,更有不可推卸的家务工作。对于一个女人来讲,在人生这座舞台上,不写小说,角色也已经够多够乱的了。像个蹩脚的棋手,与数个高手对弈,再添上一盘盲棋,你是否有这个勇气?

文学的小路上又是如此拥挤。好心的前辈谆谆告诫:写作是一桩极苦的事业,你推开的将是一扇"地狱之门"。

我跳到空中,像一个第三者一样,冷静地分析了一下我自己。不要抱怨命运吧。每一代人,由于历史的限制,都有自己特定的趋势。不必过于骄傲,也不必过于沮丧。如果把这叫做命运,那它是一回事,自己的努力则是另一回事。与我们每个人密切相关,可以左右的,是第二件事。我这个人别无长处,就是不怕吃苦。这要感谢昆仑山。我经历了那种罕见的艰难困顿之后,一般的苦便难不倒我。

电大中文专业招收自学视听生,我报了名。……没有时间听课,见不到辅导老师,你想完成作业,可连作业题是什么都搞不清楚。更有甚者,有好些科目,连教科书都买不到。于是只有向别人借书来读。上午借,下午还。临到考试,便连书也借不到了。我有时颇感滑稽,觉得自己有点像高玉宝。记得参加第一门考试之前,内心紧张之余,竟感到有些凄楚,觉得这真是自找苦吃。

还好。我的成绩相当不错。一路考下去,我以各科平均八十多分、毕业论文"优"的成绩,结束了电大的学业。

现在,总该开始了吧!

唔,不行。学然后知不足。我这才知道自己太浅薄了。文学上那么多流派,那么多主义,那么多色彩。无数本名著等待你翻阅,无数位大家高高地站在前头,压得人只能仰视。我又一头扎进书籍中去。

学习不是目的。学习是为了创造。没有学习,便没有创造。但总是学习,也没有了创造。我,必须开始了。

只是,在文学艺术界,我举目无亲。写出的东西,投往何处?倘是退稿,精神上受一次打击不说,别人若知道了,会不会嘲笑说风凉话?

曾盘桓于所有文学青年起步之初的种种顾虑,也像绳索一样羁绊着我的笔。

难啊! 世界上最难战胜的敌人,就是你自己。

但毕竟,我还是写了。我写我心的一部分,一肚子的墨水,带着稀薄的血痕,留在了洁白的稿纸上。借此,献给我心中神圣的山。

感谢《昆仑》编辑部的海波同志。对一个素昧平生的业余作者的处女作,他立即予以关注,几天后就给我回了信。在小说的修改过程中,他付出了巨大的精力与心血。人们多知道海波是一位才华横溢的青年作家,殊不知他也是一位极端认真负责的编辑。我真诚地感谢《昆仑》编辑部对我这样的无名作者所给予的支持和帮助。

《昆仑殇》发表了。

电话铃不断。多是我的同学好友。自幼在北京长大,我有不少自幼儿园就熟的朋友。

"看了《人民日报》登的《昆仑》目录,那个写小说的毕淑敏,是你吗？"

"是我。"像所有初学写作的人一样，我实行了严格的保密。现在，人家打上门来指名道姓地问，只得承认。

"那篇叫昆仑……昆仑什么呀？我还不认识这个字。念昆仑汤？要不念昆仑场？"

"念殇。昆仑殇。"

"殇？是什么意思？"

"殇，就是死。"

"什么？昆仑死？写山就够没情绪的了，再加上死！哎呀，你写什么不行呀，偏写这个……"

我放下了电话。真抱歉，我写别的不行，只能写我最熟悉的昆仑山。

幸好以后见面时，朋友对我说："你的小说我看了。看过之后我沉默了好长一段时间，被一种很悲壮的情绪笼罩着……"

谢谢你，我的朋友！

沉默了好长一段时间！

这话说得真好。我至今认为这是所有赞扬声中最高的一句评价。能使我们这一代人沉默的事情，不是太多的。我们同共和国一道，经历了过多的风雨，过多的喧哗。如今又被裹旋进高节奏的现代生活之中，留给我们沉默的时间太少了。沉默是一张白纸，它意味着思考之后将留下点什么。

我希望人们能记住在遥远的西部，有一座雄伟的高山。在那高山之上，有无数双警惕的眼睛和赤诚的心。我们花前月下的每一次聚会，星光璀璨下的每一夜安眠，歌舞升平中的每一声欢笑，都是他们用鲜血和生命换来的。我手中这支拙劣的笔，倘能传达出这种情感之万一，我心足矣！

万事开头难。我已经开了一个头，但开头以后的事，似乎更难。人,应该时时前进,超越自己。但超越,又谈何容易。好比爬山,我现在站在昆仑山的脚背处,举头仰望,险峰峻岩,好一条漫长的路!

【赏析】

"昆仑山呼啸的风雪,卷走了我一生中最好的年华。"一句话,几多感慨,几多悲壮!尤其是在这个和平年代,在这个以经济建设为中心,追求自我价值实现的年代,一生中最好的年华,有多少种被卷走的方式?

不满十七岁的花季女孩,被政治的大潮从京城连根拔起,被裹挟着飞过千山万水,跟跄着颤抖着被植根在缺氧而奇寒、有着强烈紫外线的高原上,与苍鹰雪山为伴,目睹的是死亡雪崩……

此文是作家完成小说《昆仑殇》后的一次回眸:"我曾急切地寻找所有描写昆仑山的文学作品。它们有的写得真好,令我赞叹,令我感叹。但每每于掩卷之后,又生出一丝淡淡的惆怅:这同我心中那座雄奇伟岸的高山,似乎并不能完全重合。像一台尚未调试到极佳状态的电视机,总有一点重影,有几行波动……有一百个人,就有一百座昆仑山吧!"

经历是最好的财富,这句话每个人都不陌生,但只有经历显然是不够的,这个经历向财富的转化过程不见得比经历本身更轻松,毕淑敏丝毫不讳言自己的顾虑:一个"文革"时期的初中毕业生,有繁重的本职工作,有头绪诸多的社会工作,有不可推卸的家务工作。对于一个女人来讲,在人生这座舞台上,不写小说,角色也已经够多够乱的了。文学的小路上又是如此拥挤……不同于一般的做着文学梦的文学青年,作者显然是非常清醒的:"我这个人别无长处,就是不怕吃苦。我经历了那种罕见的艰难困顿之后,一般的苦便难不倒我。"

毕淑敏是一个士兵,她身上有着士兵才有的勇气与毅力,我们仿佛看见她经过了长途跋涉,刚刚洗去征尘准备歇歇脚,却又夜阑卧听风吹雨,铁马冰河入梦来。"那座属于我的昆仑山,时时像雕塑一般,凸现在眼前。"于是,她再次如接到命令的战士,打开门,走上未知的路,只是这次向她发号施令的是她的心灵,那不停召唤她的心灵,充电,阅读,写作,用己之笔,言己之心,这样写出的不带功利色彩的作品,没有理由不震荡人心。

　　每个人都有自己的"铁马冰河",毕淑敏没有让她的"铁马冰河"失望。

无 胆 之 人
WU DAN ZHI REN

　　好像在西藏当兵的时候,落下了有时肚痛的毛病。那是一种温柔的潜藏很深的朦胧痛,不剧烈,但位置固定,似乎还携着轻微的脉动。凭我那时的少许医学知识,心想,不会是一个寄生在脊柱上的血管瘤吧? 真要那样,我可能在某一次开怀大笑的时候,腹压升高,血管迸裂,突然倒地死去。我为这个问题遥望雪山,忧心如焚。不是因为怕死,是怕死了以后,将由别人收拾遗物,送还我万里之外的家人。被人检点生前思绪,是一件难堪的事。隐隐的疼痛好似一道符咒,迫使我作出一项重大决定,将厚厚几大本日记全部烧光,并发誓永不再写。当缺氧的空气里抖起蓝边金芯的火苗(撕碎的纸页泼上无水酒精,燃烧就像孔雀翎一般好看),我摆脱了对世间的牵挂,对那种反复发作的疼痛,也不再恐惧万分了。

　　以后的若干年里,疼痛像一条忠实的小狗,亦步亦趋追随左右。陪伴我上高山,下平原,从藏北到京城,宠辱不惊,休戚与共。它谨慎地把握着分寸,从不惹我真正生气。轻微发作时,只需我像老年人一般弯弯腰,缓解一下挺胸直背时的压力,它就悄然遁去,如刀尖划破水面,愈合后不留一丝痕迹。最顽劣的表现,也不过是逼得我短暂地闪进工作间的白色屏风里,对一同上班的其他医生说一句:我有点不舒服,躲里面检查床上趴一会儿啊……次数多了，大家道，你想休息，直说就是了，干嘛像个不愿做功课的小孩，每次都撒一个肚子痛的谎话……我愤愤地回击他们说，没有一点人道主义精神，小心本所长康复以后给你们穿小鞋哇。

我行医二十余年，自身几次比较重大的疾患，都是处于膏肓状态，才被院外的专家确诊，在就职的卫生所里，非但自己绝无"小荷才露尖尖角"的蜻蜓眼力，周围的医生也是"久入鲍鱼之肆"的聋鼻子。至于每年的例行体检，邀的虽都是京城威名赫赫的医院，但没有一次发现过青萍之末的灾难。

面对每年都是"正常"的体检报告单，我认为疼痛是一幅精神的海市蜃楼。但那个不计名利的家伙，不理睬书面上对它的置若罔闻，以相当稳定的节奏骚扰我，兢兢业业，风雨无阻。结果不但我自己，就是家里人也将它视为正常生活的一员，相濡以沫，和平共处。假如它有一段时间不来造访，我会说，噫，奇怪啊，肚子最近怎么不疼了呢？家人也会跟着不安，说，是啊是啊，好长时间不听你念叨了，该不会有什么变化吧？我说，别着急，咱们这么惦记它，它会来的。

果然，随着我的年龄增长，它也像熟练的老仆，愈发殚精竭虑服务周到了。频率较前稠密，强度较前加深，盘旋的时间也大大地加长了……在别人看不到的地方，我开始用手握成拳，抵住胸腹，略解疼痛。但通常只要稍能忍受，我就很快松开拳头。记得好像身患肝癌的焦裕禄，就是用这种姿势，将竹椅的扶手顶出一个破洞，我觉得这止痛的方法不祥。还有一招，双手心周正地按在剑突下——就是人们常说的心口部位，缓缓下压，居然奇效。猜想那是人体血脉聚集之地，以痛治痛，类似武林高手点了某处大穴。不料先生有一次见了这种自我施治，惊道，莫非你也在学西施？我恼火说，就算西施首创了这个姿势，并没有取得专利权，凭什么两千年后，我们还模仿不得？

伴随症状也渐渐多了起来,好像老仆嫌自己孤单,特带了孙男弟女集团拜访。我开始恶心欲吐,肩胛如裂如剐。我问先生,晚饭吃的东西,会不会食物中毒?我怎这般难受?他不忍看我独受此苦,同仇敌忾地说,是啊是啊,我也深有不适。他的假话使我大释然,认定食物作祟,不再追究。

直到这时,疼痛还同我保持着最后的礼节,好像向苏联发动大举进攻、发动闪电战前的希特勒。我也努力绥靖着,维持着健康泡沫。

今年8月,我久已巴望的新疆之行,终于成行。雪山盆地,纵横驰骋。南疆北疆,大吃大喝(我因不吃手抓羊肉,不喝葡萄酒,大吃的是水果,大喝的是酸马奶)。一路颠簸,身累心喜。某日夜半,自吐鲁番赶回乌鲁木齐,疼痛突然在吉普车上毫无征兆地凶猛发作,使我迸出一身冷汗。宾馆预备了热饭,一口也无法吃,匆匆吃药,辗转在床。唯一的希望是噩梦醒来便是早晨。

我至今对缠绕我多年的疼痛,充满最后的感激。它维护了我的面子,使我成功地完成了西域之行,全须全尾回到北京。试想若病倒边地,将给主人平添多少麻烦!所以说这位魔头,还是很有几分顾全大局的侠义心肠。

回到北京的第二天晚上,那蛰伏已久的疼痛,摇身一变化作狂犬,以凶猛十倍的残忍,发动了势如破竹的秋季攻势。开始的半小时,尚有张弛,焦裕禄或是西施止痛法,还稍事抵挡,可获片刻喘息。但很快形势逆转,疼痛撕下面具,暴躁起来,如长鞭驱赶大批毒蛇,从我体内的某一处出发,在腔内翻转腾挪。疼痛又好似优秀的体操运动员,在精彩地练着他们的托马斯全旋。无数火红的信舌狂舔脏腑,烙铁般的疼痛如霞蔚蒸腾而起。

我惊骇莫名,不单被剧痛狠狠攫住,更被恐惧深深震慑。我从不知道人的一部分器官,能如此狂躁地与整体铁血为敌。腹中所有的管道,好似沾满苦水的毛巾,被魔手精致地拧成麻花。那一刻,我以为世界的末日就要来临。

先生看我以头抵墙,知道此次疼痛振幅巨大,已超出我的意志控制范围,忙说,咱们上医院吧。

我点点头,已无法用言语作答。进医院,仅剩的力气,只够勉强维持最基本的体面,蹲在地上,咬紧嘴唇,堵塞呻吟不要出口成章。化验,体检。医生把冰冷的手指,搭在我的右肋中点,嘱大口呼吸,剧痛使我屏气并清醒,立时茅塞顿开,悟到了症结。血象飙升,表示存在剧烈炎症。当最终"胆囊炎"、"胆结石"的诊断落在诊断书上时,我豁然大悟,颇有英雄相见恨晚之意。

喔,疼痛,我鞍前马后的朋友!原谅本人失礼,受你呵护多年,直至今日,在下才知你尊姓大名。我们唇齿相依,竟这么多年素不相识,你说是不是一个糊涂病僚呢?如果那人还是一个医生,是不是自我渎职?起码也是擅离职守吧。

解痉,止痛,消炎……医生很熟练地处理着,疼痛虽剧,我则心平气和多了。兵来将挡,水来土屯,敌情既明,剩下的事就是和它作斗争了。那病痛很是骁勇,固守阵地,并无见好就收的雅量,种种措施之后,仍挥之不去。于是医生开出了杜冷丁。

那是一张专为毒剧药品而用的红色处方。先生拎着它取药,喃喃对我说,你看,你前头写了《红处方》,眼下自己就得了一张。累坏了,真是报应啊。我有气无力地说,你知道……我下一部要写的书……叫什么名吗?他摇头。我说……名叫《钻石》。

"B超"片证实,我胆囊里藏的货色,不是什么无价之宝,不过两块普通结石,就是俗称牛黄狗宝的那种玩艺。

只是结石的体积令人惆怅。

如果更小些,可以比较容易地从胆管排出,如同小轿车通过宽畅的海底隧道。如果更大些,反正无法挤进瓶颈般的胆管,疼痛虽重,但无危险。

你的这两块石头,恰好比胆管的直径大一些,很容易滑入胆道。由于它的表面像苍耳一般粗糙,会如鱼骨卡在那里,胆管阻塞,胆汁淤积,化脓,穿孔,胰腺炎,败血症……医生很自信地描述病情发展的未来,好像那是他生产出的定时炸弹,派遣在我体内,质量过硬,如假包换。

我忙不迭地点头,对结石的威力和他的预见表示由衷钦佩。但是,怎么治疗呢? 这才是我最关心的问题。

有很多种方法。比如中药,激光,内窥镜,还有气功……这些方法都需要很长时间,最简便的就是手术切除胆囊,一劳永逸。医生结束了指示。

我说,想一想。

其后的日子,不是用脑子想,是疼痛在替我想。杜冷丁只能暂时止痛,医生说避油可减少发作。我谨遵医嘱,像兔子一样大嚼生菜,灾民一样见不到任何荤腥,唇舌皆绿。然而胆中之石是聪明而有气节的家伙,并不因小恩小惠而疏忽自己的职责,它一如既往地频繁发动袭击,绝不受招安。

由于多在傍晚发作,我不愿打搅他人,总心怀侥幸地隐忍,结果是到了后半夜忍无可忍,只得牵了先生夜奔医院。几番下来,已经习惯了北京黉夜的凄清。若不是冷汗如油,真可好好欣赏原本拥挤现因空旷显出陌生的夜景。

医生说,总靠打针止痛,不是长久之计。

我说,我已决定手术。

医生就是那样一种人,当你没作出某种决定前,他积极地怂恿你。一旦你作出决断,他又再三让你斟酌。我说,我不反悔。其他的方法太费时间,这一病,我知道全身的零件已接近大修年限,我要珍惜时间了。

于是入院，做一切手术前的准备工作。每日穿着无款无形的病号服，小病大养，煞是得意。那结石似乎也懂医院的精良设备，发作渐稀，我便过上了难得的太平日子。终日除了检查，就是读书，悠哉悠哉。

但有一日的医嘱，让我忐忑不安。要在空腹状态下吃两个油汪汪的煎鸡蛋，以完成胆囊造影。我对医生说，吃了那东西，是一定要犯病的。我不敢以身试法。

医生说，怕什么？有医院呢。只要疼痛发作，马上就给你止痛。放心好了。

于是转悲为喜。心想好长时间没吃油炸鸡蛋了，此次开荤，可能具有一个时期的结束和另一个时期开始的重大意义。以后切了胆，吃油炸鸡蛋的可能性大大减少，那么这个鸡蛋，是本人生平最后的油炸鸡蛋也说不定。一定在医生保驾护航的关照下，细细品尝滋味。

医院厨房送来的油炸鸡蛋灿若黄菊，引人食欲大开。宝贵的第一口吃下去，我大惊失色。完全不是想像中的滋味，舌头简直抵上了一块榉木地板。我问护士小姐，用于造影的鸡蛋是否来自特殊母鸡？或者说煎蛋用的是碘油？小姐笑着说，蛋是普通的蛋，油也是普通的食用油。变化的是您的身体，它拒绝接受引起痛苦的食物。

呜呼，我佩服精密的肌体，居然在理智已认为万无一失的情形下，坚持着本能的防备与抗拒。在一次次疼痛中，建立了雷达般的灵敏反射系统，最大限度地保护生命。

万事俱备的手术前夜，主刀医生来到病床前，问，你害怕吗？我说，不怕。也许他的经验是以往的病人口说不怕，心里还是怕的。他并不在意我的回答，依旧按照假定我是胆小鬼这样一个前提，开始谈话。

他向我解说了手术的大致步骤和风险,告知这种新方法,疤痕比较小,但如果不成功,就要同时启用古老方式,我将遭受双重痛苦。我问,这种双轨制的概率多少? 他说,百分之一以下吧。

我很镇定地回答他,在福利彩券和历次摸奖中,即使中奖面高达百分之六十,我也是漏网之鱼。此番概率只有百分之一,外加"以下",我相信自己没那么好的运气。如果赶上了,天意难违。

先生胆中无石,但似乎比我的病胆还弱。医生让他填写一张家属同意手术的单子,他连看三遍后,临阵脱逃。悄声对我说,那上面写得很可怕,肠粘连肠梗阻大出血什么的,并发症多了去了……咱们走吧。回家去吧。再试试别的办法吧。好吗? 我推着他说,快去签字吧。我喜欢一刀了断。

手术的当天就像出嫁,你傻傻呆着,别人忙得手舞足蹈。干部病房的护士,外科操作比较生疏,下胃管时,折腾半天,结果管子没下到胃里,我已涕泪滂沱。我说,护士小姐,同你商量一下,我自己来下胃管怎么样? 护士大惊道,我还从来没见过哪个病人敢自己下胃管的,从鼻腔进去,这是非常难受的事,你下得了手吗? 我说,那就试试吧。

我虽从医多年,但没给人下过胃管,好在只要狠心,途经自家的咽喉和食道,还是有把握的。再加上怕在护士手里受二茬罪的信念鼓舞着自己,惨淡经营,居然很顺利地把管子下到胃里,皆大欢喜。

终于躺在手术床上,无边的白色中,数数头顶的无影灯有十二盏,葵花般地普照着我,内心很是肃静。为这种镇定不好意思,马上就要开肠破肚,畏惧才是正理。当全身麻药进入体内时,意识如同风中之烛,摇曳几下,悄然而逝。脑海里最后遁去的想法是——如果这样在迷茫中远航,从此不再醒来,因为辛苦地活过,努力过,所以永远休息,未必就不幸福啊。

我一直以为手术过程是病的重头,好像一盒漫长磁带的主打歌曲。但当我在监护室吸着氧气醒来,一摸腹部的绷带,得知手术已经完成时,心中不免为少了惊心动魄的变化而稍感遗憾。好像跟踪许久的河流,你以为该出现瀑布的时候,结果是个水波不兴的水潭。

记得术前我问过医生,术后会不会很疼? 医生没有正面回答,说,你既经受过反复发作的胆绞痛考验,这就不算什么了。

他说的不错,疼痛也是曾经沧海难为水。术后尽管有种种不便,但同我已经承载过的疼痛相比,不足挂齿。

不让见家人。也许这在保持病房的环境无菌方面,有独到之处,但对病人的心境,实在说不上有利。护士说,你家里人来看过你了,我们说你很好,已从麻醉中醒来,他们就走了。临走给你留了一封信。

我把那封信拿过来,感觉手轻飘飘,动作很慢,像太空人。那封信只有一张纸,我以为那里面还不得写几句慰问的言词,谁知全是这一两天的电话记录和来信摘要,简直像是办公室的留言簿。最主要的信息都是刊物约稿,这使我全麻过后一片空白的大脑更加混沌。

几天后坐轮椅回到普通病房,除了行走时腹肌不便外,基本如常了。聊天时我说,记得一句以前的戏文,叫做"浑身是胆雄赳赳"。如今浑身没了胆,无所谓胆大胆小,从此便不知畏惧了。

先生说,那天我候在手术室外,突然听人喊:毕淑敏家属在吗? 心中大惊,按时辰手术尚未结束,此时招呼家属,必是当中出了意外,战战兢兢地走过去。那人端出一个白盘,说,这就是摘除的胆囊。我看了一眼。心想,古话说,肝胆相照,我们真是患难与共了。

【赏析】

一个胆结石引起的手术,相信有一些人也同样经历过,可毕淑敏硬是把一个小小的引起极度痛苦的胆结石用魔笔变成了"钻石"。

拟人化手法是毕氏的强项:这个让作者有着不祥预感的疼痛,时而像一道咒符,"迫使我作出一项重大决定,将厚厚几大本日记全部烧光,并发誓永不再写";时而像一条忠实的小狗,"亦步亦趋追随左右……陪伴我上高山,下平原,从藏北到京城,宠辱不惊,休戚与共。它谨慎地把握着分寸,从不惹我真正生气";时而像熟练的老仆,"伴随症状也渐渐多了起来,好像老仆嫌自己孤单,特带了孙男弟女集团拜访"……

对于带给自己极度痛苦的病灶,身为医生的作者受尽折磨:"开始的半小时,尚有张弛,焦裕禄或是西施止痛法,还稍事抵挡,可获片刻喘息。但很快形势逆转,疼痛撕下面具,暴躁起来,如长鞭驱赶大批毒蛇,从我体内的某一处出发,在腔内翻转腾挪。疼痛好似优秀的体操运动员,精彩地练着他们的托马斯全旋。无数火红的信舌狂舔脏腑,烙铁般的疼痛如霞蔚蒸腾而起。"即使如此,作者却"至今对缠绕我多年的疼痛,充满最后的感激。它维护了我的面子,使我成功地完成了西域之行,全须全尾回到北京……这位魔头,还是很有几分顾全大局的侠义心肠"。

作者的幽默乐观心态可见一斑,让人随之愁肠百结,又忍俊不禁。如:手术前为完成胆囊造影,忌吃油荤的病人要吃鸡蛋:"医院厨房送来的油炸鸡蛋灿若黄菊,引人食欲大开。宝贵的第一口吃下去,我大惊失色。完全不是想像中的滋味,舌头简直抵上了一块榉木地板。我问护士小姐,用于造影的鸡蛋是否来自特殊母鸡?或者说煎蛋用的是碘油?"术前要家属签字:"先生胆中无石,但似乎比我的病胆还弱。医生让他填写一张家属同意手术的单子,他连看三遍后,临阵脱逃。""手术的当天就像出嫁,你傻傻呆着,别人忙得手舞足蹈。"把生活场景变得有舞台效果,此为毕氏强项,此类文学小品,与舞台上演员表演的小品有相似之处,皆为源于生活的细节再现,不过如同所有舞台表演与文学作品不同的是,文字作品带给他人的想像空间更大。

有人说,之所以我们应该学会原谅,是因为生活的苦难带给每个人太多伤痛,读读毕淑敏的散文,学会的就不只是原谅了。

为 白 海 鸥 签 名

WEI BAI HAI OU QIAN MING

　　数十位作家通力合作,缩写了若干本世界名著。历时一年,终于成为装进淡蓝色封套的精装八大卷书册。出版社来电话,说1994年春夏季北京书市,在劳动人民文化宫隆重开幕。特邀各位执笔作家,轮流莅临书市,签名售书。

　　因别人有事,第一日就轮到了我。

　　常有人把书比作作家的孩子。这套书就相当于幼儿园的一个班了。

　　那天收拾停当,早早到了书市。与两位年长作家,在一棵大松树下,排开一溜桌椅,像乡下邮局前代人书写家信的老先生,端正地摆了笔,等待购书者。

　　时辰尚早,游人不多,一时间桌前冷落。我等有一句没一句地聊着天,心也惴惴。寻思若是一直白白坐着,浪费自己的工夫不说,今天是出版社第一天开张,倘若始终一套书卖不出,岂不晦气?

　　于是大家纷纷出主意,说写一大字招贴,注明这是世界名著精选,看能否招徕顾客。再就是在桌面上摞起一套样书,让高雅美丽的封面,裸露在炎热的阳光下,现身说法,以利销售。

　　海报贴了,标本也展览了。便有三三两两的顾客驻足,却只是看,翻着翻着就随意地合上,不回头地走了。

心里焦虑。

我觉得这和签名售自己的书,感觉不同。

卖自己的书,更多一种死生由命、相逢必是有缘的恬淡。悠闲地坐着,充满宿命的安宁。从不向看客游说,心中坦然。

但今天的情形,有些特别。这是众人的孩子,还倾注了出版社的巨大心血。人可以不夸自己的孩子好,但不能不夸人家的孩子好。

应该说点什么。我想。

一位中年妇女走过来,后面跟了一个女孩儿。

女孩儿很素洁的样子,停下脚步,用纤长的手指抚弄着书皮,发出类似松针折断的细微响声。

于是我说:"这真是很好的一套书呢。名著,都是经过历史淘洗的真金,又经作家很用功地缩写了一遍,值得一看的。"

女孩儿听了我的话,端起一部书,仔细地看起来。

我耐心地等着她。我知道买书这件事,征服了孩子就征服了妈妈。

没想到女孩儿并没有看书里面藏着的美丽的故事,而是迅速把书掉了过去,看了后面的价钱。

她的妈妈也凑了过去。

我镇定地等着她们的反应。

"哎呀! 这么贵呀! 要一百多块钱啊!"女儿和妈妈一齐说。

"是啊! 是够贵的啦。"我叹了一口气,"可是现在什么不贵呢?一斤大饼都要近两块钱了。这么精致的书,成本很高的。"我用手指甲弹了弹坚硬的书面,它发出三合板一样沉着的回响。

"看一件东西贵不贵,首先是看它值不值这个钱。"我接着说,"一百多块钱就可以买到几十位世界级的大师和严肃的中国作家的心血,我觉得合算。"我很诚恳地说。这是我的心里话。

妈妈若有所思地点点头。

女孩儿指点着书皮说:"这一本我看过原著了。"

我说:"那你可以不买这一本的。但是,要是我,我就把它们都买下来。"

"为什么呢?"女孩儿瞪着蝌蚪一般活泼的眼睛说。

"因为它们是一套啊。我喜欢成套的书,摆在书架上,像是一排很强壮的兄弟。"我说。

在我们交谈的时候,母亲飞快地翻着书,似乎在挑选有没有错页、漏页,略有点心不在焉的样子。我知道她在作抉择,主妇们在最后决定一件物品的取舍时,常常有片刻间的恍惚。

突然她说:"不买了,好吗? 咱不买了。走吧。"母亲说着,牵了小姑娘的手,立马要走。我不知这书哪里得罪了她,也不好相劝,只是静静地看着母女俩。

女孩儿的上身被母亲拽歪了,脚却牢牢地戳在地上,好像一棵被风吹斜了的小树,倔强地保持着直立的根。

我悄然笑了。依我的经验,那位妈妈若不使出极端的措施,目的怕难以得逞。

小姑娘也不说话,只是用大大的黑眼珠望着我,无声地求援。

我将她诱导到这个地步,不能撒手不管。就对妈妈说:"看,多清秀的小闺女。"

妈妈的手腕立时松了。天下没有哪一位母亲,不在夸赞自家孩子的话语面前停下脚步的。

"她肯定会弹钢琴的。"我说。

"哎呀呀! 是的。可是您是怎么看出来的? 到底是作家啊!"女人叹息起来,不知是感慨作家的眼力,还是惊喜女儿的音乐修养,已到了遮掩不住的地步。

"看气质啊!"我说,"弹过钢琴的女孩儿和没有弹过钢琴的女孩儿,是不一样的。"

母亲笑了。疲倦与欢欣,像两种名贵的闪光漆,敷在她略显苍老的脸庞上,使每一丝纹理熠熠生辉。

女孩儿注意地听我们交谈,忘了往脚下使劲,妈妈趁机拉动了她。

妈妈向我点点头,就要离去了。

我并不挽留,只轻轻说了一句话。

母亲像被施了定身法,僵在那里。

我的话是:"读过名著的女孩儿和没有读过名著的女孩儿,是不一样的。"

母亲慢慢地回过头来,说:"那我可以到图书馆去借。"

我并不在意她的态度。我知道,她是在同心里的另一个声音对话。

我眼睛看着别处说:"是啊,我们可以去借。但是,你借来的时候,孩子可能恰恰没有时间。等她有时间的时候,您又可能借不到那本书。图书馆的书毕竟是人家的。假如有能力,还是做书的主人最好。"

女人的心似乎有些动了,但思忖了一下,轻声说:"我的女儿还小呢。"

女孩儿像绞股蓝,拧着手指说:"我不小啦!老妈!"

我对母亲说:"是啊。孩子还小。可是他们总会一天天地大起来,是不是啊?"

不等她回答,我又接着说:"我们不知道他们会在哪一个早晨开始阅读名著,就像我们不知道今年冬天的第一场雪,会在哪个早上飘下。什么时候想读名著了,只有孩子自己知道。家里的书架上有这本书,也许从今天晚上就会开始阅读。假如书架上没有这些书,一切都无从谈起。"

她深深地吸了一口气,果决地说:"那我们要看也看原著。不看缩写。"

这真是一位很有文化的母亲。

我说:"您说得太对了。所有打算从事写作和终生热爱文学的朋友,完全不必看这种书。你必须去看原著。原著是活蹦乱跳的鱼,而再精彩的缩写,也是烤焦了的鱼片。但是,对一些不以文学为生的人,这套书就是很好的帮手了。现代生活节奏这样快,生存的空间又是这样狭小,对普通人来说,几十套文学名著的原作,该是多么庞大的一堆? 买它要花费多少银钱? 摆它要占去多少场地? 读它要耗去多少时间?"

那位母亲没有说话。我也不再说什么。我觉得自己已说得太多。并不是急着推销,只是在这一柄夏天的树阴下,心里涌出许多话。

"我想让女儿学理科……"母亲犹豫地说。

"你从来没有跟我说过的啊!"女儿大叫。

"无论将来您的女儿是做一位经理还是一位科学家或是一位实业家,她都应该了解世界名著。那是一代代最优秀的人编织的智慧的花冠。任何一个卓越的知识分子,都应该把它戴在自己的额头。"我已经说得很疲倦了,但为了那个女孩儿,我还要说下去。

母亲静默着,孩子已经利用这个空隙开始了阅读。

女人吞吞吐吐地说:"东西是好东西……按说这么华丽的书,价钱也不算贵的……只是对我们来说,它真的不便宜啊……买钢琴我们就凑了很久很久……"

我陪着她叹息。"假如实在是买不起,也就算了。借书读也是一样的。"我劝她。

谁知道她反倒笑了,说:"也没那么严重。总是下不了这个狠心。"

我正色道:"现在的事,假若你认定这是一个好东西,只要自己能掏得起钱,就毫不迟疑地把它买下来。要不,越来越吃亏了。"

"为什么呢?"女人不解。

"怕涨价啊! 好的东西是一定要涨价的。"

"那倒也是……不过,等等看,也许会有更好的版本呢?"她同我商量。

我笑了。没有镜子,我不知自己脸上是怎样的笑容,大概很落寞吧?

"也许会有? 只是,我觉得很难有更好的版本了。"我说。

连女儿也停止了翻书,疑惑地望着我,要我说个明白。

"缩写名著是件非常吃力的事情。打个比方吧,什么叫名著呢? 名著就是服装大师精工细做的西服。缩写是什么呢? 就是要你把西服改制成一件得体的中式对襟小袄。您试试看吧,哪位裁缝师傅愿意接这样的活计? 前几年,还在责任与道德的旗帜下集合起了一批严肃的作家,大家认认真真地完成了这项工程。现如今,作家下海的下海,改行的改行。就是依旧当着作家,也多半写电视剧去了。种庄稼的农夫都走了,还能指望打出更多的粮食吗?"

说完了这些话,我突然变得很平静。在同这陌生的母女的交谈中,我已经忘记了自己销书的初衷,变成心灵的自白。

妈妈笑了。笑得很开心,好像影片中用特技拍下来的花朵开放的镜头,此时快速播出,十分绚烂。

"您不用再说了。我买下这套书。"她郑重地开口。

"啊! 好啊! 妈妈答应买书啦!"女孩儿高兴得大叫。

我们头上的松针摇曳着,把阳光的辫子,缠在我们身上。

"您仔细挑挑,不要有什么错漏之处。"我很负责地把书递过去,同她们一道把书翻得哗哗响。

母亲逐本检查了书的质量,付了款。她抱着业已确实属于她家的书,顷刻间腼腆起来。

"您……能不能……给我的孩子在书上写一句话?"她怯怯地问。我略略为了一下难。因为这是众人的书,我一个人签字,合适吗?

女人误解了我的迟疑,恳求地说:"孩子会记得您的,我想给她一个纪念……"

我说:"好吧,我就在我缩写的那本书上给你写一句话。"我面向女孩儿:"你想要一句什么样的话呢?"

女孩儿只是笑,不肯说。

妈妈说:"您看。您是作家,您写什么都行,都好。"她眼巴巴地看着我,一反刚才的苛求。我懂得这样的女人,她们肩负着生活的重担,在选择之前,再三挑剔。一旦确定了,就钟情不渝。

我旋开笔帽,问小姑娘:"你叫什么名字?"

女孩儿还是笑个不停。像所有这个年纪的女孩儿一样,羞于在生人面前呼唤自己的名字。她拈起我的笔,细心地在白纸上写下三个字:白海鸥。

我想了片刻。其实在我看到女孩儿名字的一刹那,那句话就浮出来了。但我不愿随随便便地写,怕白海鸥小朋友以为我不认真呢!

我写道:愿你去蔚蓝色的海与天中飞翔。

女孩儿接过去看了,嘻嘻笑,牙齿在红红的唇中闪耀。她说:"请作家爷爷也为我写句话。"

两位先生,欣然命笔。

一位写道:海鸥,注意不要让大人折断了你的翅膀!

另一位写道:海鸥,你一定会过得比我好。

妈妈站在作家们的对面。因为方向逆反,她不由自主别着下

愿你去蔚蓝色的海与天中飞翔

巴,口唇微微翕动,随着作家们的笔锋,默念着龙飞凤舞的字……她的眼光渐渐湿润,被题字中蕴涵的拳拳爱意所感动。

女孩儿和她的母亲,提着沉重的书,走了。我们突然无话。也许话语也像香水,在炎热的夏风中,缓慢地挥发掉了。轮到彻底打开瓶盖的时候,只剩透明的包装。

A老作家说:"我们一天会卖出多少套书呢?"

B老作家说:"书不像别的。一定要把书卖给爱书的人。不爱的人,就是把书买回去,放在书架上接灰,那也是书的不幸。所以卖书不可急。"

我说:"不敢太乐观,也不必太悲观。我想,我们今日,每人卖出一套书,就算可以了。"

毕淑敏散文精品赏析

A 老作家说:"我赞成这个指标。"

B 老作家说:"也就是说,一个人卖出一套。那么,刚才卖出的一套算不算呢?"

A 老作家说:"当然算的了。"

B 老作家就问:"那么刚才卖出的那一套,算是谁的呢?"

我们还没来得及答话,B 老作家就说:"算我的吧。咱们序齿,我最年长。"

我忙赞成说:"B 老,那套书就是您卖出的了。再卖出一套,就是 A 老的。然后再是我的,谁让我最年轻呢。"

大家举起晶莹的矿泉水瓶子,碰得扑扑响,就算说定了。

随着太阳渐渐升起,人气聚集起来,买卖兴旺了。

日当午时,已经卖出了十几套。

午饭招待我们吃的盒饭,一边吃,一边为读者签名。记得当年在田间拔麦子,也是这样边吃边劳作的。

吃了饭,有了片刻的歇息。我们三个溜出了签名售书的桌台,浏览别的书摊,在如山的书堆中行走。做一个普通读者,买自己喜欢的书;对自己不喜欢的书,放肆地指指点点,煞是得意……

逛得兴起,突然听到出版社的店员招呼:"真不好意思,打搅了。又有几位顾客要买那套书,等着你们三位签名呢……"

我们急急往自家的台子前赶。

听到有人小声嘀咕:跑得这么快,该不是他们的书摊着火了吧?

【赏析】

作家签名售书,当然不是什么新鲜事,但作家的签售心态是怎么样的?如果没有人买是否也像农民卖不出自己的粮食一样着急?毕淑敏此文满足了我们的好奇心。

八卷本的世界名著缩写精装版,谁会是它们的读者?十二年前的 1994 年，一百多块对于工薪阶层来说还不是一个小数目："海报贴了，标本也展览了。便有三三两两的顾客驻足，却只是看，翻着翻着就随意地合上，不回头地走了。心里焦急。"

看来书签售不出去，还真不是好滋味。"我觉得这和签名售自己的书，感觉不同。卖自己的书，更多一种死生由命、相逢必有缘的恬淡。悠闲地坐着，充满宿命的安宁。从不向看客游说，心中坦然。但今天的情形，有些特别。这是众人的孩子，还倾注了出版社的巨大心血。人可以不夸自己的孩子好，但不能不夸人家的孩子好。"

决定说点什么的作家，在一对母女走过来时，开始了一次成功的推销：

这么贵呀？"看一件东西贵不贵，首先是看它值不值这个钱。一百多块钱就可以买到几十位世界级的大师和严肃的中国作家的心血，我觉得合算。"

我可以去图书馆借书不用买呀？"你借来的时候，孩子可能恰恰没有时间。等她有时间的时候，你又可能借不到那本书。图书馆的书毕竟是人家的。假如有能力，还是做书的主人最好。"

有原著为什么要看缩写呀？此话真是问到点子上了，且看作家怎么回答："原著是活蹦乱跳的鱼，而再精彩的缩写，也是烤焦了的鱼片。但是，对一些不以文学为生的人，这套书就是很好的帮手了。现代生活节奏这么快，生存的空间又是这样狭小，对普通人来说，几十套文学名著的原作，该是多么庞大的一堆？买它要花费多少银钱？摆它要占去多少场地？读它要耗去多少时间？"多么妙的回答！

到此，费尽了口舌，仍没有结束，"我想让女儿学理科……"，"等等看，也许会有更好的版本……"不得不佩服毕淑敏百折不回的精神，这万事开头难的第一宗"生意"最后竟然谈成了！

书也卖了,名也签了,作者并没就此打住,可能因为心里没底,三位签售者又为能否每人卖出一套开始"较劲",没想到日当午时,已经卖出了十几套。"午饭招待我们吃的盒饭,一边吃,一边为读者签名。记得当年在田间拔麦子,也是这样边吃边劳作的。"

　　趁闲时几个人离岗去逛书摊,听说有人买书,"我们急急往自家的台子前赶。听到有人小声嘀咕:跑得这么快,该不是他们的书摊着火了吧?"

　　——小小的卖书不利的紧张顿时彻底化为乌有,一气呵成的叙述如行云流水,让人备感亲切自然。

第五辑

海外篇

让 死 亡 回 归 家 庭

RANG SI WANG HUI GUI JIA TING

美国新奥尔良临终关怀医院的布朗女士，有着成熟的山西大枣样的肤色，眼睛也是大而棕的，一种湿润的温和蕴藏在里面，让人一见之下，就感到可以依傍。

依傍感是一种奇怪的东西。男人给人的可依傍感，通常来自高大的体态和宽阔的肩膀。一个柔和的女性，在完全不具备强壮体魄时，也一举让人感到深刻的信赖，这是眼神的魅力。

她的眼神有一点神秘，一点哀伤，更多的是宁静和清凉。她告诉我，以前从事一份普通的职业。因为父亲去世，得到了临终关怀医院的照料，父亲走后，就加入到这个行列之中。

我到过国内的临终关怀医院，那里有很多密闭的小屋和淡蓝的窗纱。在新奥尔良，我以为也会看到这些，但是，没有。临终关怀医院完全是一所办公机构的模样，明亮的灯光，闪动的电脑，彩印的宣传资料……没有白色的大衣，没有药品的味道。

墙上挂着一幅巨大的新奥尔良城区全图。很多红色的圈点，使这张图有了某种战争的气息，好像到处潜藏着特殊的碉堡。

谈话从斑点开始。

我问，这是什么？

布朗女士说，那些明显的圆环，是有急救能力医院的位置。那些微小的点,是我们目前负责的临终关怀病人。

我问,医生呢? 为什么看不到他们?

布朗女士说,医生都到病人那里去了。他们按照地图上面分布的区域,各自负责照料若干病人,一大早,八点三十分,就去巡诊了。挨家挨户地转,要花费很多时间。所以,这个机构里,是很少看得到医生的。

我们是为生命晚期的病人服务的。评价病人疼痛程度的工作,就有五位医学博士专门负责。教会病人把疼痛的程度分为十分,确切地描述自己的疼痛,以取得适量的药物,达到基本上无痛。还有资深的护士,走访病人家庭,为病人提供止痛服务。有专业人员指导病人的家属怎样给病人洗澡漱口,并有宗教人士提供帮助。除此以外,还有二百多名义工,提供帮助病人到商店买东西、晒晒太阳或是理发等服务。

我问,什么人才能住进这个医院呢?

话一出口,我就意识到这个问题不准确。没有病人住在这里。

布朗女士说,我们的口号是让死亡回归家庭。衰老后的死亡是一件很正常的事情。人们并不觉得成熟的麦子变得枯黄,然后倒伏在地,是多么恐怖和不可思议的事情。那是大自然的必然。旧的麦秸不回归土地,就没有新的麦株的繁荣。在 19 世纪以前,人的死亡是司空见惯的事情。孩子们从很小的时候,就看见和体验到生命的消失,他们会认为那是很正常的事情,是世界一个必需和不可避免的环节。但是,20 世纪以来,由于技术的进步和医学的发达,人们把死亡的地点,由传统的家庭转移到了陌生的医院。死亡被排除出视野,死亡被人为地隔绝了。一位老人,哪怕他从来没有进过医院,哪怕他再三表明自己要死在家里,却没有人理睬他。人们渐渐认为只有死在医院里才是正常的,才算尽到了责任。如果谁死在了家里,舆论会认为他没有得到良好的照料。

现代化剥夺了人死在自己熟悉的安全的家里的权利。现在，是回归的时候了。让死亡回归家庭。让濒临死亡的人，享有最后的安宁与尊严。他们将在自己的家里和亲人的包绕之下，平静地远行。我们奉行的观念是——不必抢救死亡。死亡是不应该进行抢救的。因为死亡并不是一种失败。既不是医生的失败，也不是病人的失败。让病人安详舒适地死去，正是医生神圣的责任所在。我们的座右铭是——"尊严地死去"。这包括他是怎样洁净地来到这个世界上，他也要怎样洁净地离开这个世界。我所说的洁净，并不仅仅指的是尘土和污垢，而是指在死者的身上，不要遗留有人工的化学的放射的等等强加给他的痕迹。常常有这种现象，医院里，人已经去世了，他的身上还插着很多根管子，输液的输氧的……还有放射和电击的痕迹。那是很不人道的。

我们的医生每人每周出诊二十八次，很辛苦。一个医生最多照顾七个病人。因为如果照看的病人太多，对医生的压力就太大。当医生作出病人垂危的判断之后，我们的护士就会二十四小时守候在病人的身旁，为他提供必要的支持。当然，也对病人的家属提供有效的支援，陪伴他们一道走过生命中的难关。

1978年，路易斯安那州首创了此种类型的临终关怀医院。除了止痛治疗之外，并不施行额外的延长病人生命机能的医学方面的治疗。现在新奥尔良共有十五所这样的临终关怀医院，共帮助了二十五万死者在家中从容地离去。

我问，那么谁来决定一个人什么时刻可以进入这个医院？

布朗女士说：那要由医生开证明，证明病人的生命已小于六个月时，才可以在我们这里登记入住，因为服务费用是由州政府的医疗保险计划支付。

我问，那有没有医生的判断出了某种偏差，病人在半年以后依然生存的？

布朗女士说,有。那就要由医生重新作出评估,才可享受这种服务。

我们正谈着,一位名叫索菲的护士出诊回来了。她神采飞扬,精神抖擞,并没有丝毫我想像中的疲惫和倦怠。

索菲告诉我们,她从事这个工作已经三年多了。当医生判断病人的生命有可能在二十四小时内终止时,索菲就抵达病人家中,和他的亲人一道守候着他,一直陪伴到病人停止最后的呼吸。

我问索菲,你大约看到了多少位临终的病人?

索菲很认真地想了想,然后很抱歉地说,真的记不得了。大约,总有几百位了吧。

我便对面前的索菲肃然起敬,也有一点隐隐的畏惧。我看着她的手,心想,不得了,这双手送走过无数的人,也许具有一种非凡的魔力吧。临走的时候,我一定要好好地握握她的手。

我问索菲,你害怕吗?比如在漆黑的夜里?风雨交加时?

索菲说,不害怕。我以前就是护士。我喜欢帮助别人,我现在从事的工作,让我有最大的成就感。其实,人们害怕死亡,是很没道理的。死亡是一件积极和充满神秘的事情,它是我们每个人的最后归宿。对一个正常的事件害怕,这才是不正常的事呢。

我说,索菲,临终的病人通常会对你说什么话吗?

索菲陷入了思索,说,他们通常是不说什么话的。之前,他们会对我致以谢意。最后,有时会留下一些莫名其妙的话,我猜那是他们看到了一些只属于死亡的画面。比如,我刚送走了一位病人,他最后说的话是:来了一辆金马车……

我说,你近日还有可能要在二十四小时内垂危的病人吗?

索菲说,有啊。

我说,如果方便,我能去看看他或她吗?

我并非有什么窥见死亡的嗜好,而是很想把更多更具体的所见所闻带回我的祖国。

索菲毫不犹豫地说，那是不可能的。死亡是一件很隐私的事情，在没有得到垂危者和他的家属的同意之前，我没有权利把陌生人带到他的身边。虽然他可能是完全昏迷了，什么也感受不到了，但仍要尊重他。

我点点头。这一点就让我学习到了很多。

布朗女士最后同我谈到了死亡之后，对死者家属的支持。

我们会在十三个月内同死者的家属保持密切的联系。我们会通过各种信息，将最近有亲人亡故的人，组织到一起，成立一个小组。假如是把因同样的病症，比如都是癌症而故去的人的亲属，组成小组，效果会更好。我们的社会工作者每隔三个月就同逝者家属有一次谈话，体察他们的哀思，提供尽可能的帮助。十三个月之后，就改成每年一次随访。

我忍不住问道，为什么是十三个月，不是十二个月或十四个月呢？

布朗女士说，因为亲人逝去周年和其后的一些日子，对逝者家属来说，是非常伤感的时刻。在这个时候提供必要的援助，非常重要。那种情绪的波动和孤苦的感觉，在逝者周年时将达到顶峰。同样的季节，同样的景色，都会强烈地触景生情。这是一个充满危机的时间段。如果能有人陪伴着，会好很多。

我立刻想起父亲逝去的日子，正是深秋，那种刻骨铭心的冷啊！从此，漫长的岁月里，每一个秋天都比冬天更寒凉。那时，多么渴望有这样关切的眼神，对痛彻骨髓的哀伤轻轻抚摸。

布朗女士说，不知道中国是怎样照料临终人士的？如果有可能，我愿意到中国去，无偿地义务地帮助中国的临终者。

我向她表示最诚挚的谢意。

让死亡回归家庭的理念，让人激荡。

我们原来是死在家里的。后来,由于科学的昌明,我们把死亡搬到了医院里。于是人类最后的温热眷恋,在雪白的抢救帷幕的包裹中,被轻易地剥夺了,遗留下另一种现代的残忍。

死亡再次回归家庭的时候,不是简单地复古和重复,而是对人类自身更多的珍爱和体恤。让死亡回归家庭,是对逝者的福音,更是对生者的挑战。它意味着需要更艰巨的工作,更庄严的承诺,更严谨的责任和更充沛的勇气。

告辞的时候,我紧紧地握了索菲女士的手。她的手很软,很小,根本没有想像中力拔山河的力度。但我确知,曾有无尽的温暖,从这双柔若无骨的手中,流向另一个世界。

【赏析】

"生、老、病、死"是每个生命个体的必经阶段,甚至从某种意义上说,生是偶然的,而死是必然的;生是大同小异的,而死是多种多样的。但是,长期以来,我们礼赞"生"而回避"死"。毕淑敏却不回避这个"死"字,她用自己惯有的朴素文字,多次论述自己对死亡的看法,怎样死? 死在哪儿? 死后墓碑上写什么? 她都有所思考,因为"死亡是生命成长的最后阶段。闲暇时,不妨为自己设计一下死亡,如同一个读书郎,盘算着上哪所大学哪个专业"。

本文是一篇参观游记,全篇以作者的提问为线索,一步步道出美国新奥尔良临终关怀医院让死亡回归家庭的真实状况。

名为关怀医院,却看不到几个医生,"有着成熟的山西大枣样肤色"的布朗女士说医生都到病人家里去了,医院只是为晚期病人服务的:"衰老后的死亡是一件很正常的事情。人们并不觉得成熟的麦子变得枯黄,然后倒伏在地,是多么恐怖和不可思议的事情。那是大自然的必然。旧的麦秸不回归土地,就没有新的麦株的繁荣……现代化剥夺了人死在自己熟悉的安全的家里的权利。

现在,是回归的时候了。让死亡回归家庭。让濒临死亡的人,享有最后的安宁与尊严。他们将在自己的家里和亲人的包绕之下,平静地远行。"借她人之口,作者暗中表达了对这种观点的认可。

让作者动容的是临终关怀医院会在病人死后十三个月里同其家属密切联系,直到他们走出最痛苦黑暗的阴影:"我立刻想起父亲逝去的日子,正是深秋,那种刻骨铭心的冷啊……那时,多么渴望有这样关切的眼神,对痛彻骨髓的哀伤轻轻抚摸。"面对布朗女士"如果有可能,我愿意到中国去,无偿地义务帮助中国的临终者"的善意,除了表示了最诚挚的谢意,作家感慨道:"我们原来是死在家里的。后来,由于科学的昌明,我们把死亡搬到了医院里。于是人类最后的温热眷恋,在雪白的抢救帷幕的包裹中,被轻易地剥夺了,遗留下另一种现代的残忍。"

毕淑敏从来都直面对死亡的思考,在《21世纪,我们死在哪里》中,她写道:"首先我不希望自己死于战场,我希望世界持久和平。其次是不希望自己死于恐怖事件。再其次是不希望自己死于交通事故。最后是不希望自己死于天灾和瘟疫……如果有人问,你希望死在哪里?我一定会毫不犹豫地说,死在家里。"

作家说希望家人对她的死亡有比较充分准备:"在我最后的时刻,保持温和的平稳与冷静。如果实在忍不住,就轻轻地哭泣几声,以示告别。如果在我远行时分,回头看到他们捶胸顿足泪眼滂沱,我会感到无能为力并因此深深地不安和愧疚……"冰冷的、让人恐怖甚至厌恶的死亡,因了作家笔端的清凉抚摸,变得有了温度,死亡,像屋前那株老树一般,即使老迈得没有了绿色与生命,亦因为不陌生而变得亲切。

奶 奶 是 没 有 翅 膀 的 天 使

NAI NAI SHI MEI YOU CHI BANG DE TIAN SHI

　　"奶奶是没有翅膀的天使"——几个字,颤颤巍巍写在一个钥匙链上。一位绒布老奶奶,悬挂在这句话的下面。粉红色的纱裙,充满皱纹的脸,背上展着一对雪白的翅膀。这个小小的纪念品,是一位老人做的,送给了政府的一位官员。

　　米绍女士是新墨西哥州政府老年事务服务局的局长,长一头浓密的黑头发,为西班牙和印第安裔的混血儿。说实话,她的长相平凡到世俗的地步,一点都看不出法学博士的出身和政府官员的背景。

　　米绍博士的办公室也很有特点,一点也不像是办公室,而像一个家。还不是那种整洁清爽一尘不染的家,是那种乱哄哄的杂乱无章的家。比如在米绍博士的办公桌上,和密集的文件夹挤在一起的,是一条青里透红的鱼——一条会唱歌的机器鱼。外表酷似真鱼,背鳍高耸怪眼圆睁。悄悄按动机关,拥挤的办公室空间就响起一个沙哑的黑人老汉的声音:我是一条鱼,让我回到大海去,让我回到大海去……

　　我问米绍博士,为什么要在办公桌上摆一条鱼?

　　米绍博士说,我做了十年老人局的局长,我的工作令我太沉重了。所以,我这里有很多的玩具。

办公室里确实有很多玩具,稀奇古怪的。比如长着鳄鱼脑袋的唐三彩的马,比如奇形怪状的面具和饰物。同时也充斥着另外的极端,一些角落家常而古旧。靠墙脚的地方,摆着一台缝纫机,式样衰老到使你怀疑它是世界上所有缝纫机的祖父。

米绍博士说,我的办公室可能令你惊奇,但是它令到我这儿来的老年人感到亲近。我处理所有有关老年人的事务,他们有了困难,都会来找我们。比如老人到医院看了病,他的处方丢了。找谁呢? 就可以来找我,这里负责帮助他们。这架缝纫机就是我曾经帮助过的一位老人,临去世前送给我的。按照规定,我作为政府工作人员,是不能接受礼物的。但我想,这架缝纫机已经没有实用的价值,只是一种象征和纪念。它让进入我的办公室的老年人,有一

丹麦安徒生塑像

种温暖和时光重返的感觉。

我说,整个新墨西哥州有多少老年人呢?

米绍博士说,我们把六十岁以上的人,定位为老年人。这样计算下来,新墨西哥州一共有二十三万老年人。我们是一个小州,全州设有二百五十个为老年人服务的中心。每年的拨款是一千二百万美元。在这样的中心里,为老年人提供交通便利,比如送老年人到医院去,帮他们代买东西。也为他们提供法律、营养、各种护理的服务,另外还设有专门的老年性痴呆和精神病的特别护理中心。除此以外,我们还有很多养老院,每年政府为养老院拨款四个亿,私人慈善机构捐款约四个亿,再加上其他一些款项,每年用于养老院的资金共十亿美元。但是,这些私人机构的养老院,存在着很大的弊病,他们把老人当作摇钱树,却不能提供给老年人周到的服务,很多老年人在那里冷酷地死去了。还有我们的医疗系统,实在是太昂贵了。很多医生认为老年病是没有价值的病,他们不愿在这上面下功夫。

我很希望能够创立新的模式,让老年人能有更安宁安全幸福的晚年。我们正在摸索。米绍博士说着说着激动地站了起来。

我做过一件美国五十个州的老人局长都没有做过的事,这件事给我的刺激太大了,它使我重新思考美国的养老机构究竟怎样办,才能最大程度地造福老年人。你想不想知道那是怎样的一件事?

米绍博士说到这儿,一脸调皮的神情,让我觉得很有趣。我真是想不出,身为州政府的官员,她究竟做成了怎样的一件事,让她的观念骤变?我说,很想知道。

米绍博士特意把声音压低了说,告诉你吧,我做了一次化装侦察。

尽管已有准备,我还是吓了一跳。我说,你化装成了一个怎样的人？到哪里去侦察？

米绍博士严肃起来，说，我化装成了一位老妇人，大约有七十岁的样子吧。我到了一家老人中心，在里面住了三天。我还到了一家医院……

真是匪夷所思。我再次打量着她。在国外不能问女士的年纪，但依我的经验，还是可猜个八九不离十。她大约在四十五至五十岁之间，虽说她不是那种精于保养皮肤细嫩的女士，但整个体态机敏目光灼灼，与老年人相差甚远。再说，以我当过医生的经验，一个人的外表易于伪装，但内里的脏器加上各种生命的指标，都诚实得很。米绍博士怎么能在医院蒙混过关呢？

我说，米绍博士，在长达数天的时间里，你全都滴水不漏？就没有一个人怀疑你，发现你的真面目？

米绍博士深深地叹了一口气说，没有。没有任何一个人怀疑我不是真正的老年人。这也正是我最悲哀的所在。

我说，是不是你的化装技术太高超，演技也太好了呢？

米绍博士说，不是。我只做了简单的化装，买了一个花白的发套，穿了一身陈旧破烂的衣服。因为我的姐姐曾经得过老年性麻痹，我就装成那副样子，说话含糊不清。我原来也以为自己很快就会被识破，但是，没有。我悲哀地发现，根本就没有一个人认真地看一眼老年人，即使是那些正在为老年人服务的人，也都不曾正眼看过我，只要你是白发和陈旧的衣服，就没有人认真对待你。在老年服务中心，我表示我要洗澡。工作人员很不耐烦地丢给我一块小毛巾，那是多么小的一块毛巾啊！我被关到洗澡间，整整三个小时，没有任何人过问。如果我那时候死了，也不会有人救治。我出来的时候，房间很冷，我半裸着身体，没有人照顾。在那些服务的人眼里，老年人是不配享有尊严的。

在医院里，我看到一位九十岁的老人跌倒在地，骨折了，躺了两个小时没有人管,过往的护士嫌他挡路,还用脚踢他,非常惨……

我看到米绍博士的眼睛半是湿润,半是怒火。

米绍博士说,据我所知,有些私人养老院的老板,用收集来的养老金和政府的资助,买古董和艺术品,欠下巨额债务,把养老金都给吞没了。这种弊端,一定要杜绝。我下决心要改变养老的模式。在美国,现在四十至六十岁的一代人,是二战以后婴儿潮时期出生的,他们即将步入老年了。这是勇敢的一代人,我期望着美国的养老制度在他们的阶段,有新的模式出现。人老了,想和自己的家人在一起,这不但是一种本能,更是一种文化。家庭不但是一种经济结构,更是一种氛围。这对老年人是非常重要的。在这一点上,我们要向亚洲学习。即使不是一家人,也要创造出家庭的气氛。

我的设想是,关闭老人院,把政府的资助拿过来,选择一些很有爱心的家庭,把老人安顿在这样的家庭里。由政府的机构经常来检查这些家庭照顾老人的情况,如果出现不合格,就取消他们的资格和资助。使这成为一种充满爱心和同情心的社会公益行动。在某种程度上说,这样的家庭是政府雇来照顾老年人的,所以,他要小心,他必须要履行对政府的承诺。

除了我的这种设想以外,在美国的密歇根州、纽约州、佛罗里达州,也都在实验着新的模式。就我个人来说,我也很喜欢旧金山中国城的模式。那是专为老年人修建的公寓,是高层建筑,其中有精致的小房间。老人每人每月由政府拨款二千八百美元,然后由自己决定需要何种治疗何种服务。大楼里有医生、护士、清洁工人组成的工作团体,老人有权选择他们。这样做的好处是老人有了自主权,钱在他们自己手里。另外一个好处就是比较节约。如果老人住在现有的养老院,政府每月要为每人拨款三千五百美元,还到不了老人手里,很多被养老院私吞了。

还有令人激动的消息就是，美国的国家实验室，也在开始研究美国老龄化的问题，希望能用高科技的手段来帮助老年人。比如制造出可以迅速感知墙面和路面不平的装置，对老年人的行动自由就很有帮助。再有非常困扰老年人的问题就是上厕所大小便。如果这件事能自理，会使人的尊严感受到很大的维护。这在科技上，应该是有办法可想的。据我调查，老年人最害怕最苦恼的就是这一点。在人的最后时刻，除了猝死，大约有百分之九十的人，都要经历这一阶段。缩短这个阶段，让人在尽可能长的时间内可以自己处理排泄事宜，对老年人是非常重要的事情。另外，研制出可以听懂人的对话的电脑、电视和炊事用具，都会简化老年人的行动难度。没有一个国家希望自己的老年人，成为虚弱无助的大军。总之，当科技手段能与人的关怀结合起来的时候，就会使老年人不再依靠他人，直到他们尊严地死去。

　　临走的时候，米绍博士送给我"没有翅膀的天使"这件小礼物。

　　制造钥匙链的这位老人很可能已经不在世了，她希望人们能听见她的这句话，能记住她的这句话。老年人其实是一笔巨大的精神财富，我同他们在一起，常常在感动中。米绍博士对我说。

【赏析】

　　老年人是一个社会必不可少的组成部分，有人说，一个社会老年人的生活状况，基本可以反映这个国家的强弱与文明程度。此言极是。

　　看到题目，还以为是写一位老奶奶的故事。通读全文才知，作者写的是美国老年社会的生存现状。"奶奶是没有翅膀的天使"，出自一位老人做的绒布纪念品："粉红色的纱裙，充满皱纹的脸，背上展着一对雪白的翅膀。"这些字，"颤颤巍巍写在一个钥匙链上"。

　　足不出户可以知千里，作者在新墨西哥州政府老年事务服务局的局长办公室,一间似乱哄哄的家一样的办公室里,通过提问,对美国老年人的生存问题有了一个粗略的了解,虽然粗略,窥一斑可知全豹。至少让我们知道一个只是有着二十三万老人的新墨西哥州,就有二百五十个为老年人服务的中心,正是这些每年拨款一千二百万美元的中心,负责送老年人到医院去看病,帮他们买日常用品。至少我们知道每年州里花费在养老院上的费用就高达十亿美元,而有着很强责任心的老年局局长正在殚精竭虑地摸索新的模式,让老年人有更安宁更幸福的晚年。为了能够更客观地了解真相,局长甚至乔装打扮戴着假发穿着旧衣去住老人中心……

除了没有翅膀的天使,值得一提的还有局长办公室里的几样道具:"在米绍博士的办公桌上,和密集的文件夹挤在一起的,是一条青里透红的鱼——一条会唱歌的机器鱼。外表酷似真鱼,背鳍高耸怪眼圆睁。悄悄按动机关,拥挤的办公室空间就响起一个沙哑的黑人老汉的声音:我是一条鱼,让我回到大海去……"博士的回答"我的工作令我太沉重了。所以,我这里有很多的玩具"侧面描写老人工作的沉重与繁重全世界都是相同的。"靠墙脚的地方,摆着一台缝纫机,式样衰老到使你怀疑它是世界上所有缝纫机的祖父。"女局长的回答则让人产生温馨的联想:"它让进入我的办公室的老年人,有一种温暖和时光重返的感觉。"读者会为女局长的良苦用心而感动。

此文可以说是一篇异国游记,但作者并没有写异国的山水,也没有写异国的美味,而是用心用眼去体味了美国社会老年阶层的生存现状,如一只咀嚼了大量新鲜嫩绿桑叶的春蚕,经过体内消化吸收,用笔为纺轴,吐出的是银亮的丝。提倡爱心世界,关注羸小老弱,是毕淑敏执着的主题。

甲虫冰淇淋

JIA CHONG BING QI LIN

　　芝加哥可真冷啊。从机场出来,寒风一拳砸了过来,真想头也不抬撞进随便哪家饭店,有热牛奶就是天堂。可惜,不行啊,按照计划,我们必须在当天晚上,赶到美国伊利诺伊州的小镇福利波特。

　　乘坐"灰狗"客车,在暮色苍茫的美国中部原野上疾驰。树叶红黄杂糅,现出凋零前不可一世的瑰丽。广阔的土地,远处有高大的谷仓……

　　从青年时代起,每当我面对巨大场景的时候,就有一种轻微的被催眠的效果。好像魂飞天外,被一种超自然的力量所震慑。我会感到人是这样的渺小,时间没有开始又没有终极,自我只是一个微不足道的点,在太阳的光线之下蒸发着……我在西藏的时候,常常生出这种感念,这次,是在美国的旷野,突如其来地降临了这种久违了的感受。我就想,每个人的历史,如同嗜血的蚂蟥,紧紧地叮咬着我们的皮肤,随着我们转战天下。也由此,我深深地记住了伊利诺伊州的黄昏。

　　我们乘坐玛丽安夫妇的车,到达岳拉娜老人家的时候,天已黑得如同墨晶。在黑黝黝的背景下,老人的窗口如同一块蛋黄晕出轮廓,花园的树丛像一只只奇异的小兽,蹲着,睡着。玛丽安夫妇把我们放在花园小径的入口处,就告辞了。

家中有孩子,在等着我们做晚饭。他们说。

我本来以为同是一个镇子的乡亲,玛丽安夫妇接到了我们,把我们平安送达到了岳拉娜老人家,他们之间会有一个短暂的交接仪式,把我和安妮像接力棒似地传过去。但是,没有,他们的车在黑暗中远去,留下我们在一栋陌生的房屋门口。

岳拉娜是一位有趣的老人,她已经八十七岁了。这是车开动以后,玛丽安留下的最后一句话。

天哪,八十七岁!真是一个很老很老的年纪了。我甚至在想,这样大的年纪了,为什么还愿意招待外国人?怀揣着疑惑,拖着行李箱,我们走到这栋别墅式住宅的门口。在电影中,此时的经典镜头是双扇门"嘭"的一声打开,灯光泻出,好客的主人披着屋里的暖风和光芒迎了出来,热情的话语敲击耳鼓……但是,没有。也许是因为车子停靠的地点比较远,也许是老人家的耳朵比较背,总之,当我们以为房门会应声而开的时候,房门依然紧闭。

寂静中,有一点凄凉,有一点尴尬。很久以来,可以说自从踏上美国土地的那一刻开始,我就在等着这一次的经历。在普通的美国人家中度过几天,是令人神往和想入非非的。在介绍行程的册子上写着,岳拉娜老人是一位农民,于是我想到了黄土高原的老大娘和无边无际的金玉米,虽然我知道这会是完全不同的场景。

有一百种想像,就是没想到在漆黑的夜里,站在陌生人的门口,等待着叩响无言的门扉。

安妮轻轻地敲打着门。可能是太轻了,没反应。安妮加重了一点手指的力量。门开了。

岳拉娜是一位驼背的老奶奶,穿着粉红色的毛衣,下身是果绿色的裙子,看得出,老人家为了我们的到来,是专门做了准备的。她的目光有一点严厉,和安妮的寒暄也不是很热情,虽说言语不通,我也看得出,她有些不满,甚至是在责备我们。

安妮笑笑对我说,她说我们到得太晚了,她在为我们担心。晚餐早就做好了,她一直在等我们,都快睡着了。

我立刻从这种责备中,感到了家的温暖。是啊,从小,当我们玩得太晚回家的时候,你还指望着在第一时间得到的是温暖的问候吗?通常的情况下,你收获的肯定是责备。唯有这种责备,才使你得到被人惦念的感动。

老人用极快的速度端出了晚餐,看来,她是个身手麻利的人。首先映入眼帘的是一盆深红色的豆子汤,汁液内有若干的漂浮物,看起来黏稠而复杂。安妮问,这是什么煮成的?

岳拉娜老奶奶正在操作的手被问话打扰,有些不耐烦地说,这是豆子汤。

安妮询问的积极性并未受到打击,我知道她是为了我。让我能更多地了解到美国普通民众的生活,包括他们的食谱。于是,安妮锲而不舍地问,豆子汤是怎么做出来的呢?

老奶奶露出不胜其烦的样子回答道,就是用豆子,红豆子煮的呗。里面要加上猪肝和鲜肉,要煮很长的时间。

到底要多长时间呢?安妮问得真详细,叫人疑心她以后要依样画葫芦地也烧一碗豆子汤。

老奶奶看来是被这样的穷追猛打闹得无计可施,只好停下手里的盘碗,认真地想了一下回答道,要煮八个小时。如果你没什么事,不妨煮上一天。时间越长越好吃。

好了,问到这里,算是告一段落了。安妮不易察觉地向我使了一个眼神,意思是——关于这道汤,咱们是明白了。

我点点头。我不想让老奶奶觉得安妮是一个弱智的孩子,我知道安妮这是为了让我多一些感性的知识,我愿和安妮同甘苦共患难。于是,我带着夸张的表情说,八个小时,甚至还要多! 这是很难做的汤啊！

没想到老人家一点也不领情，撇撇嘴说，有什么难做的？普通的汤而已！

于是我和安妮意识到，在这样一位历经沧桑的老人面前，最好的尊重就是封起嘴巴，睁大眼睛，竖起耳朵。主食是老奶奶自家烤的香蕉夹心面包。非常香甜，好吃极了。

我和安妮埋头吃饭喝汤。一是饿了，二是不知这倔老太太爱听什么，依目前的情况来看，我们埋头吃饭，是最明智的。

饭后上的甜点，是老人自己做的红草莓冰淇淋。在晶莹的冰淇淋碗里，我一眼看到一只红黑相间的甲虫。它甚至还是活的，虽然被寒冷和糖分腌得萎靡不振，但从冰箱来到了温暖的餐桌，在明亮的灯光照耀下，渐渐地恢复了生机，收敛的翅膀也扇页般地张开了。

一只甲虫。安妮眼尖，最先发现，叫起来。

我也看到了，小声重复着——一只甲虫。好像，是瓢虫。

岳拉娜老奶奶说，是的，肯定是瓢虫。虽然我看不清，可我知道它是瓢虫。红草莓是我从自家的花园里摘的，下午才摘的，很新鲜。在草莓的叶子里，经常有瓢虫。还有一些不知名字的虫子。我的手，就在摘草莓的时候，被虫子蜇伤了。

老人说着，把她布满老年斑的手伸到我们面前。那一刻，我和安妮无言，连礼貌性的惊诧和同情，都忘了表达。一只苍老的手，手背处红肿得像个小面包。为了远方的客人，老人家从早上就开始煮红豆汤，下午又到花园里，摘新鲜的草莓。

这只瓢虫是可以吃的。老人没注意到我们的感动，颤颤巍巍地把瓢虫送到嘴里。我想，这种吃法一定来自一个世纪以前。

饭后，老人领着我们参观她的家。这是她花了两万美元买下的老年公寓的租住权。也就是说，只要她在世，就可以住在这所房

瓢虫

子里。如果她感到自己需要人照顾了,就可以付出较多的费用,搬到有专人护理的楼舍里。如果她的身体进一步衰退,就要住到老年医院里去,一天二十四小时都有医生护士照料,当然费用也就更高了。在老年公寓居住的老人,只拥有房屋的使用权,如果他不幸去世了,房屋就由老人中心收回,老人的家属和后人并不享有房屋的继承权。

　　客厅很大,有专属于老年人的那种散漫的混乱和淡淡的陈旧的气息。在客厅最显著的一面墙壁上,挂着很多盘子。

　　这是我年轻的时候,周游世界的时候,买的。每到一个地方,就会买一个那里的盘子。每当看到这些盘子,我就好像又到了那些地方。岳拉娜老奶奶一边指点着,一边很自豪地说。

毕淑敏散文精品赏析

我看到了北美风格、南美风格、欧洲风格和亚洲风格……还有不知是哪里风格的盘子,它们挂在墙上,好像很多眼睛,眨着不同的风情。

你看,我还有一枚中国的印章。那是我在上海刻的。你可以告诉我,它在汉字中是什么意思吗?老奶奶说着,拿出一个锦缎的小盒,小心翼翼地打开来。

我看到了一方并不精致的印章,刻得很粗糙,石料也不名贵,总而言之,是在旅游胜地小摊上常见的那种简陋蹩脚的货色。看到老人那么珍爱的神情,我也显出毕恭毕敬。

这是什么意思?老人指着"岳"字。

这是山峰的意思。高高的山峰。我说。

哦,山的意思。那么,这个呢?老奶奶又指着"拉"字。

我沉吟了一下,觉得这个"拉"字,实在是不易解释。就算我勉为其难地做出一个动作,解释了"拉",但马上她又要问起"娜",我可就真的说不上来了。看着老人求贤若渴的样子,我可不敢扫了她的兴。这样想着,我就说,在汉字里,有一些字是必须连起来用的,不可以分开。您的名字中的"拉娜"这两个字,就是这样的。它们连起来的意思就是——美丽的女孩。

美丽的女孩?岳拉娜老奶奶重复着,重复着。

我说,对了,就是这个意思。您的名字整个连起来念,意思就是——站在高高的山上的美丽的女孩。

我说完,看着安妮,给她一个清晰的眼神。安妮,你可千万别揭穿我的解释。

安妮低下头,我看到她在悄悄地笑。

这真是很有意思的名字。好啊,我很喜欢我的名字的中文的意思。我要把它告诉我的好朋友。岳拉娜老奶奶心满意足地说。

老人蹒跚着,指给我们看卧室和卧具。两张并排的单人床,好像幼儿园大班小朋友的宿舍。床上铺着雪白的绣花床单,熨得平板如铁,好像用米汤浆过。

这是六十年前的床单了。我那时刚刚结婚,一下子就买了两条,一直用到了现在。

我和安妮熄了灯。在黑暗中,我对安妮说,我从来没有在一条有着六十年历史的床单上睡过觉。

安妮说,不知我们在做好梦还是做噩梦?

我想会是好梦吧?

那一夜,睡得很沉,什么梦也没有做。早上醒来,天空把空气都染蓝了,岳拉娜老奶奶要带着我们到教堂去。

她把车库的门打开,开出一辆墨绿色的捷达车。老奶奶穿了一套杏绿色带条纹的羊毛衫裙,很高兴地发动了车。

我这辈子还从未坐过一位八十七岁的司机的车。我悄声问安妮说,这么大岁数的司机,还让上路啊?

安妮说,你是不是不放心? 没事的。我昨天同老奶奶聊天,得知她已在这镇子上住了几十年,所有的路,她闭着眼睛也开得到。再说了,我估计所有的村民们都认识这辆绿色捷达,看到老奶奶来了,都会让她三分的。

教堂很近,但车走得很吃力。安妮悄声对我说,老人家的手刹一直拉着,没放下。安妮是一个非常优秀的司机,对这种情形简直骨鲠在喉。我要告诉老人家。安妮说。

我说,不可。

安妮说,为什么? 这样对车是很大的磨损,而且也不安全。

我说,你刚才不是说过了吗? 在这样萧条的小镇上,是不会有什么危险的。如果你说了,老人会不高兴的。不如你找个机会,悄悄地帮她放下手刹。

安妮说,我还是要告诉她。我已闻到橡胶的糊味了。

于是,安妮就对岳拉娜老奶奶说了关于手刹的事。果然,老奶奶没有一点感谢的意思,气呼呼地说,我的手刹没问题。然后,她就很生气地继续向前开车。

安妮不再吭声。我对安妮说,一只老母鸡哪里肯听一只鸡蛋的教训? 这下你明白了吧?

安妮说,可我明明是为了她好。

我说,为了她好,就让她感到高兴吧。手刹不放下,当然是不好,可是你告诉了她,手刹还是没放下,老人家还很生气。你想想吧,究竟怎样更好?

安妮说,你这样一讲,我就把另一句到了舌头边的话,忍回去。

我说,怎样的一句话?

安妮说,我看到岳拉娜老奶奶的羊毛衫背后,有一片污迹,好像是洒的菜汤。说还是不说? 我决定不说了。

我说,安妮,我赞成你把这句话忍回去。老人家的眼睛实际上已经看不到这样的污迹了。在她的眼睛里,杏绿色的羊毛衫是很美丽的。她很想在我们的眼中也是美丽的。我们就帮她维持住这样的想像吧,这也许是比说出真相更难达到的关切。

这样嘀咕着,乡村的小教堂已经到了。

大家穿得都很漂亮,教堂里弥漫着温暖的气氛。牧师在一系列的宗教仪式之后,说,在过去的一周里,谁家有亲人生病或是逝去,或者是自己的伤感和悲痛的事件,都可以在这个场合与大家分担哀伤……

我看到身边的岳拉娜老奶奶跃跃欲试。我有点奇怪,从昨天到今天,老人家的情绪一直很正常,她有什么伤心事呢?

果然,牧师的话刚落,岳拉娜就猛地站起来,动作之敏捷和她的年龄都有些不相称了。全场的目光聚向她。她深吸了一口气说,我有一件事要向大家报告,我的家里来了两位客人,她们是东方人,是从遥远的中国来的……

老人讲得很是得意,但全场有一些骚动。因为众人的心理是预备听到一个忧郁的信息,但岳拉娜老奶奶实在是喜气洋洋的。

老奶奶一边说着,一边示意我和安妮站起身来,向全场人们打个招呼问好。我们站起来,向大家微笑。

稍有一点尴尬。我猜,老奶奶一定是从走进教堂的那一刻,就期待着站起来报告自己家中的事情。她根本就没听到牧师的话,不知道自己现在有点不合时宜。

场上安静了片刻,大概大家也需要一点时间调整情绪。好在人们很快就把肃穆的表情变成了笑脸,回应着我和安妮。

然后是大家为海地的饥民捐款。礼拜过后,在教堂的小图书室里,还有一个小小的活动。

对正在放映的一部关于死亡的专题片发起讨论。大家围着一张橡木长桌子坐着,桌上摆着几碟香喷喷的小点心。我发现在讨论开始的时候,没有人吃这些点心。当讨论到某一个时刻的时候,大家都不由自主地吃起点心。我知道,那是这个话题引起了众人普遍的焦虑。今天讨论的题目是"死亡是一关"。

在美国,正在发起"进一步了解死亡"的运动。随着现代社会的发展,死亡被隔绝在白色围罩的医院里面,死亡变得神秘和恐怖以及不可思议。因为科学技术的发达,使死亡的过程变得漫长,使人们在死亡面前反倒丧失了尊严。人们需要优雅宁静的死亡空间,这最好就是在家里。

这部电视专题片,说的就是怎样死在家里。有人说,美国人是一个非常怕死的民族,因为这里无灾、无饥,也无战争,死亡好像很遥远。大家害怕死亡,不愿看到死亡,就把死亡封闭起来。现在,美国人勇敢了,把死亡从白色的囚笼里放了出来,在光天化日下讨论。

一个男人说,死亡对财富和精神,都是巨大的打击。

听的人频频点头。我觉得这是一个很有趣的说法。这句话的主语是谁呢? 想必不是指那个死去的人。他已经不在了,无所谓精神还是财富。那么,这句话指的就是活着的人了。死亡对精神是巨大的打击,我可以理解。但是,对财富……我就有些不大明白了。

另一个人说,死亡时,最重要的是要让人们知道爱。无论是那个死去的人,还是活着的人,都要知道,有人爱着我们,我们的爱也已被接受。

讨论的形式是看一段录像,大家交谈一番。专题片上出现了一个濒临死亡的人,可能是忍受不了疾病的痛苦折磨,或者是被无望的等待煎熬得心烦,他对前来看望他的医生说,我为什么还不死呢? 快让我死了吧!

看到这里,我有点替那个医生着急。面对这样的病人,你该如何回答呢? 安慰吗? 故意说些乐观的话? 王顾左右而言他? 似乎都不是好办法。如果我在现场,无奈之中也许会佯装未曾听见,转身就走。但我知道,濒临死亡的人有一种属于死亡的智慧,你骗不了他。

正心焦着,只听得屏幕上的医生和颜悦色地对濒死之人说,你的时间还没有到。到了时间,你会死的。

我以为那个病人会痛苦,没想到他反倒安静了。

到了下一个镜头,那个人就要死了。他的至爱亲朋围着他的病床,坐成了一圈。每个人轮流着低低地对他说着什么。

我悄声问安妮,他们对他说什么?

安妮说,他们在给他讲故事。

我说,是关于死亡的故事吗?

安妮说,不是,是关于爱的故事。

后面的镜头,就是那个人死了。他的家人把他的骨灰撒到芦苇中。一边撒,一边念叨着:你从这里来,你还到这里去吧。

专题片最后表达的主旨是,死亡的人和他的家庭,都需要帮助。死亡的人去了,但生活依旧在继续。镜头上,前面出现过的那位医生,又到死者的家中去了。在沙发上,以前出现过死者和医生谈话的情景,现在,一切依旧,只是那个人不在了。画面变幻出某种模糊的镜头,在沙发的那一头,死者微笑着坐在那里,瞬忽之间又不在了,只剩下寂寞的沙发。但是,生活还在向前走着,可以看到,他的家人已经逐渐从悲哀中走了出来。

这不是一个轻松的节目。由于电视的直观性,死亡变得更清晰和没有距离感。我觉得观看的人心情很不平静,但大家都很努力地看着,思索着。

安妮说,毕老师,这一路,我们似乎总是离不开死亡的话题。有的时候,我真的感到承受不了。想跑到大街上,阳光下,呼吸正常的空气。

我说,是啊,我也有这种窒息的感受。死亡原本是很正常的事情,正是我们把它弄得不正常,这是普遍的过错。现在要开始纠正它啦。

从教堂出来,时间已经不早了,岳拉娜老奶奶征询我们到哪里吃午餐。有两个选择,一是回家,她给我们做午餐。一是到老年中心,吃老年人的聚餐。饭票是六点二五美元。

我和安妮选择了后者。让一位八十七岁的老奶奶做饭给我们吃,心里的不安宁,可以把再可口的菜肴变成对胃的压迫。况且我也非常想知道老年中心的饭菜究竟怎样。

餐厅充满了粉红、嫩绿、湖蓝、奶黄等娇俏的颜色,还有许多有趣的小玩意儿,让人一点也不感到衰败和颓唐。老人们陆续到了,大家围坐在长方形的餐桌旁,盛菜的盘子在众人之间传递着。

食谱计有：黄油、饼干、面包、猪排、炒豆角、煮甜萝卜、炸红薯、蓝莓派等。

营养是足够，味道实在不敢恭维。不管是什么主料佐料，都是黏黏糊糊一派混沌，比起中餐的色香味俱全来说，天上地下。端盘子的是一个身材高大到你可以怀疑他是篮球中锋的青年，两只眼睛的距离较一般人要远些。盘子在他手中，仿佛都是纸片。他的笑容很单纯，初看之时，充满天真。看得多了，就觉出刻板。安妮小声对我说，他是一个智障青年。

我说，那为什么让一个残疾人来服侍老年人？

安妮说，在美国，人工是很贵的。服侍老年人，也不是非常复杂的工作，经过训练，智障人士也可以学会日常操作，而且他们会非常尽职尽责，热爱这份工作，这不是各得其所吗？

我对于纯粹的美国饭，最好的摄入状态是达到半饥半饱。照这个标准来说，我这顿饭吃得不错。

饭后，岳拉娜老奶奶载着我们在镇子里游荡。我之所以说游荡，因为老人家并没有一定之规，开着开着一个急刹车，原来路口正是红灯，她没有看到。吓得我们赶紧把安全带绑得紧紧。

在小镇的博物馆里，我看到很多妇女缝制的工艺被子，很像我们的百衲衣，由很多碎布拼接起来。只不过那些碎布不是从一家一户那里讨来的，而是把现成的好布剪碎，再千针万线地缝缀起来，真是辛苦异常。

岳拉娜老奶奶问我，你猜，缝制一床这样的被子要多长时间？

看着她很希望我猜不出来的眼神，并且判定我必然犯下猜的时间偏少的错误，我决定不能让她得逞，显出我不具备常识，就拼命把时间猜长一些。

每天缝制多长时间呢？为了胜券在握，我先要把标准工作日的时间搞清楚。

八个小时吧。其实,这活儿一干起来,就会有瘾。一有空就会趴在案上缝制。不过,我们就按每天八小时算好了。岳拉娜说。

那么,需要一个月。我指着一床看起来花样最繁复的被子说。

话一出口,我就从老奶奶得意的笑容上,知道我的答案覆没了。

一个月?你想得太简单了。告诉你吧,像这样一床花被,没有三到四个月的时间,是断断做不出来的。岳拉娜很权威地说。

我相信她说的是真的,可我想说,美国妇女的手艺是否笨了一点?我相信,这类型的被子,在中国妇女手里,一个月的时间,绰绰有余了。

我问老人家,这里有您缝制的被子吗?

岳拉娜立刻腼腆甚至羞惭起来,说,这里哪能有我的被子?我的手艺差得多呢。(晚上我在岳拉娜家,看到了老奶奶缝制了一半的花被。还真不是她老人家谦虚,她的手艺实在是够糙的了。)

在艺术馆里,我看到了一架瑰丽异常的中国屏风。岳拉娜很夸耀地对我说,这是 19 世纪,这个镇上的美国传教士从中国带回来的,精美极了。据说是唐代的,很少见的。她说话的口气非常坦然,丝毫没想到我是一个中国人,我看到自己祖先的遗物,在异国他乡漂泊,所感到的那腔酸楚。

我用手抚摸着屏风上的螺钿仕女图案,它们的温凉细腻,灼痛了我的指尖。我不能确认它们是否真是唐朝的文物,但它们的确是很古老的。幸好它们受到了很好的保护,也许从更广大的范围来看,我的哀伤可以稀薄一些。

小镇很冷清,年轻的人都到城市里去了,留下的都是老人。地面上铺着黄叶堆积而成的地毯,更添一分凄清。老奶奶又领我们到了镇上的图书馆。那是一栋有了年头的楼房,书不算多,大多数也很破旧了。和想像中的数字化闪烁不同,图书馆是传统和黯淡的。老奶奶说,她经常到这里来借书看。

又参观了一家贵族豪宅改建的博物馆,显示着 19 世纪这个小镇的风貌。那时的服装,那时的餐具,那时的装饰,那时的工业……

是的,那时,这个小镇生产精美的铁玩具,在展柜里,摆着铁制的炉子、房屋、蒸汽机车、各种机器模型,制造得惟妙惟肖。还有很多古老的工具,让人想到熊熊的炉火和丁丁当当的金属声。但是,现在这一切都消失了,空无一人的厂房,丛生的荒草……人们都聚集到大城市去了,这里是一个虽未被遗忘却免不了萎顿的小镇。

我在小镇的商店里,买了一个铜制的小铃铛。晃晃它,会有脆得让人心疼的声音响起。说明牌上写着,一个世纪以前,美国乡村小学,就是摇起这样的小铃铛,告诉孩子们,上课啦!

最后是到了当年林肯和道格里斯辩论处参观。那是一座小小的土丘,碧绿的草在秋风中,有一点苍黄。一处宁静的地方,两尊铜像,林肯坐着,道格里斯站着,看不见的机锋在空中交叉。我觉得这二位的姿势有点特别。想来若是一般的雕塑家,会把正义的林肯塑成侃侃而谈的站立姿势,也许再加上强有力地挥舞着的手臂什么的,把道格里斯塑成仰视的模样。但是这处雕像别出心裁。林肯坐着,举重若轻。道格里斯虽然站着,在感觉上却要比坐着的林肯要矮。谁更有力量,就不言而喻了。

我在林肯传记中看到这样的记载:在伊利诺伊州,道格里斯先生对来自本州各地的农民,发表了长篇演说,宣讲他于 1854 年新提出的法案,这个法案对奴隶主势力明显是有利的。林肯对这篇演说给予回击,评价了道格里斯的所有观点。林肯以异常的激情和活力对这一法案进行了抨击,逐一揭露其欺骗性和虚伪性,法案被批驳得原形毕露体无完肤。从他口中说出的真理在燃烧,他激动地颤抖着,道格里斯对自己失去了信心,意识到了自己的失败,局促不安……整个会场死一般的寂静……

今天,这里也是非常寂静。一个多世纪以前的唇枪舌剑,已经被萋萋青草吸附,只留下旅人的凭吊。

也许是因为白天跑得多了,这一夜,又是无梦到天明。和岳拉娜老奶奶告辞的时间到了,我拿出一条中国杭州的丝绸围巾送她,她很高兴。

分别了,我看着她佝偻的身影,突然非常感伤。我知道,今生今世,我再也看不到这位老人了,她已经八十七岁了,就算我几年后有机会再到美国来,就算我会再次寻找到这个美国中部的小镇,岳拉娜老奶奶还能继续到花园里,为我们采摘新鲜的红草莓,还会有一只红黑相间的美丽瓢虫,醉倒在冰淇淋里吗?

在老奶奶八十七岁的生涯里,可能接待过多次外国的访问者,也许她会很快忘记我的。从我们的汽车尚未离开她的住宅,她就返回房间这一点来看,我想一定会是这样的。但我会长久地记住她,记住她搅拌冰淇淋时那红肿的手背。

【赏析】

甲虫与冰淇淋,看不出其中有丝毫的瓜葛,作家却让我们记住了这道与众不同的甜品。

仍是作家在美国的游历记录:寒冬时分,作家与翻译安妮一同到美国农民家里体验生活,被体验的主人却是一位八十七岁的老太太。对于客人的迟到,老人有着一丝不满,待端出煮了八个小时的红豆汤,吃上自烤的香蕉夹心面包,一切似乎都没有什么波澜了。然而一只小小的甲虫却如一丛沙漠上的花儿一般出现在夜色里的灯光下:"在晶莹的冰淇淋碗里,我一眼看到一只红黑相间的甲虫。它甚至还是活的,虽然被寒冷和糖分腌得萎靡不振,但从冰箱来到了温暖的餐桌,在明亮的灯光照耀下,渐渐地恢复了生机,收敛的翅膀也扇页般地张开了。"作者的描写很是细腻,虽然没有大惊小怪,却让人的神经受到刺激般警觉。老人的言行却更强化了这种刺激:"岳拉娜老奶奶说,是的,肯定是瓢虫……红草莓是我从自家的花园里摘的,下午才摘的,很新鲜。在草莓的叶子里,经常有瓢虫……我的手,就在摘草莓的时候,被虫子蜇伤了。老人说着,把她布满老年斑的手伸到我们面前……一只苍老的手,手背处红肿得像个小面包……这只瓢虫是可以吃的。老人没注意我们的感动,颤颤巍巍地把瓢虫送到嘴里。"

饭后,老人让中国客人欣赏她的收藏品——从世界各地收集到的盘子和一枚中国印章。然后老人让客人睡在两条六十年前买的床单上。

老人继续给着客人以刺激:她居然亲自驾车带客人去教堂。坐在一直拉着手刹前行的车上,闻着橡胶的糊味儿,看着老人特意精心穿上的羊毛衫上的污渍,两位来自另一个半球的客人哭笑不得。那场面着实为一幅有趣的画!

教堂里关于死亡的讨论,老年中心里花花绿绿却让人没有丝毫胃口的饭菜,小镇妇女的手工被子也成展品的博物馆,收藏着中国屏风的艺术馆,林肯与道格里斯辩论处,短短的行程,被作者写得丰富多彩,因为有一位耄耋老人的陪伴似乎别有风味。

分别总是伤感的:在老奶奶八十七岁的生涯里,可能接待过多次外国的访问者,也许她会很快忘记我的……但我会长久地记住她,记住她搅拌冰淇淋时那红肿的手背。

人间处处有真情,只要你有颗善于体会的心。不动声色中,让人们的心灵受到春风化雨般的滋润,可谓毕淑敏的看家本事。

一点七亿只碟子

YI DIAN QI YI ZHI DIE ZI

列车的窗口,苍凉的荒漠,如血的晚霞。从美国中部到西部的旅行。吃晚饭的时间到了。陪同翻译安妮对我说,咱们到火车上的餐厅去吃吧。我说,我对颠簸特别敏感。在车厢里走动,头晕得像打秋千。安妮说,晚餐时,我们和旅途中的美国人混坐一桌,也许会发生有趣的谈话。

既然吃饭也被赋予了工作的意义,我就起身,踉踉跄跄地随了安妮,到达餐厅。

餐厅有雪亮的光和艳丽的玫瑰花,餐桌小巧,可落座四位。我们靠窗边坐下,看着渐渐暧昧下去的风景。还没来得及点菜,就听到温文尔雅的问话,请问,我可以坐在这里吗?

抬头看,一位高大的美国青年,穿着银灰色细条绒的夹克衫,微笑着看着我们。我和安妮相视一笑,然后点点头。看来这是一个爱说话的小伙子。

细条绒刚坐下,就又听到略显局促的问话——我可以坐在这里吗?

我和安妮又是连连点头。

"局促"是一位四十多岁的男子,青着下巴,皱着眉头,散淡忧郁的样子。

大家刚要攀谈,一位穿着浆洗雪白的工作服的老人,拿着菜单,请我们点菜。

　　于是大家就各自沉浸在对晚餐的谋划上,一时无话。我的胃因为晕车,像个乱七八糟的鸟窝。于是只点了一份蔬菜沙拉。

　　等候上菜。谈话从沙拉开始了。

　　你为什么吃得这样少? 细条绒很关切地问。

　　吃不惯。我说。

　　啊。明白了。你们是日本人,所以,不习惯。细条绒恍然大悟。

　　这位女士不是日本人,是中国人。安妮纠正他。

　　细条绒苦笑了一下说,对不起。在我看来东方人都差不多,常常分辨不出。不过,我知道,日本菜和中国菜味道是很不同的。

　　安妮说,你常常吃中国菜吗?

　　细条绒一下子神采飞扬起来,说,我最爱吃中国菜了。我住在纽约,是一位电脑工程师。你知道美国青年中,如今最时髦的生活方式是什么呢? 那就是——第一,单身住在纽约的小公寓里。第二,在一家电脑公司工作。第三,吃中国菜。

　　安妮说,这么说来,你是又有钱又时髦了。

　　细条绒很谦虚地说,有钱,谈不上。如果我真有钱,就不会仅仅局限在吃中国菜,而是要到中国去旅游。我正在朝这个方向努力。

　　我忍不住插嘴道,你怎样努力呢?

　　细条绒说,我的努力分为两个方面:一个是攒钱,旅游是很费钱的,这我就不多说了。第二个,是努力地研究中国的历史。

　　我说,能把你研究的收获告诉我一些吗?

　　细条绒很得意,说,当然可以了。我主要认为中国对待慈禧太后的看法是不公正的。一个女人,能够执掌这样一个古老帝国的最高权力,这是很先锋很前卫的。在宫廷的斗争中,她是弱者,是男人们的牺牲品。中国的义和团对待外国人,是很残忍的,这是愚昧……

还没等我回话,那位忧郁的"局促"先生,就一点也不局促地开始了反击。他说,你这样看待中国的义和团,我不能同意。一个国家的人,如何对待进入他们国家的人,有选择的自由。你凭什么站在一百年以后的时空,对着他们指手画脚?你没有这个资格!

如果此刻在餐桌上方的空气中,挂上一只活龙虾,我猜它的颜色会立刻由雪青变成洋红。

细条绒还算保持君子风度,说,我可以知道你是谁吗?

"局促"先生说,我就在好莱坞工作。我看,你对中国的了解,就是来自好莱坞。可那是逗人笑的。

细条绒说,不,这和好莱坞无关。是我自己思索的结果。

"局促"面露不屑。

我觉得自己必须得说点什么了。我说,作为一个中国人,我很感谢你们了解中国的愿望。但是,以我这次到美国来的经历,我觉得你们对中国的了解比较狭窄。中国的历史很复杂,恕我直言,美国有二百多年的历史,中国有四千多年的历史,是美国的二十倍。目前的中国,更是一个在发生着巨大变化的国度。

细条绒和"局促",都安静了下来。正好,各自要的菜肴也上来了,于是一时间,又勺碰撞的声音,掩埋了争执的硝烟。

看来食物有助于缓解争论的尖锐,待吃到半饱,细条绒已然恢复平静,脸上重新出现孩子般的笑容。他对我说,我是要到中国去亲眼看一下。说实话,中国是一个令我害怕的地方。

我说,为什么呢?在中国旅游的外国人,应该是很安全的。

细条绒说,不是这个意思。虽然在我的感觉中,好像每一个中国人都会中国功夫,一发起火来,就会"嗨嗨"地呼出白气,但我是一个和平的旅游者,身体也很棒,安全上应该没太大的危险吧。我说的害怕,是猜不透中国人到底想干什么?

他用毫无杂质的蓝色眼珠看着我,证明迷惘的深不可测。

我说,我不知道你指的是什么?

细条绒说,中国人为什么要到美国来抢饭碗?为什么让美国的工人没有饭吃,减少了美国的就业机会?你到街上看一看,随便拿起一件衣物,一种器具,翻过商标一看,都是中国制造的。中国的产品覆盖了美国,很便宜,让美国人又恨又怕。再这样发展下去,美国的工业就将不存在了。这难道不是很可怕吗?

他说到这里,露出了深深的忧虑。如果我看得不错的话,还有怨恨。

这场谈话,已经从餐桌上的礼仪寒暄,演变成了某种实质性的分歧。

我顿了一顿,让自己的胃先安定下来,保持腹肌的稳定。因为我不想让自己在下面的谈话里,显出力不从心或是上气不接下气的狼狈。保养好自己的设备之后我说,你说得很对。在美国的商店里,有很多标有中国制造的产品。可是,我不知你注意到了没有,有无细致地分过类?你说铺天盖地的中国产品,到底是些什么东西呢?

细条绒是个听话的小伙子,他的眼珠开始向左上方转动。我知道,他开始了回忆。

我说,恐怕主要是些纺织品和日用品吧?我可以坦率地承认,基本上都是低档的产品。在纽约第五大道那些豪华的店铺里,几乎没有中国制造的产品。在我参观的设备精良的医院里,没有中国制造的器械。我在美国走了这么多的机构,看到了无数的计算机,但是,似乎也没有一台是中国制造的。但我可以告诉你,你将来到中国也可以亲眼看到,中国有多少精密仪器和计算机,是美国制造的。

中国的劳动力廉价，主要集中在劳动密集型的产品，比如，这个碟子……

我说着，举起了刚才侍者送上来的一个碟子。很普通的那种白瓷碟，在餐厅明亮的灯光下，反射着淡淡清辉。

细条绒和"局促"的目光，随着我手中的碟子而转动。我接着说，不错，有一天，美国人真的可能不做碟子了。可是美国人在干别的。你说中国人扼杀了美国人的碟子，我想告诉你们另一件事。

我这次到美国来，什么让我感觉到最熟悉呢？是美国的飞机。为什么呢？因为在中国的天空，我们的民航远程飞机，很多都是美国制造的。从波音到麦道，各种型号一应俱全。我在中国看到过一个报道，中国上海，和美国合作，制造出了自己的飞机。但是，没有哪家国内的航空公司愿意购买这种飞机，于是，中国国产的大型民航客机，从它试飞成功的那一天起，就被打入了冷宫。至今，孤零零地停在停机坪上，经受风霜雨雪。

我举起手中的碟子说，小伙子，你知道这只碟子多少钱吗？

细条绒老老实实地说，不知道。

我说，我在超市里看到过，我记得售价是零点九九美元。中国将这个碟子出口到美国的价钱，一定还要低很多。但为了计算的方便，我们就姑且把它算作一美元一只吧。

细条绒点点头。不知道我葫芦里卖的是什么药。

我说，你知道一架波音七七七的售价是多少吗？

细条绒又老老实实地摇头。

我说，是一点七亿美元。

我说，既然是贸易，就会有来有往。中国用什么来买美国的波音飞机呢？目前用的主要还是资源和劳动力。比如碟子。中国人要用一点七亿只碟子，才能买到一架波音飞机。一只碟子咱们算

要用一点七亿只碟子，才能买到一架波音飞机。

它一厘米厚，一点七亿只碟子，是多少呢？一只靠着一只地排列起来，就有一百七十万米长啊。这是怎样的数字？我明白你对美国人不再制造碟子感到痛心，但也请想一想，中国人在造碟子的同时，也委屈了自己制造飞机的能力。孰重孰轻？

细条绒大张着唇，吃到一半的通心粉卷在叉子上，半天送不到嘴里。他说，你说的这个角度，我从来没想到过。你这样一说，我觉得很有道理啊。也许，我会提前结束我的旅游，赶回纽约。

我说，为什么呢？

他说，赶回去挣钱。赶快攒够到中国旅游的钱。你的关于碟子的比喻很有趣，我会讲给其他的朋友听。在美国，持我刚才那种观点的人，很多的。

我说，那就谢谢你了。

一直没有说话的"局促"，说，今天，是我旅行的第三天了。我今年五十岁了，这条路，我三十年前独自一人走过。那时，我从纽约到洛杉矶，路上用了七天。在美国，火车是旅游的工具，不是交通工具。

我说，故地重走，一定很多感触。

"局促"说，景色没变，人老了。我之所以要旅行，就是想在途中，碰到与众不同的人。可惜，前两天遇到的人，都是在都市中随处可见的人。人们疯狂地从城市逃出，想不到在野外，遇到的还是这些人。我是搞艺术的，我很富有。可是我痛苦不堪。

我说，看来你很孤独。人群中的孤独。

他低声说，你说得对极了。没有人的时候我孤独，有人的时候我更孤独。你们来自东方，在东方的哲学里，可有抵抗孤独的良方？

我站起身来，说，欢迎你们到中国去。我不敢说那里有什么良方，但我想说那是另一种文化。地球上的人，应该尊重彼此优秀的文化，保存下来，以寻求更适宜的生存状态。不要单纯用经济的贫富来衡量文化的优劣，那样，吃亏的将是整个人类啊。

饭吃到这会儿，已经距离填满肠胃的目标很远了。我说，到中国去看看吧。我们的火车可能没有这样舒服，但我们的饭菜会更有味道。

【赏析】

善意点醒，往往比雷霆万钧更让人叹服。对于魔术师来说，随手拈来，就是极好的道具。一点七亿只碟子，毕淑敏用它给美国青年上了一课。

"我对颠簸特别敏感。在车厢里走动，头晕得像打秋千。安妮说，晚餐时，我们和旅途中的美国人混坐一桌，也许会发生有趣的谈话。既然吃饭也被赋予了工作的意义，我就起身，踉踉跄跄地随了安妮，到达餐厅。"埋下伏笔，好戏马上开场。

火车上的邂逅，餐桌上的交谈，让西方人对中国的偏见一览无余：中国人为什么要到美国来抢饭碗？为什么让美国的工人没有饭吃，减少了美国的就业机会？中国的产品覆盖了美国，再这样下去，美国的工业就将不存在了……

中国出口到美国的多是超市里标价零点九九美元的碟子等日

用品,而美国出口到中国的一架波音七七七飞机售价则是一点七亿美元。超过一点七亿只碟子才能买到一架飞机!

多么痛快淋漓的有力"回击"! 面对异国人的不解甚至不满,作家用思想与学识让自己承担了临时外交官的职能。一点七亿只碟子,让人震撼动容。

以往的印象中毕淑敏是个善良老实的克己利他的传统女性,身上具备更多的是母性,面对美国人的异样眼光,她身上却体现出了足够的知性美的光环,以理服人而不咄咄逼人,让人叹服。

本文文字亦风趣生动,如为穿着细条绒的陌生人命名"细条绒",用略显局促的声音给对方命名"局促",充满趣味。

机 场 悬 红

JI CHANG XUAN HONG

　　我和安妮每人得到了一沓厚厚的机票本,好似一本有着细腻文字的质地很好的天书。在一个月内,我们要有数十次的飞行,穿梭于美国这块辽阔的大陆。每当我们上天的时候,就要从本册上撕下一张来喂给钢鸟,它吃下去才肯驮我们远行。

　　那一天,要从纽约飞往佛罗里达。头晚看天气预报,电视画面上一个巨大的涡旋,铁环似地掠过美国的南部。心房乱颤起来,怕这似浓烟滚滚的台风,搅乱了我们精确设定的日程。第二日,早早地便起了。我至今还保持着一个糟糕的习惯——每当要出远门的时候,心就无端地惴惴,好像要有什么祸事即将发生。早先窃以为自己具有神秘的第六感,能预知未来。后来屡屡失算,才晓得不过是杞人忧天,没多少准头。这一次,异国他乡的,但愿我那脆弱的直觉,早就因为水土不服昏睡过去了,此刻只是从未出过远门的乡下农妇式的多疑。在狠狠地自我批判之后,心中方稳定一些。

　　吃了早餐,在饭店大堂等待出租汽车到来的时候,有一个短暂的空隙。我迟疑着对安妮说,有一个小小的请求,不知当不当说。安妮非常体贴地说,毕老师,你有什么想法尽管提。如果是合理的,我做得到,我会尽力。如果我做不到,我会坦率地告知你。这就是我的工作,你不必客气。

我说,安妮,你说得这样诚恳,那我就直说了。我在纽约呆了这许多日子,走访了很多非常重要的机构,受益匪浅。但是,我没有到过任何一家博物馆,甚至,连自由女神也没见上一面。今天就要走了,博物馆自然是来不及了,等以后再有机会到美国来时弥补吧。我不知今天我们到机场的路上,能否看到自由女神?如果不顺路,可否和司机商量,请他绕道,让我一睹自由女神的风采?

安妮思忖片刻道:我很愿意帮助毕老师实现这个心愿,但要看出租汽车司机是否答应。因为机场与女神并不顺路,要特地拐往自由岛,需要足够的时间。再者,因为这是你个人的额外要求,需要你自己支付这一部分的车费。

我说车费我可以出。

剩下的事,就是盼望派来的出租汽车司机是个爱赶早的人,有事好商量的人,在某种程度上,是一个爱赚小钱的人,为了挣我多付出的那一部分车费,愿意额外地绕路。

司机来了,一个高大的黑人。纽约的出租司机好像都是黑人,都很高大。安妮说了我们的要求,他点头答应了。于是我成功地看了一眼自由女神。这一眼,价值十二美元。

到了机场,时间已很紧张。我们推着行李,好不容易排到柜台跟前,方被告知预定的航班被取消了。

我问,是不是因为台风?

安妮说,不是。是因为罢工。

罢工在我们的字典里,一直是个正面的词汇。比如安源煤矿大罢工、京汉铁路大罢工……都是劳动人民扬眉吐气对付资本家的有效手段。现在可好,我作为普通民众,领略了罢工的厉害。

怎么办呢?安妮说,因为我们的安排十分紧凑,今天必须赶到美国最南端的基纬斯特岛。所以,只有改签其他航空公司的飞机。于是安妮同机场的工作人员交涉。

我成功地看了一眼自由女神。这一眼，价值十二美元。

　　在中国，机场工作人员基本上都是年轻人，俊男靓女手脚灵便。态度不一定好，但耳聪目明是没问题的。如果他不答理你，那是他存心冷落你，并非是反应迟钝。但在美国，机场工作人员中，实在是不乏步履蹒跚耳聋眼花的大爷大妈。态度不错，然效率甚低。安妮交涉了很久，当值的黑人老大爷愁肠百结的样子，不是他不愿帮我们换航班，而是在浩如烟海的航班中，他找不出合适的方案。最后，他把硕大的头颅摇得风摆荷叶，苦笑着起身找来了一位女士。好像是他的上级。

　　我吁了一口气，希望燃烧起来。这是一位穿着非常合体的黑人女士。我想，一个女人，可以把统一发放的制服，收拾得这般妥帖精当，想必她在处理其他事务的能力上，也有过人之处。果然，她飞速地击打着电脑键盘，一会儿工夫就很利索地为我们安排好了新的航班。只是,要到另外一个机场去,而且,时间很不宽裕了。

我拎着箱子就想飞跑,不料安妮依然沉着地同她交涉,甩我在一旁焦急。机场女士认真地听着安妮的陈述,间或有一两句插言,好像在讨论和争辩。最后,看来是和安妮达成了某种协议,大家友好地告别。

我问安妮,有什么麻烦吗? 看你寸步不让的样子。

安妮说,我在索赔呢。

我说,索什么赔? 不是已经安排好了新的航班了吗?

安妮说,我要求了四项赔偿。

我吓了一跳,心想,人家没误了咱今天的航程,感谢都来不及。天灾人祸,有什么办法。还赔偿,且是四项,真有本事。

安妮说,第一条,因为我们马上要赶到另一家机场,这里必须支付咱们的出租汽车费。第二条,现在就要到吃午餐的时候了,按照原来的安排,我们的这顿午餐是在飞机上免费享用的,现在由于机场的失误,让我们不得不自己支付午餐费,所以,要给补偿。第三条,我们的朋友已经在目的地准备接站,现在要打电话通知他们改变时间,这笔电话费,应由机场负责。第四条,这边的行李搬运出机场和到达那边机场后的行李搬入以及小费,都是由于机场的责任造成我方的额外付出,所以,他们也要补偿……

我先是目瞪口呆,然后是心悦诚服,再后是感叹不已。我说,那个美丽的女人把这一笔笔的钱,都给你了吗?

安妮说,OK! 只是因为午餐的数量难以衡量,她给了我两张机场餐厅的免费用餐券,再有出租汽车费用也不好确定,她安排机场的车送我们。至于其他的钱,都已打入我的信用卡,等一会儿,由我来支付这些费用就是了。

我颇多感慨。想起在国内多次被延误航班的经历,蜷缩在大厅的地上,好似难民。记忆中最好的一次待遇——无端的八个小时枯等,凭着机票排队。一位面无表情的小姐,在机票上狠狠地打了一个钩之后,发给我一小瓶矿泉水。又一想,古话说他山之石可以攻玉。只怕他山之玉再美,但石头顽固,久攻不下。

吃了机场的午餐,坐着机场的车,到了新的机场。在候机的队伍里,突然看到一男子龇着牙向我们友好地笑。我说,安妮,他好像认识我们。安妮说,是啊,刚才他也在那个机场候机,也被改签到这里了。同病相怜,狭路相逢,所以微笑。

我说,你问问他得到了多少赔偿?

安妮问过之后,对我说,他一项赔偿也没有得到。因为他没要求,人家给他签了字,他就扭身走了。

于是,我就坐在机场宽大的皮椅子上呆想。原来,这他山之玉,也并非那么玲珑剔透,也有看人下菜碟一说,遵循的是"告诉了才处理"的原则。如果没有安妮的据理力争,我们也是两手空空。想想,不禁又生疑虑和悲哀。当然我不知道那位未获得丝毫赔偿的先生,是否真的不需要赔偿,单从他悻悻的脸色来看,似乎也有不满。消费者的利益,能否从商家那里得到充分的保护,看来和自我的维护能力有很大的关联。

下了这一趟飞机,换乘的时候,听到机场的播音员用很焦灼的声音,一遍又一遍地播送紧急通知。我问安妮,是不是台风的消息? 我们今夜能否安达基纬斯特?

安妮笑说,毕老师,咱们要不是今晚必须到达基纬斯特,眼下倒是有一个发一笔小财的机会。

我说,讲来听听。

安妮说,刚才的通知是:此地有两个人急着要到基纬斯特岛去,但今天的小飞机已经满额。那两人悬红说,如果谁愿意把飞机票出让,他们愿意以每席二百五十元美金酬谢,并负责出让者今晚明晨在这里的宿费餐费。

一个很有趣也很有用的方法。冥思苦想搜索记忆,在我的经验中,国内的机场,从未有过这样的悬红方式。当我们被告知某班的机票售罄,除了自认倒霉就是找领导或是熟人,看有无后门可开。如果没有,就无计可施了。其实乘客的情况千变万化,有的人十万火急,必须立即到某地去,有的人却优哉游哉,早一天晚一天无所谓。如果能以时间换金钱,去留两相宜,何乐而不为? 只是,我们的机场广播员肯播出这样的启事吗?

播音员念了一遍又一遍……后来,突然就不念了。

待我们坐入飞往基纬斯特的小飞机时,我好奇地张望了一下周围。不知道那两个有急事的人,是否已换到了这架飞机上? 他们会是坐在我身旁的这两位喜气洋洋的男子吗?

【赏析】

故事性强是毕淑敏散文的一大特点,这篇仍不例外,是作者旅途中的见闻。从饭店大堂到机场乘机,三则意外小插曲组成了一篇有趣的异国风情图:

波折之一:为看自由女神像,作者提出去机场途中绕经自由岛,请翻译代为沟通:"剩下的事,就是盼望派来的出租汽车司机是个爱赶早的人,有事好商量的人,在某种程度上,是一个爱赚小钱的人,为了挣我多付出的那一部分车费,愿意额外地绕路。"结果一切顺利:"我成功地看了一眼自由女神。这一眼,价值十二美元。"

波折之二:紧急赶到机场后,才获知因为罢工,航班被取消,只好改签其他航班,翻译通过交涉得到四项赔偿,包括午餐、的士、电话费、行李搬运及小费:"我颇多感慨。想起在国内多次被延误航班的经历,蜷缩在大厅的地上,好似难民。记忆中最好的一次待遇——无端的八个小时枯等,凭着机票排队。一位面无表情的小姐,在机票上狠狠地打了一个钩之后,发给我一小瓶矿泉水。"

波折之三：转乘时遇到一个发笔小财的机会："有两个人急着要到基纬斯特岛去，但今天的小飞机已经满额。那两人悬红说，如果谁愿意把飞机票出让，他们愿意以每席二百五十元美金酬谢，并负责出让者今晚明晨在这里的宿费餐费。"值得一提的是文章的结尾："待我们坐入飞往基纬斯特的小飞机时，我好奇地张望了一下周围。不知道那两个有急事的人，是否已换到了这架飞机上？他们会是坐在我身旁的这两位喜气洋洋的男子吗？"

顿时让紧张的行程放松得如一片风中的绿叶。有人说，之所以喜欢读毕淑敏的域外散记，实在是她太会讲故事，实在是她太体己，明明在写自己的见闻，却处处为读者着想，她不想浪费读者的时间。此言极是。

啊，原来你是一只老虎

在美国，参观过几所中学。有贫民区完全由政府资助的免费的公立学校，也有肯尼迪的女儿曾经就读的有百年历史的私立贵族学校，还有专为新移民的孩子建立的双语（英语和母语）学校。在不同的学校里，我都和华裔的孩子们有过交谈，留给我的感受真是一言难尽。

我也是一位母亲，尤其是喜欢女孩子。但没有女儿，所以看到了别人的女孩子格外亲。不是吹牛，我对女孩子有一种特别的亲和力，也许是因为我特别喜欢她们，也许是因为我长得像一位操劳的老阿姨，让女孩子们一见之下就想到了她们爱唠叨的老邻居。

先说纽约哈林区的那所公立女中。哈林区是黑人为主的聚居区，也有很多少数民族裔，是比较贫困和治安秩序混乱的地区。外交部官员比尔，从饭店接上我们，一直陪着我们在纽约的地铁穿行，直到从哈林区的车站钻出来，把我们交到校方来接我们的弗德姆老师手上，这才离去。

我说，比尔真是一个热情的人。其实，凭着地图，我们自己来，也找得到啊。

安妮说，比尔不单是热情，更是负责任。因为这里的治安不好，他不放心，所以要看到我们平安地到达，他才肯离开。

弗德姆老师是个高大的白人青年,大学毕业后到这里来当老师,已经两年了。他说,是这样的。我刚来的时候,就遭了好几次抢劫,喏,就在前面不远的地方。

　　正是阴天,狭窄而脏乱的街道,更蒙上了一层晦暗。有一些游手好闲的人,在巷子口挤眉弄眼地看着我们。我吓了一跳,说,那您估计今天会发生这种事吗?

　　弗德姆老师说,大约不会的。因为他们已经认识了我,知道我是这里的老师,他们就不抢我了。如果有别的不认识的人抢我,他们还会出来干涉,说这是教书的老师,来教我们的孩子,放了他吧。

　　这样说着,我的心稍稍安定下来。看周围的建筑,低矮破旧,和曼哈顿岛上繁华的风光天上地下。

　　学校倒是一座相当新鲜而现代的建筑,收的学生都是女生。走进去,墙壁刷成五颜六色,给人一种跳跃的青春感。因为孩子们正在上课,我只能在门口匆匆看看。很喜欢这儿的课桌不是摆成规矩的方阵,而是像吃饭似的,四张桌子拼在一起,同学们面对面地坐着,彼此吐一口气,就吹到对方的脸上。老师教课的时候,就像个饭店的服务生,在桌子之间走来走去,边走边说……

　　我说,嗨!有趣。我很喜欢这种有些混乱的课堂,有一种游戏感,让沉重的功课变得轻松些。

　　弗德姆老师说,女孩子们都喜欢这样的桌椅摆法。也许,这是女生的特点。

　　我说,我猜男生也会喜欢这样的摆法。它让僵硬的教室变得活泼。

　　弗德姆老师微笑不语。我估计他可能有统计数字,证明男生更热爱循规蹈矩的教室。

　　这时候,正好安排我与一班女孩子们的座谈课开始了。她们围成一个半圆,我坐在她们的对面,就是半圆仪中间开孔的那个位置。女孩子们大约十三四岁的样子,皮肤有白色、黑色、黄色、红色……还有若干从浅到深的中间色。

我说,我先来作一个自我介绍,让你们先认识我。然后,你们就要给自己作一个介绍,让我认识你们。如果有什么不清楚的地方,你们可以随时打断我。

我说,我来自中国……

孩子们立即开始举手。我说,有什么不明白的吗?

一个黄皮肤的女孩子不客气地说,请问,你来自哪一个中国?

这是我第一次注意到她。说实话,这是一个很俊秀的女孩子,而且,我有直觉。她不但是亚洲裔,而且是华裔。

我说,你能告诉我,你为什么会问这个问题吗?

黄皮肤女孩说,我知道世界上有三个中国。一个是香港的中国,一个是台湾的中国,还有一个是红色的中国。

我看到有好几个女孩频频点头,看来此说颇有市场。

我说,我要告诉你,世界上只有一个中国,我就是来自那里,它的全称叫做中华人民共和国。你说的那个香港,是中国的一部分,原来被英国人租借了去,在 1997 年已经回归中国。至于你说的那个台湾,它是中国的一个岛,也是一个省,是中国几十个省中的一个。

女孩子们轻轻地笑起来,好像明白了一个很困难的问题。

黄皮肤女孩说,据我所知,就算你把那三个地方都叫做一个中国,可是实际上它们是非常不同的。

我说,你说得有点道理,这三个地方是有很大的不同,可是我不知你想过没有,它们还有更多更多相同的地方。不同只发生在这一个世纪中,还不到一百年,但相同的部分流传了五千年,从很久很久以前的公元前就开始了。一百年比五千年,谁长谁短?

听众一片哗然。

我发现美国民众对于时间的概念,是很容易惊奇的。也许因为建国的时间比较短,对那些悠久的历史,总是抱有半是羡慕半是敬仰的愕然感。

　　黄皮肤女孩好像若有所思。但她很执拗,稍停了片刻,就说,我是出生在美国的,我不知道这三个都称自己为中国的地方,有什么相同的东西。

　　我说,那个相同的东西就是文化。也许这样说,太空洞了。如果你不介意,你能告诉我你的年纪吗?

　　黄皮肤女孩还没来得及答话,其他的女孩子就大叫起来——我们都是十四岁!

　　我微笑着对黄皮肤女孩说,那我就知道了——你属虎!

　　那一刻,这个执拗的女孩好像被一支箭射中,立刻变得柔软而妩媚,笑起来说,你怎么知道我是属老虎的?

　　我说,这就是文化的力量啊。

　　我转向全体女孩,说,我知道这样一个小故事,也不知是真是假。那年,美国总统第一次访问中国,我们的总理给他一个谜语猜。谜面是:你有一个,我也有一个,整个中国只有十二个。这是什么东西?你们的尼克松总统很聪明,他猜出来了,这就是中国的属相。中国用十二种动物代表十二个年份,循环往复以至无穷。于是,每个中国人在出生的时候,就有了一个属于自己的属相。

布老虎

　　我又把脸转向了那个黄皮肤的女孩,我说,这就是文化啊。不但在中国的大陆、台湾和香港的中国人是这样的,连离开了这些地方,到了海外的中国人,也依然记得这个风俗。所以,你的爸爸告诉你,要你记住,你是属老虎的。

我说到这里,黄皮肤的女孩连连点头,她的同学们更是激动不已,纷纷叫着她的名字说,哈! 想不到,你竟是一只老虎!

她自豪起来,说,对,我就是一只老虎。

脸上的神气从先前的隔膜变成快意。

我又到了另一所贵族女中。听说这是纽约最负盛名的私立女中,以为一定豪华莫名。其实它的外表倒很朴素,门脸也不大,很宁静的样子。并不像国内的某些私立学校,排场大得吓人。

校方组织了四位女生同我谈话,就在学校的学生餐厅里。塑料的桌椅,颜色是鲜艳的明黄粉蓝,很有蓬勃气息,但实在算不上高档。

几位女孩子来了。很开朗的样子,落座后眼光一点也不怕生,友好地向我微笑。其中一位黄皮肤的女孩,第一句话就是:我是中国人。发音那叫一个地道,简直就是一口京片子。

我特高兴。虽然离开北京时间并不算太长,但什么抵得上"他乡遇故知"啊! 我说,你的中国话说得真好,你到美国多长时间了?

她接下来的反应,倒让我迷惘。她不能回答我的问题,只是很窘迫地看着我,再求援地看看安妮,看来是希望安妮为她翻译我的问话。

安妮善解人意,立即帮助她。

女孩子笑了,回答道,我是在美国出生的。

我有点失望,原来还以为是遇到了一个中国籍的老乡,没想到还是美国人。按照美国的法律,在美国出生的人就是美国人了。但我很快调整了自己的情绪,觉得自己的一厢情愿没道理。顿一顿,对女孩说,你的中国话真是说得不错啊。

她又是莫名其妙的样子。安妮又为我们翻译,我这才发觉自己没话找话,把刚才的意思又重复了一遍。也猛地醒悟过来,这女孩只把一句"我是中国人"练习到了炉火纯青的地步,从语调到发音,都无可挑剔,让人以为她是个中国通。然而对其他的中国话,就一头雾水了。

只有借助翻译谈话。女孩子很骄傲地告诉我说,父母1999年带她回了一趟中国,去了北京、西安、广州等地,那时候,她的中国话说得要比现在好多了,现在不好了。

说到这里,她很遗憾地耸耸肩头。一个纯粹美国人的表达方式。

校方说,这所学校,现在越来越多地录取亚裔学生,这四位学生中就有两位(另一位是韩国裔)。一方面是因为美国的新移民在增长,亚洲国家的发展,使得他们成为了新的富翁。另一方面是亚洲国家在传统上非常重视教育,由于学校悠久的历史和良好的声誉,使得他们非常愿意送自己的孩子到这里来读书。

华裔的女孩子在纸上为我写下了她的中文名字,她写得很认真,但笔画错误甚多,有几处倒插笔,写完了,细一端详,发现少了一笔,马上又横着添上去。不像是在写字,倒像是在画一幅路线略图。完工后,她很自豪地递给我,期待着我的表扬。

我选择了很热烈地表扬她。她特高兴。她的同学也充满了敬佩地看着她。

我长大了以后,要回到中国去。她很坚定地说。

你的爸爸妈妈会同意吗? 我说。

我想,会的。即使不同意,我也会去的。女孩说。

告辞的时候,她又很精确地说出了汉语的"再见",说完,眼巴巴地看着我。我知道这又是一个她反复操练过的汉语,就夸她,你的汉语说得很好啊!

她又一脸听不懂的样子。安妮把这话译给她,她灿若桃花地笑了。

出了校门,安妮说,在美国的华裔中,这个女孩子算是比较特别的。

我说,为什么呢?

安妮说,你夸她国语讲得好,她很高兴啊。

我说,这有什么奇怪的呢? 假如在中国,有一个英国人,夸一个中国孩子英语讲得好,这个孩子难道不高兴吗?

安妮说,在中国,我想你说得对。但是在美国,事情就有些两样。美国的华裔孩子,很多把不会说母语当成是自己的荣耀。你夸她说得好,就相当于骂她,证明她还没有融入美国。这个孩子,因为她很自信,并没有自卑心理,所以才那么坦然地接受了你的夸奖,这是一个特例。

我觉得安妮的话很有见解,但我不能肯定她说得是否全对。我还要用自己的眼睛看看。

到达旧金山,我们又到了一所专为新移民的孩子开办的学校。为了帮助他们过语言关,学校采用双语教学。对刚从故国来的孩子,就用母语教学。过了一段时间,如果他们的外语过关了,就转入英语教学的班级。这次和我座谈的孩子,就是国语班的。

今天我可以比较轻松了。因为你用华语演讲,我就不必给你翻译了。安妮说。

我说,不知那些孩子脱离了汉语的环境,能否听得懂我的话? 必要的时候,还得请你帮忙啊。

安妮说,我会安静地坐在教室的最后面,需要我的时候,我会马上帮助你。

我们这样说着,到达了学校的大门口。说实话,这是我在美国见到的条件最差的学校。校舍的墙壁上有痰迹,油漆脱落,颜色灰暗得如同发了霉的面包。厕所很脏。

见到了那个班上的老师,一位中国台湾来的朱小姐,椭圆的脸,标准的国语,友善的笑容。看得出,她是一个敬业和爱孩子的老师。

她说,你随便讲什么都可以。我的这堂课,就是专门让孩子们开阔眼界的。

我站在讲台上,看到下面的学生一脸顽劣神色,好像国内的差班生。我对他们的语言能力不摸底,就问,我讲国语,你们听得懂吗?

没有任何人回答我。好像是对着一批蜡做的娃娃。

我有点慌张,看着安妮。安妮平静地看着我。我知道,如果我发出请求,安妮是会帮助我的。我等待着,但那些孩子们的耐性看来比我好,木僵着,一言不发。小朱老师看不过去了,对我说,您尽管说,他们什么都听得懂。

没有笑容,没有眼神的交流,更没有丝毫默契的友善。有的只是冷漠和回避。

我演讲的经历不算多,上百场总是有的,还从未碰到过这种剃头挑子一头热的局面。没办法,自顾自地讲起来。

我说,旧金山在海的这一边,越过浩瀚的太平洋,在海的那一边,就是中国。我来自中国,那是一个伟大而历史悠久的国家。关于中国,我想知道,你们都了解哪些? 谁能告诉我?

冷冷的,又是没有一个人理我。

尴尬。我拿出一个纸包,说,如果谁答对了,我有一点来自中国的小小的礼物,会送给他。

孩子们起了轻微的骚动,看来是礼物引起了他们的好奇。一个孩子终于张口了,说,嗨,能让我们知道礼物是什么东西吗?

我说,可以。它是中国的风景明信片,礼物很轻,但是那上面有中国的美丽风光,它就变得重了。

说实话,我很想拿出更隆重一点的礼物送给孩子们,但因为访问已接近尾声,礼物储备基本告罄,昨晚上在宾馆把行李翻遍,这才找到了一盒中英文对照的卡片,表表心意。

孩子们的情绪稍稍活泼了一些。我说,我想知道你们是从哪里来的?

新一轮冷漠开始了。没人理我。他们所有的人都彼此知道出处,只有我不知道。他们不屑告知我。但这个问题对我来说很重要,我不了解他们,座谈就无法进行下去。

我几乎一筹莫展了。小朱老师不好意思,站起来伸出援手,指点着她的学生说,这个是中国香港,那个是中国台湾,剩下的都是中国大陆……

于是我明白了,我面对的几乎就是一个专由大陆学生组成的班级。可是他们全无大陆上这个年纪的孩子的生动与活泼,他们是灰暗和阴郁的,垂头丧气,在沉默中有一种压抑的抗拒。

我一时真的不知再说什么好。先前准备的一些话,似乎都成了多余。告知他们祖国的明媚,那是他们背离的地方。告知他们在这里必将遇到挑战,他们的感触比我要深刻得多。我反复咳嗽,拖延时间,一时很是狼狈。终于,我想到了一个话题,依我的经验,每个孩子,都不会对这个问题缄默。

我说,你们能告诉我,在美国,长大了之后,你想干什么?

果然,他们低垂的眼帘挑起了半幅,我看到了一点希望。

一个高个子的男生站起来说,我是从上海来的。我的作文以前在上海的作文大赛中得过奖。我希望我长大之后成为一名作家,但是,我知道,我的理想实现不了。

我说,我先祝贺你。上海是人才荟萃的地方,你能得奖,这很不容易。但你为什么又说自己的理想实现不了呢?

那个俊朗的男生说,因为我的父母不会让我写作的。他们已经为我定好了以后的发展方向,我必须要去上会计专业,他们说,这样会有比较稳定的收入。

我说,你喜欢学会计吗?

他还没来得及回答,他的同学们就哄笑起来,说,你的数学那样差,你还当会计呢,你算得清账吗?

那个男生羞惭地低下了头。小朱老师又马上出手,让她的学生不致太难堪。

一个女孩子站起来说,我想当一名医生。可是,我可能当不上。因为医学院的学费很贵,我的爸爸妈妈掏不出这笔学费。就算他们能掏出来,我也很难考上。因为我的英语不好,其他的成绩也不很好,医学院的分数是很高的。

教室里一片寂静,听得见窗外黄叶飘零的声音。这个女生的话,说出了大多数孩子的困境。即使他们有五颜六色的理想,在金钱和语言的双重枷锁之下,脆弱的翅膀能飞多远?

最后我说,我想你们的爸爸妈妈一定说过,我们这么辛辛苦苦地到美国来,做新移民为的是什么呢?为的就是你们啊!你们背负着家庭的期望,感到了巨大的压力。

我第一次看到了全教室孩子们的脸,他们齐刷刷抬起头来,看着我,长长睫毛的眼里满是迷惘和困窘。或许是这些话击中了他们柔弱而稚嫩的心。

那个来自上海的俊朗男孩说,是啊,我的爸爸妈妈不停地这样唠叨,天天说他们全是为了我,才离乡背井地到美国来了。我不服气,分明是他们做的主,我才不愿到美国来,是他们非要来的,要是依我的想法,我马上要回上海去……

这一刻,我听到几乎全班都深深地叹了一口气。我还从来没有听到过如此年轻的孩子,这样苦闷深沉的叹息,悠长而无奈。

我不想让谈话在凄楚的气氛中结束,我说,我知道作为新移民的孩子,你们现在很难很难。你们心中的焦虑,也许比你们的父母更甚。回去，几乎是不可能的。只有一条路，就是迎接挑战，走下去。送大家一句中国的古话——也许它也不能算很古，反正是我在西藏当兵的时候，常常鼓励自己的一句话，那就是——坚持就是胜利。

好不容易下了讲台，小朱老师对我说，你讲得真好。

我说，这是我作过的最艰难的一次讲话。比我对大学的博士生和监狱里的犯人讲话，还难得多。你天天做他们的老师，也很不容易啊。

告辞出来，满地是萧瑟的黄叶。我说，有多少人知道新移民的孩子心中的忧愁？

安妮说，移民的第一代，就是这样艰难地走过。他们是边缘人，他们自卑，他们难以融入主流社会，他们中的某些人，会把这一切迁怒于自己的故国。他们希望美国人忘记他们新移民的身份，他们要做的，就是变得比一个原生的美国人更像美国人。在他们之中，当一些人积聚了足够的财富之后，有了更多的思考之后，他们才会在更高的尺度上，看待故国的文化，以做一个中国人的后裔为荣。在现今的美国，这样的华裔是很少的。所以，我说，在那所贵族学校里的那位女生，是一个例外。

谢谢安妮所给予我的启示和指点。说实话，那一天，我整个心情抑郁不堪。这些孩子是我见到的最压抑的孩子，他们丧失了快乐，失去了与人为善的习惯，失去了反应与说真话的能力，他们的少年时光被阉割肢解。他们的情形，令人想到没有归属感的蝙蝠，想到黑色与夜晚。他们是从故国的土地上连根拔出，在新的土地上又动荡漂浮的秧苗。我明白他们为什么有那样迟钝的眼神，那是惨痛的自发的保护。要练就怎样无动于衷的心态，才能抵御这种文化的休克和剥离的凄凉？！

我猜这些少年心中，定有成人所难以体味的痛楚。他们不说，他们无法言说。没有人能察觉，甚至连他们的父母，也未曾听到这深重的创痕，怎样把淋漓的鲜血，从幼嫩的心房连绵不断地刺出……

我对安妮说，我希望他们之中将来有人成为优秀的心理医生，做跨文化的心理学研究，以帮助一代代新移民的孩子，度过转折中的艰难时期。

安妮说，在美国，看心理医生的费用很高。即使有了这样的医生，新移民的孩子，也未必看得起啊。

【赏析】

单看题目，我们无法判断作家究竟要写给我们的是什么，"啊，原来你是一只老虎"，这句话至少给人的是轻松的感觉，但当你看完全文，你的心里却会被满满的压抑与忧虑所填充。

同样是美国之行，本文是作家参观了三所不同的学校后的心得，"在不同的学校，我都和华裔的孩子们有过交谈，留给我感受真是一言难尽"。

同样是作家一支笔，先后写三所学校，三个场景，各有不同。作家按地点顺序一一作了交代：

先是哈林区的公立女中，就"三个中国"的问题，作者回答了一个黄皮肤女孩的提问，面对这几个同为十四岁的女孩子们困惑的眼神，作者一句"你属虎"打开了隔膜："这就是文化啊。不但在中国的大陆、台湾和香港的中国人是这样的，连离开了这些地方，到了海外的中国人，也依然记得这个风俗。"一只小老虎让女孩子脸上的隔膜变成快意，此处表达的是海外黄皮肤女孩们对中国的陌生，是和谐校园里的不和谐杂音。

然后到了贵族女中，着重写一位"尚没有以自己是华裔而自卑"的女孩，这个只会讲"我是中国人"、"再见"两句汉语的女孩听到作家夸她汉语说得好时"灿若桃花"地笑了。本来该是温暖的空气却被翻译的解释凭空降了温:"这个女孩比较特别,美国的华裔孩子,很多把不会说母语当成是自己的荣耀。你夸她说得好,就相当于骂她,证明她还没有融入美国。"侧面写华语文化被漠视的事实,比属虎女孩对华文世界的陌生感更加了一份杂质。

最后是旧金山一所专为新移民的孩子开办的学校。这些多数来自中国大陆的孩子们完全听得懂作家的话,却"没有笑容,没有眼神的交流,更没有丝毫默契的友善。有的只是冷漠和回避"。没有人肯回答自己来自于哪儿,"他们是灰暗和阴郁的,垂头丧气,在沉默中有一种压抑的抗拒"。在问到他们长大后想干什么时,才有人站起来:"我希望我长大之后成为一名作家,但是,我知道,我的理想实现不了。"男孩失望的原因是父母让他必须上会计专业,因为会有稳定的收入;一个想当医生的女孩也表示可能当不上,因为父母可能支付不起医学院的学费,而她的成绩也不够好……虽然作家最终以"坚持就是胜利"结束了讲话,但她承认这是她作过的最艰难的一次讲话,有多少人知道新移民孩子心中的忧愁?到此,作家的笔端流出的已是有些酸涩的苦水。

三所学校,如三幅着色不同的水彩画,前两幅可谓是第三幅的铺垫,从暖色到中性色再到冷色。作家花浓重笔墨描绘的是第三所学校,超过了全文的一半篇幅,同样的在美国的华裔孩子,有着如此之大的心理落差,那些被父母带到异国的孩子们,面对自己发育不良的身心与并不被看好的环境,未来的路究竟在哪儿?散文的警醒作用不同于杂文,它更柔软,但情真意切的点醒却是柔中带刚的利器。

第六辑

思想篇

提 醒 幸 福

TI XING XING FU

我们从小就习惯了在提醒中过日子。天气刚有一丝风吹草动，妈妈就说，别忘了多穿衣服。才结交了一个朋友，爸爸就说，小心他是个骗子。你取得了一点成绩，还没容得乐出声来，所有关切着你的人一起说，别骄傲！你沉浸在欢快中的时候，自己不停地对自己说：千万不可太高兴，苦难也许马上就要降临……

我们已经习惯于提醒，提醒的后缀词总是灾祸。灾祸似乎成了提醒的专利，把提醒也染得充满了淡淡的贬义。

我们已经习惯了在提醒中过日子。看得见的恐惧和看不见的恐惧始终像乌鸦盘旋在头顶。

在皓月当空的良宵，提醒会走出来对你说：注意风暴。于是我们忽略了皎洁的月光，急急忙忙做好风暴来临的一切准备。当我们大睁着眼睛枕戈待旦之时，风暴却像迟归的羊群，不知在哪里徘徊。当我们实在忍受不了等待灾难的煎熬时，我们甚至会恶意地祈盼风暴早些到来。

在许多夜晚，风暴始终没有降临。我们辜负了冰冷如银的月光。

风暴终于姗姗地来了。我们怅然发现，所做的准备多半是没有用的。事先能够抵御的风险毕竟有限，世上无法预计的灾难却是无限的。战胜灾难靠的更多的是临门一脚,先前的惴惴不安帮不上忙。

当风暴的尾巴终于远去,我们守住零乱的家园。气还没有喘匀,新的提醒又智慧地响起来,我们又开始对未来充满恐惧的期待。

人生总是有灾难。其实大多数人早已练就了对灾难的从容,我们只是还没有学会珍惜灾难间隙的快活。我们太多注重了自己警觉苦难,我们太忽视提醒幸福。

请从此注意幸福!

幸福也需要提醒吗?

提醒注意跌倒……提醒注意路滑……提醒受骗上当……提醒荣辱不惊……先哲们提醒了我们一万零一次,却不提醒我们幸福。

也许他们认为幸福不提醒也跑不了的。也许他们以为好的东西你自会珍惜,犯不上谆谆告诫。也许他们太崇尚血与火,觉得幸福无足挂齿。他们总是站在危崖上,指点我们逃离未来的苦难。

但避去苦难之后的时间是什么?

那就是幸福啊!

享受幸福是需要学习的,当幸福即将来临的时刻需要提醒。人可以自然而然地学会感官的享乐,人却无法天生地掌握幸福的韵律。灵魂的快意同器官的舒适像一对孪生兄弟,时而相傍相依,时而南辕北辙。

幸福是一种心灵的震颤。它像会倾听音乐的耳朵一样,需要不断地训练。

简言之,幸福就是没有痛苦的时刻。它出现的频率并不像我们想像的那样少。人们常常只是在幸福的金马车已经驶过去很远,捡起地上的金鬃毛说,原来我见过它。

人们喜爱回味幸福的标本,却忽略幸福披着露水散发清香的时刻。那时候我们往往步履匆匆,瞻前顾后不知在忙着什么。

世上有预报台风的,有预报蝗虫的,有预报瘟疫的,有预报地震的。然而,没有人预报幸福。

其实幸福和世界万物一样,有它的征兆。

幸福常常是朦胧的,很有节制地向我们喷洒甘霖。你不要总希冀轰轰烈烈的幸福,它多半只是悄悄地扑面而来。你也不要企图把水龙头拧得更大,使幸福很快地流失。而需静静地以平和之心,体验幸福的真谛。

幸福绝大多数是朴素的。它不会像信号弹似的,在很高的天际闪烁红色的光芒。它披着本色的外衣,亲切温暖地包裹起我们。

幸福不喜欢喧嚣浮华,常常在黯淡中降临。贫困中相濡以沫的一块糕饼,患难中心心相印的一个眼神,父亲一次粗糙的抚摸,女友一张温馨的字条……这都是千金难买的幸福啊。像一粒粒缀在旧绸子上的红宝石,在凄凉中愈发熠熠夺目。

幸福有时会同我们开一个玩笑,乔装打扮而来。机遇、友情、成功、团圆……它们都酷似幸福,但它们并不等同于幸福。幸福会借了它们的衣裙,袅袅婷婷而来,走得近了,揭去帏幔,才发觉它有钢铁般的内核。幸福有时会很短暂,不像苦难似的笼罩天空。如果把人生的苦难和幸福分置天平两端,苦难体积庞大,幸福可能只是一块小小的矿石。但指针一定要向幸福这一侧倾斜,因为它有生命的黄金。

幸福有梯形的切面,它可以扩大也可以缩小,就看你是否珍惜。

我们要提高对于幸福的警惕,当它到来的时刻,激情地享受每一分钟。据科学家研究,有意注意的结果比无意要好得多。

当春天来临的时候,我们要对自己说,这是春天啦! 心里就会泛起茸茸的绿意。

矢车菊:绽放的幸福

　　幸福的时候,我们要对自己说,请记住这一刻! 幸福就会长久地伴随我们。

　　那我们岂不是拥有了更多的幸福!

　　所以,丰收的季节,先不要去想可能的灾年,我们还有漫长的冬季来得及考虑这件事。我们要和朋友们跳舞唱歌,渲染喜悦。既然种子已经回报了汗水,我们就有权沉浸幸福。不要管以后的风霜雨雪,让我们先把麦子磨成面粉,烘一个香喷喷的面包。

　　所以,当我们从天涯海角相聚在一起的时候,请不要踌躇片刻后的别离。在今后漫长的岁月里,有无数孤寂的夜晚可以独自品尝愁绪。现在的每一分钟,都让它像纯净的酒精,燃烧成幸福的淡蓝色火焰,不留一丝渣滓。让我们一起举杯,说:我们幸福。

　　所以,当我们守候在年迈的父母膝下时,哪怕他们鬓发苍苍,哪怕他们垂垂老矣,你都要有勇气对自己说:我很幸福。因为天地无常,总有一天你会失去他们,会无限追悔此刻的时光。

幸福并不与财富地位声望婚姻同步,它只是你心灵的感觉。

所以,当我们一无所有的时候,我们也能够说,我很幸福。

因为我们还有健康的身体。当我们不再享有健康的时候,那些最勇敢的人可以依然微笑着说:我很幸福。因为我还有一颗健康的心。甚至当我们连心都不再存在的时候,那些人类最优秀的分子仍旧可以对宇宙大声说:我很幸福。因为我曾经生活过。

常常提醒自己注意幸福,就像在寒冷的日子里经常看看太阳,心就不知不觉暖洋洋亮光光。

【赏析】

标题为"提醒幸福",但作者开篇谈的却是在日常生活中提醒往往与不吉利相连,以致给人这样的感觉:灾祸似乎成了提醒的专利。但因事先所做的准备"多半是没有用的",战胜灾难更多靠的是临门一脚,所以对灾祸而言,提醒并不起多大作用。因此与其过分提醒自己警觉苦难,让人们有人活着就是受罪之叹,毋宁多注意幸福,于是文章这才"言归正传",满怀深情地提醒人们注意幸福,享受幸福,珍惜幸福。让人们从提醒灾祸的日子中解脱出来,从而实现由从小就习惯在提醒"灾难"中过日子向习惯在注意幸福中过日子的转变。这样文章结尾在一个更高层次上回到开头,习惯在提醒中过日子,这是一种更高层次的首尾圆合。

生活中、工作中需要时刻提醒自己的事太多了,提醒注意跌倒……提醒注意安全……提醒受骗上当……提醒荣辱不惊……先哲们提醒了我们一万零一次,却独独遗漏了"幸福"。"幸福"谁不喜欢,哪需提醒呢? 但作者却用郑重其事的口吻向世人宣布:"请从此注意幸福!"似警钟般敲醒了我们浑浑噩噩的大脑。就人类而言,我们自学会憧憬的那一天起,就被无数个美好的愿望燃烧着,心中对自己说:这些愿望的达成,那便是幸福了。幸福因之常常被我们高高地悬于空中,用来和我们的生存现实作对。当人生被各种各样的欲望充斥时,我们容易迷失前进的方向,认为人生旅途是苦难的结合。而毕淑敏却说:"幸福就是没有痛苦的时刻。"平白无奇的表述却蕴含着丰富的人生哲理,它刷新了我们对人生的理解。

没有痛苦,便是幸福。作者用一个否定词,将一个大大的幸福切割下来,送给我们做礼物。她告知大家,幸福不需要单独划出一段时间或一片空间,我们只要把生活中那些不高兴的瞬间和碎片捡出来扔掉,那剩下的,就是幸福!痛苦有各种各样的原因,而幸福却不需要理由,就像春意不一定要微风做伴,流泉不一定非得要丁冬作响一样。

文中提到的"幸福",不是尽情享受、消极待世,而是发现生活中的美,坦然面对生活的一份从容。既然种子会回报勤劳的汗水,那我们就有权沉浸幸福。让我们用自己的眼睛来寻找生活中的幸福。

文章中,作者用委婉、清新的语言,辅以女性特有的细腻情感,向我们娓娓道来"幸福"的含义,震撼着每位读者的灵魂。提醒幸福,就是提醒每个人:

保持一颗知足的心;

珍惜拥有的美好;

充满对未来的希望!

柔 和
ROU HE

　　"柔和"这个词,细想起来挺有意思的。先说"和"字,由禾苗和口两部分组成,那含义大概就是有了生长着的禾苗,嘴里的食物就有了保障,人就该气定神闲,和和气气了。

　　这个规律,在农耕社会或许是颠扑不破的。那时只要人的温饱得到解决,其他的都好说。随着社会和科技的发达进步,人的较低层次需要得到满足之后,单是手中有粮,是无法抚平激荡的灵魂的。中国有句俗话,叫做"吃饱了撑的——没事找事"。可见胃充盈了之后,就有新的问题滋生,起码无法达至完全的心平气和。

　　再说"柔"这个字。通常想起它的时候,好像稀泥一摊,没什么筋骨的模样。但细琢磨,上半部是"矛",下半部是"木"——一根木头削成的矛,看来还是蛮有力度和进攻性的。柔是褒义,比如:柔韧、以柔克刚、刚柔相济、百炼钢化作绕指柔……都说明它和阳刚有着同样重要的美学和实践价值。

　　记得早年当医学院学生的时候,一天课上先生问道,大家想想,用酒精消毒的时候,什么浓度为好? 学生齐声回答,当然是越高越好啦! 先生说,错了。太高浓度的酒精,会使细菌的外壁在极短的时间内凝固,形成一道屏障,后续的酒精就再也杀不进去了,细菌在壁垒后面依然活着。最有效的浓度,是把酒精的浓度调得柔和些,润物无声地渗透进去,效果才佳。

于是我第一次明白了,柔和有时比风暴更有力量。

柔和是一种品质与风格。它不是丧失原则,而是一种更高境界的坚守,一种不曾剑拔弩张、依旧扼守尊严的艺术。柔和是内在的原则和外在的弹性充满和谐的统一,柔和是虚怀若谷的谦逊和冷暖相宜的交流。

现代人在风驰电掣的忙碌中,是多么期望自己和他人的柔和啊。不信,你看看报上的征婚广告,尽是征求性格柔和的伴侣。人们希望目光是柔和的,语调是柔和的,面庞的线条是柔和的,身体的张力是柔和的……

当我们轻轻念出"柔和"这个词的时候,你会觉得有一缕淡蓝色的温润,弥漫在唇舌之间。

有人追索柔和,以为那是速度和技巧的掌握。书刊上有不少教授柔和的小诀窍,比如怎样让嗓音柔和、手势柔和……我见过一个女孩子,为了使性情显出柔和,在手心用油笔写了个大大的"慢"字,天天描一遍,掌总是蓝的。以致扬手时常吓人一跳,以为她练了邪门武功。并为自己规定每说一句话之前,在心中默数从一到十……她除了让人感到木讷和喜怒无常外,与柔和不搭界。

一个人的心如若不柔和,所有对外在柔和形式的模仿和操练,都是沙上楼阁。

看看天空和海洋吧。当它们最美丽和博大,最安宁和清洁的时候,它们是柔和的。

只有成长了自己的心,才会在不经意之间,收获了柔和。

我们的声音柔和了,就更容易渗透到辽远的空间。我们的目光柔和了,就更轻灵地卷起心扉的窗纱。我们的面庞柔和了,就更流畅地传达温暖的诚意。我们的身体柔和了,就更准确地表明与人平等的信念。

宁静的海洋一派柔和

柔和，是力量的内敛和高度自信的宁馨儿。愿你一定在某一个清晨，感觉出柔和像云雾一般悄然袭身。

【赏析】

我想先赘述一个老掉牙的故事：说北风和太阳打赌，看谁先把路上行人的衣裳给脱下来。北风踌躇满志，生猛得很，它使劲吹啊吹，想把人们的衣服给剥下来，但人们却把衣服裹得紧紧的——比之前更紧。轮到太阳了，它笑微微地爬上天空，洒下一片和暖，行人也慢慢放松了僵硬的身体，到后来，他们热得受不了，纷纷脱下了身上的衣裳。这个故事浅显又深刻地告诉我们，柔和的力量更强大。事实上这个道理已经被无数的历史片断所证实。时间流转到了新世纪，中国人却似乎与先祖以之安身立命的大儒之道越来

·233·

越疏离,事事求上位,处处讲铁腕,这种风潮非常集中并明显地表现在20世纪90年代最生猛的黑道电影系列《古惑仔》里。腥风血雨中闪现着人性的残忍和贪婪且不论,充斥在各位大佬和未来大佬心中的实力压倒一切的信念才着实叫人惊惧——就算冷静明智如浩南哥,也坚信着砍刀里得天下的真理。相信很多青少年看完之后会热血沸腾,之后便会为这个原因去打造自己的人生,寻找人生的动力——强硬的力量——一如北风。

也许水滴石穿的道理已经被讲老了,而百炼钢成绕指柔的奇迹也只被限制在了风月之中,"柔和"渐渐成为一种难以企及的化境,或者一个平淡的形容词。这时候毕淑敏柔柔地说话了:"我们的声音柔和了,就更容易渗透到辽远的空间。我们的目光柔和了,就更轻灵地卷起心扉的窗纱。我们的面庞柔和了,就更流畅地传达温暖的诚意。我们的身体柔和了,就更准确地表明与人平等的信念。"这段话里哲思盎然,但更让人得以联想起中国自古而今的入世法则,那就是温柔敦厚。

毕淑敏没有提到的是,虽然柔和的心境、柔和的姿态于个人是一种福分,但在这个铁肩人世,我们是否仅止于此?

我 很 重 要

WO HEN ZHONG YAO

当我说出"我很重要"这句话的时候,颈项后面掠过一阵战栗。我知道这是把自己的额头裸露在弓箭之下了,心灵极容易被别人的批判洞伤。

许多年来,没有人敢在光天化日之下表示自己"很重要"。我们从小受到的教育都是——"我不重要"。

作为一名普通士兵,与辉煌的胜利相比,我不重要。

作为一个单薄的个体,与浑厚的集体相比,我不重要。

作为一位奉献型的女性,与整个家庭相比,我不重要。

作为随处可见的人的一分子,与宝贵的物质相比,我们不重要。

当我在国外的一份刊物上看到"一个人的价值胜于整个世界"的口号时,曾大惑不解。

我们——简明扼要地说,就是每一个单独的"我"——到底重要还是不重要?

我是由无数星辰日月草木山川的精华汇聚而成的。只要计算一下我们一生吃进去多少谷物,饮下了多少清水,才凝聚成一具美轮美奂的躯体,我们一定会为那数字的庞大而惊讶。平日里,我们尚要珍惜一粒米、一叶菜,难道可以对亿万粒菽粟亿万滴甘露濡养出的万物生灵,掉以丝毫的轻心吗?

当我在博物馆里看到北京猿人窄小的额和前凸的嘴时,我为人类原始时期的粗糙而黯然。他们精心打制出的石器,用今天的目光看来不过是极简单的玩具。如今很幼小的孩童,就能熟练地操纵语言,我们才意识到已经在进化之路上前进了多远。我们的头颅就是一部历史,无数祖先进步的痕迹储存于脑海深处。我们是一株亿万年苍老树干上最新萌发的绿叶,不单属于自身,更属于土地。人类的精神之火,是连绵不断的链条,作为精致的一环,我们否认了自身的重要,就是推卸了一种神圣的承诺。

回溯我们诞生的过程,两组生命基因的嵌合,更是充满了人所不能把握的偶然性。我们每一个个体,都是机遇的产物。

常常遥想,如果是另一个男人和另一个女人,就绝不会有今天的我。

即使是这一个男人和这一个女人,如果换了一个时辰相爱,也不会有此刻的我……

即使是这一个男人和这一个女人在这一个时辰,由于一片小小落叶或是清脆鸟啼的打搅,依然可能不会有如此的我……

一种令人怅然以致走入恐惧的想像,像雾霭一般不可避免地缓缓升起,模糊了我们的来路和去处,令人不得不断然打住思绪。

我们的生命,端坐于概率垒就的金字塔的顶端。面对大自然的鬼斧神工,我们还有权利和资格说我不重要吗?

对于我们的父母,我们永远是不可重复的孤本。无论他们有多少儿女,我们都是独特的一个。

假如我,不存在了,他们就空留一份慈爱,在风中蛛丝般无法附丽地飘荡。

假如我生了病,他们的心就会皱缩成石块,无数次向上苍祈祷我的康复,甚至愿灾痛以十倍的烈度降临于他们自身,以换取我的平安。

我的每一滴成功，都如同经过放大镜，进入他们的瞳孔，摄入他们心底。

假如我们先他们而去，他们的白发会从日出垂到日暮，他们的泪水会使太平洋为之涨潮。

面对这无法承载的亲情，我们还敢说我不重要吗？

我们的记忆，同自己的伴侣紧密地缠绕在一处，像两种混淆于一碟的颜色，已无法分开。你原先是黄，我原先是蓝，我们共同的颜色是绿，绿得生机勃勃，绿得苍翠欲滴。失去了妻子的男人，胸口就缺少了生死攸关的肋骨，心房裸露着，随着每一阵轻风滴血。失去了丈夫的女人，就是齐斩斩折断的琴弦，每一根都在雨夜长久地自鸣……

面对相濡以沫的同道，我们忍心说我不重要吗？

俯对我们的孩童，我们是至高至尊的唯一。我们是他们最初的宇宙，我们是深不可测的海洋。假如我们隐去，孩子就永失淳厚无双的血缘之爱，天倾东南，地陷西北，万劫不复。盘子破裂可以粘起，童年碎了，永不复原。伤口流血了，没有母亲的手为他包扎；面临抉择，没有父亲的智慧为他谋略……面对后代，我们有胆量说我不重要吗？

与朋友相处，多年的相知，使我们仅凭一个微蹙的眉尖、一次睫毛的抖动，就可以明了对方的心情。假如我不在了，就像计算机丢失了一份不曾复制的文件，她的记忆库里留下不可填补的黑洞。夜深人静时，手指在撤了几个电话键码后，骤然停住，那一串数字再也用不着默诵了。逢年过节时，她写下一沓沓的贺卡。轮到我的地址时，她闭上眼睛……许久之后，她将一张没有地址只有姓名的贺卡填好，在无人的风口将它焚化。

相交多年的密友，就如同沙漠中的古陶。摔碎一件就少一件，

毕淑敏散文精品赏析

再也找不到一模一样的成品。面对这般友情,我们还好意思说我不重要吗?

我很重要。

我对于我的工作我的事业,是不可或缺的主宰。我的独出心裁的创意,像鸽群一般在天空翱翔,只有我才捉得住它们的羽毛。我的设想像珍珠一般散落在海滩上,等待着我把它用金线串起。我的意志向前延伸,直到地平线消失的远方……

没有人能替代我,就像我不能替代别人。

我很重要。

我对自己小声说。我还不习惯嘹亮地宣布这一主张,我们在不重要中生活得太久了。

2005 年在青海日月山

我很重要。

我重复了一遍,声音放大了一点。我听到自己的心脏在这种呼唤中猛烈地跳动。

我很重要。

我终于大声地对世界这样宣布。片刻之后,我听到山岳和江海传来回声。

是的,我很重要。我们每一个人都应该有勇气这样说。我们的地位可能很卑微,我们的身份可能很渺小,但这丝毫不意味着我们不重要。重要并不是伟大的同义词,它是心灵对生命的允诺。

对于一株新生的树苗,每一片叶子都很重要。对于一个孕育中的胚胎,每一段染色体碎片都很重要。甚至驰骋寰宇的航天飞机,也可以因为一个密封橡皮圈的疏漏而凌空爆炸——你能说它不重要吗?

人们常常从成就事业的角度,断定我们是否重要。但我要说,只要我们在时刻努力着,为光明在奋斗着,我们就是在无比重要地生活着。

让我们昂起头,对着我们这颗美丽的星球上无数的生灵,响亮地宣布——

我很重要。

【赏析】

这是一个张扬个性的时代,也是一个个性与现实激烈冲突的时代,每个人都是有鲜活生命力的个体而不是一个模子里塑造出来的东西,我们的价值决定我们或他人无权对我们自身的重要性进行否定。毕淑敏很明显地感受到了时代的脉搏,用自己的文字传达出了对个性解放个性觉醒的呼唤。

我很重要,是作者对个体生命与生存价值的认识与批判,更是

毕淑敏散文精品赏析

一个单薄的生命对芸芸众生发出的响亮的宣言：或许地位卑微、或许身份渺小，但人格尊严的天平，从来都是平等的。作者于经历的反思中，彻悟到我很重要；于情结的梳理中，彻悟到我很重要；于生存的责任中，彻悟到我很重要；于事业的创造中，彻悟到我很重要。

最后，作者道出了长期积压在心头的快语，发出了震人心魄的呐喊：我很重要。这一个性意识觉醒之后的大声呐喊，这一生命价值审视之后的响亮宣言，让枯萎的人性之树，萌发出碧绿的嫩芽；让被疏忽的个体生命，放射出灼人的光辉；让许多人生旅途的匆匆过客幡然醒悟：活着，应该摆正自己的位置，重视生命的过程；活着，不仅为自我还为他人；活着，自己就不是被世界冷落或遗弃的一棵小草，而是一道独特的风景。因为，我真的很重要。

拍 卖 你 的 生 涯

PAI MAI NI DE SHENG YA

朋友参加过一堂很别致的讲座,对我详细地描绘了一番。

她说:讲座叫做"拍卖你的生涯"。外籍老师发给每人一张纸,其上打印着数十行字。

1. 豪宅

2. 巨富

3. 一张取之不尽、用之不竭的信用卡

4. 美貌贤惠的妻子或英俊博学的丈夫

5. 一门精湛的技艺

6. 一座小岛

7. 一座宏大的图书馆

8. 和你的情人浪迹天涯

9. 一个勤劳忠诚的仆人

10. 三五个知心朋友

11. 一份价值五十万美元并且每年可获得百分之二十五纯利收入的股票

12. 名垂青史

13. 一张免费旅游世界的机票

14. 和家人共度周末

15. 直言不讳的勇敢和百折不挠的真诚

……

大家先是愣愣地看着这些项目,之后交头接耳地笑,感觉甚好,本来嘛,全世界的美事和优良品质差不多都集中在此了。

老师拿起一把小槌子,轻敲讲台,蜂房般的教室寂静下来。老师说(他能讲不很普通的普通话),我手里是一把旧槌子,但今天它有某种权威——临时充当拍卖槌。我要拍卖的东西,就是在座诸位的生涯。

课堂顿起混乱。生涯?一个叫人生出沧桑和迷茫的词语。我们大致明白什么是生存,什么是生活,但不很清楚什么是生涯。我们只是一天天随波逐流地过着,也许七十岁的时候,才恍然大悟,生涯已在朦胧中越来越细了。

老师说,一个人的生涯,就是你人生的追求和事业的发展。它可以掌握在你自己手中。性格就是命运。生涯从属于你的价值观。通常当人们谈到生涯的时候,总觉得有太多的不可把握性,埋藏在未知中。其实它并非想像中那般神秘莫测。今天,我想通过这个游戏,让大家比较清晰地看到自己的爱好,预测自己的生涯。

大家听明白了,好奇地跃跃欲试。

我相信在每一个成人的内心深处,都潜伏着一个爱做游戏的天真孩童,只不过随着时光流逝,蒙上了世故的尘土。成年以后的我们,远离游戏,以为那是幼稚可笑的玩闹。其实好的游戏,具有启蒙人的智慧、通达人的思维、启迪人的感悟、反省人的觉察的力量。当我们做游戏的时候,就更接近了真我。

老师说,我现在象征性地发给每人一千块钱,代表你一生的时间和精力。我会把这张纸上所列的诸项境况,裁成片,一一举起,这就等于开始了拍卖。你们可以用自己手中的积蓄,购买我的这些可能性。一百块钱起价,欢迎竞价。当我连喊三次,无人再出高价的时候,槌子就会落下,这项生涯就属于你了。注意,我说的是可能性,并非真正的事实。它的意思就是——你用九百九十九元竞得了豪宅,但并不等于你真的拥有了一片仙境般的别墅,只是说你是将穷尽一生的精力,来为自己争取。相信只要你竭尽全力,把目标当成整个生涯的支撑点,达到的可能性甚大。

教室里的气氛,骚动之后有些沉凝。这游戏的分量举轻若重,它把我们人生的繁杂目的,约分并形象化了——拼此一生,你到底要什么?

老师举起了第一项拍卖品——拥有一座岛。起价一百元。

全场寂静。一座小岛?它在哪里?南半球还是北半球?大西洋还是太平洋?面积若何?人口多少?有无石油和珊瑚礁?风光怎样?

疑声鹊起,大家迫切希望提供更详尽的资料,关于那座小岛,关于风土人情。老师一脸肃然,坚定地举着那张纸片,拒绝作更进一步的解说。

于是,我们明白了。小岛,就是小小的平平凡凡的一座无名岛。你愿不愿以一生做赌,去赢得这块海洋中的绿地?

终于,一个平日最爱探险、充满生命活力的女生,大声地喊出了第一个竞价——我出二百!

一个男生几乎是下意识地报出:五百!他的心思在那一瞬很简单,买下荒凉岛屿这样的事件,就该是男子汉干的勾当。

但那名个子不高但意志顽强的女生志在必得了。她涨红着脸,一下子喊出了:一千!

这是天价了。每个人只有一千块钱的贮备,也就是说,她已定下以毕生的精力,赢得这个小岛的决心。别的人,只有望洋兴叹了。

那个男生有些悻悻地说,竞价应该一点点攀升,比如她要出六百,我喊七百……这样也可给别人一个机会。

老师淡然一笑说,我们只是象征性地拍卖,所以可能不合规矩。大家要记住,生涯也如战场,假如你已坚定地确认了自己的目标,就紧紧锁定它。机遇仿佛闪电的翎毛。

大家明白了竞争的激烈,肃静中有了潜藏的紧迫和若隐若现的敌意。

拍卖的第二项是美貌贤惠的妻子或英俊博学的丈夫。

我原以为此项会导致激烈的竞拍,没想到一时门可罗雀。也许因为它太传统和古板,被其他更刺激的生涯吸引,大伙不愿在刚开场不久,就把自己的一生拴入伴侣的怀抱。好在和和美美的家庭,终究对人有不衰的吸引力,在竞争不激烈的情形下,被一位性情温和的男子以七百元买去。

我把指关节攥得紧紧,如果真有一把钞票,会滴下浑浊的水来。到底用这唯一的机会,买回怎样的生涯?扒拉一下诸样选择中,自己中意的栏目有限,和同志们所见略同也说不准。定谋贵决,一旦确立了自己的真爱,便须直捣黄龙,万不可游移吝惜。要知道,拍的过程水涨船高步步为营。倘稍一迟缓,被他人横刀夺爱,就悔之莫及了。

拍到"一张取之不尽、用之不竭的信用卡"时,引起空前激烈的争抢。聪明人已发现,所列的诸项,某些外延交叉涵盖,可互相替代。有同学小声嘀咕,有了信用卡,巨富不巨富的,也不吃紧了,想干什么,还不是探囊取物?于是信用卡成了最具弹性热度的饽饽。一时群情激昂,最后被一奋勇女将自重围中掳走。

其后的诸项拍卖,险象环生。有些简直可以说是个人价值取向甚至隐秘的大曝光。一位众人眼中极腼腆内向的男同学,取走了免费旅游世界的机票,让人刮目相看。一位正在离婚风波中的女子,选择了和情人浪迹天涯,于是有人暗中揣测,她是否已有了意中人？一位手脚麻利助人为乐的同学,居然选了勤劳忠诚的仆人,让全体大跌眼镜,细一琢磨推算,可能他总当一个勤快人,已经厌烦,但又无力摆脱这约定俗成的形象,出于补偿的心理,干脆倾其所有,买下对另一个人的指挥权吧。一旦咀嚼出这选择背后的韵味,旁观者就有些许酸涩。

一位爱喝酒的同仁,一锤定音买下了"三五个知心朋友",让我在想像中,立即狠狠捆了自己一掌。从前,我劝过他不要喝那么多的酒,他笑说,我喜欢和朋友在一起。我不死心,便再劝,他却一直不改。此番看了他的选择,我方晓得朋友在他的心秤上如此沉重。我决定——该闭嘴时就闭嘴吧。

光顾了看别人的收成,差点耽误了自己地里的活计。同桌悄悄问,你到底打算买何种生涯？

我说,没拿定主意啊。我想要那座图书馆。

同桌说,傻了不是？我看你不妨要那张价值五十万美元且年年递增百分之二十五的股票,要知道这可是一只会下金蛋的火鸡。只要有了钱,什么图书馆置办不出来呢？你要把图书馆换成别的资产,就很困难了。如今是信息时代,资料都储藏在光盘里,整个大英博物馆也不过是若干张碟的事。图书馆是落后的工业时代的遗物了……

他话还没说完,老师举起了新的一张卡片。他见利忘友,立刻抛开我,大喊了一声:嗨,这个我要定了,一千!

我定睛一看,他倾囊而出购买回来的是:一门精湛的技艺。

我窃笑道,你这才是游牧时代的遗物呢,整个一小农经济。

他很认真地说,我总记着老爸的话,家有千金,不如薄技在身。

我暗笑,哈,人啊,真是环境的产物。

好了,不管他人瓦上霜了,还是扫自己门前的雪吧。同桌的话也不无道理。有了足够的钱,当然可以买下图书馆或是任何光碟。

但你没有这些钱之前,你就干瞪眼。钱在前?还是图书馆在前?两者的顺序便有了原则的不同。我愿自己在两鬓油黑耳聪目明之时,就拥有一座窗明几净汗牛充栋庭院深深斗拱飞檐的图书馆。再说,光碟和图书馆哪能同日而语?我不仅想看到那些古往今来的智慧头脑留下的珍珠,还喜欢那种静谧幽深的空间和气氛,让弥漫在阳光中的纸张味道鼓胀自己的肺……这些,用钱买来的新书和光碟,仿得出来吗?正这样想着,老师举起了"图书馆",我也学同桌,破釜沉舟地大喊了一声:一千!

于是,宏大的图书馆就落到了我的手中。那一刻,虽明知是个模拟的游戏,心中还是扩散起喜悦的巨大涟漪。

拍卖一项项进行下去,场上气氛热烈。我没有参加过实战,不知真正的拍卖行是怎样的程序,但这一游戏对大家心灵的深层触动,是不言而喻的。

当老师说,游戏到此结束,教室一下静得不可思议,好像刚才闹哄哄的一干人,都吞炭为哑或羽化成仙去了。

老师接着说,有人也许会在游戏之后,思索和检视自己,产生惊讶的发现和意外的收获。有一个现象,不知大家发现没有,有三项生涯,当我开价一百元之后,没有人应拍,也就是说,不曾成交。这种卖不出去的物品,按规矩,是要收回的。但我决定还是把它们留下。也许你们想想之后,还会把它们选作自己的生涯目标。

这三项是:

1. 名垂青史

2. 和家人共度周末

3. 直言不讳的勇敢和百折不挠的真诚

同学大眼瞪小眼,刚才都只专注于购买自己的生涯,不曾注意被遗落冷淡的项目。听老师这样一说,就都默然。

我一一揣摩,在心中回答老师。

和家人共度周末。

老师别恼。不曾购买它以作自己的生涯，原因可能是多方面的。有人以为这是很平淡的事，不必把它定作目标。凡夫俗子们，估摸着自己就是不打算和家人共度周末，也没有什么地方可去。一件被迫得几乎命中注定的事，何必要选择？还有的人，是一些不愿归巢的鸟，从心眼里不打算和家人共度周末。现今只有没本事的人，才和家人共度周末。有本事的人，是专要和外人度周末的。

青史留名？

可叹现代人（当然也包括我），对史的概念已如此脆弱。仿佛站在一个修鞋摊子旁边，只在乎立等可取，只在乎急功近利。当我们连清洁的水源和绵延的绿色，都不愿给子孙留下的时候，拥挤的大脑中，如何还存得下一块森严的石壁，以反射青史遥远的回声。

勇敢和真诚？

它固然是人类曾经自豪和骄傲的源泉，但如今，怯懦和虚伪，更成了安身立命的通行证。预定了终生的勇敢和真诚，就把一把利刃悬在颅顶，需要怎样的坚忍和稳定?！我们表面的不屑，是因为骨子里的不敢。我们没有承诺勇敢的勇气，我们没有面对真诚的真诚。

游戏结束了，不曾结束的是思考。

在弥漫着世俗气息的"我"之外，以一个"孩子"的视角，重新剖析自己的价值观和生存质量，内心就有了激烈的碰撞和痛苦的反思。

在节奏纷繁的现代社会，我们一天忙得视丹成绿，很难得有这种省察自我的机会。这一瞬让我们返璞归真。

人生的重大决定，是由心规划的，像一道预先计算好的框架，等待着你的星座运行。如期改变我们的命运，请首先改变心的轨迹。

【赏析】

　　每个人生来都是出色的玩家。这个玩家用作者的话说就是：每一个成人的内心深处，都潜伏着一个爱做游戏的天真孩童。只不过随着年龄的增长，我们"成熟"地认为：游戏，那曾给我们带来无穷欢乐的东西，那只是小孩子们的专利，即使快乐又怎样？它是阶段性的。人类的悲哀啊。

　　我不知道如果毕淑敏不从事心理学研究，她是否还会参与那么多精彩的"游戏"，当然这种游戏与儿时的玩耍自有不同，它更多是一种寓教于乐式的人生体验。

　　《拍卖你的生涯》本是一个讲座，但有极强的参与性：每人得到一千元的虚拟纸币作为竞拍成本，竞拍的对象不是古玩字画，不是房屋汽车不动产，而是人的生涯——作者解释生涯就是人生的追求和事业的发展，它并非那么神秘莫测，拍卖生涯的目的就是让参与者清晰地看到自己的爱好，预测自己的生涯。

　　说实话，我曾经在一次由《信报》前总编孙瑜为某单位举行的职场潜能培训中体验过这个类似的游戏，而在这之前我是读过这篇作品的，但真正面临"竞拍"场面，仍然脸热心跳，不能自已，似乎我的一生就由这场小小的虚拟竞拍会所决定。如今回过头来重读作家的作品，那种惊心动魄仿佛再现。豪宅，巨富，美貌的妻子或英俊的丈夫，精湛的手艺，一座小岛，与情人浪迹天涯，三五个知心朋友，名垂青史，免费周游世界的机票……面对这让人心跳的诱惑，如何取舍？

　　毕淑敏曾说过："每个人的人生目标不是别人强加的，不是与生俱来的。我给自己确立一个目标：做一个幸福的人。我觉得这个幸福包括工作的幸福，我们最青春的年华是投入到工作当中的，这个工作是有意义的，包括自己的情感生活幸福，包括哺育孩子，这些都是我人生的目标和意义。"

正是因为如此的目标，她的幸福工作便注定是与这个社会息息相关的，她把通过各种渠道获得的信息进行思考，如这个拍卖生涯的游戏，她要描写的决不是游戏本身，也不是让我们放下包袱回归到儿时无拘无束地游戏的快乐，而是思索：在弥漫着世俗气息的"我"之外，以一个"孩子"的视角，重新剖析自己的价值观和生存质量，内心就有了激烈的碰撞和痛苦的反思……如期改变我们的命运，请首先改变心的轨迹。

　　能把哲理散文写到如此精彩可读，实在是作家的匠心独具。

写下你的墓志铭

　　那一年,我和朋友应邀到某大学演讲。关于题目,校方让我们自选,只要和青年的心理有关即可。朋友说,她想和学生们谈谈性与爱。这当然是一个极为重要的问题,只是公然把"性"这个词,放进演讲的大红横幅中,不知校方可会应允?变通之法是将题目定为"和大学生谈情与爱",如求诙谐幽默,也可索性就叫"和大学生谈情说爱"。思索之后,觉得科学的"性",应属光明正大范畴,正如我们的老祖宗说过的"食色性也",是人的正常需求和青年必然遭遇之事,不必遮遮掩掩。把它压抑起来,逼到晦暗和污秽之中,反倒滋生蛆虫。于是,朋友就把演讲题目定为"和大学生谈性与爱"。这期间我们也有过小小的讨论,是"性"字在前,还是"爱"字在前?商量的结果是"性"字在前。不是哗众取宠,而是觉得这样更符合人的进化本质。

　　感谢学校给予我们的信任和支持,朋友的演讲题目顺利通过了。但紧接着就是我的题目怎样与之匹配?我打趣说,既然你谈了性与爱,我就成龙配套,谈谈生与死吧。半开玩笑,不想大家听了都说"OK",就这样定了下来。

　　我就有些傻了眼。不知道当今的年轻人对"死亡"这个遥远的话题是否感兴趣?通常人们想到青年,都是和鲜花绿草黑发红颜联系在一起，与衰败颓弱委顿凄凉的老死似乎毫不相干。把这两极牵扯一处，除了冒险之外，我也对自己的能力深表怀疑。

死是一个哲学命题，有人戏说整个哲学体系，就是建立在死亡的白骨之上。我深知自己不是一个哲学家，思索死亡，主要和个人惧怕死亡有关。在我四五岁时，一次突然看到路上有人抬着棺材在走。我问大人，这个盒子里装着什么？人家答道，装了一个死人。当时我无法理解死亡，只觉得棺材很小，一个人躺在里面，蜷起身子像个蚕蛹，肯定憋得受不了……于是小小的我，产生了对死亡的惊奇和混乱。这种惊奇和混乱使我在相当一段时间内对死亡很感兴趣。我个人有着数十年从医经历，在和平年代，医生是一个和死亡有着最亲密接触的职业。无数次陪伴他人经历死亡，我不能不对这种重大变故无动于衷。还有很重要的一点，就是我十几岁就到了西藏，那里严酷的自然环境和孤寂的旷野冰川，让我像个原始人似的，思索着人从哪里来、要到哪里去这类看似渺茫的问题。

反正由于我脱口而出的一句话，演讲题目就这样定了下来，无法反悔。我只有开始准备资料。

正式演讲的时候，我心中忐忑不安。会场设在大礼堂，两千多座位满满当当，过道和讲台上都有学生席地而坐。题目沉重，我特别设计了一些互动的游戏，让大家都参与其中。

演讲一开始，我做了一个民意测验。我说大家对"死亡"这个题目是不是有兴趣，我心里没底。我不知道有多少人在看到这个题目之前，思索过死亡？

此语一出，全场寂静。然后，一只只臂膀举了起来，那一瞬，我诧异和讶然。我站在台上，可以综观全局，我看到几乎一半以上的青年人举起了手。我明白了有很多人曾经认真地想过这个问题，比我以前估计的比例要高很多。后来，我还让大家做了一个活动——书写自己的墓志铭。有几分钟的时间，整个会堂安静极了，谁要是那一刻从外面走过，会以为这是一间空室，其实数千学子正殚精竭虑思考人生。从讲台俯瞰下去（我其实很不喜欢这种高高在上的讲台，给人以压迫之感。我喜欢平等的交谈，不单在态度上，而且在地理位置上，大家也可平视。但校方说没有更合适的场地了），很多人咬着笔杆，满脸沧桑的样子。我很抱歉地想到，这个不祥的题目，让风华正茂的青年人提前——老了。

大约五分钟之后，台下的脸庞如同葵花般地仰了起来。我问："写完了吗？"

齐声回答："写完了。"

我说："好，不知有没有哪位同学，愿意走上台来，面对着老师和同学，念出自己的墓志铭？"

出现了一片海浪中的红树林。我点了几位同学，请他们依次上来。但更多的臂膀还在不屈地高举着，我只好说："这样吧，愿意上台的同学就自动地在一旁排好队。前边的同学讲完之后，你就上来念。先自我介绍一下，是哪个系哪个年级的，然后朗诵墓志铭。"

那一天，大约有几十名同学念出了他们的墓志铭，后来，因为想上台的同学太多，校方不得不出动老师进行拦阻。

这次讲演，对我的触动很大。人们常常以为，死亡是老年人才需要考虑的问题，这是误区。人生就是一个向着死亡的存在，在我们赞美生命的美丽、青春的活力的时候，我们其实就是肯定了死亡的必然和老迈的合理性。试想一下，如果没有死亡，地球上早就被恐龙霸占着，连猴子都不知在哪里哭泣，更遑论人类的繁衍！

从我们每个人一出生，生命之钟的倒计时就开始了。当我写下这些字迹的时候，我就比刚才写下题目的时刻，距离自己的死亡更近了一点。面对着我们生命有一个大限存在这样一个残酷的事实,无论是年老或年轻,都要直面它的苛刻。

现代生活节奏越来越快,我们独处的空间越来越逼仄,思索的时间越来越压缩。但死亡并不因为我们的忙碌而懈怠,它步履坚定地、持之以恒地向我们走来。现代医学把死亡用白色的帏帐包裹起来,让我们不得而知它的细节,但死亡顽强前进,它是无所不能的,没有任何力量能够抗拒它。

一个人年轻的时候就思索死亡,和他老了才思索死亡,甚至直到死到临头都不曾思索过死亡,这是完全不同的境界。知道有一个结尾在等待着我们,对生命的宝贵,对光明的求索,对人间温情的珍爱,对丑恶的摒弃和鞭挞,对虚伪的憎恶和鄙夷,都要坚定很多。

那天在礼堂的讲台上,有一段时间,我这个主讲人几乎完全被遗忘了,一个又一个年轻的生命为自己设计的墓志铭,将所有的心震撼。

有一个很腼腆的男孩子说,在他的墓志铭上将刻下——这里长眠着一位中国籍的诺贝尔奖获得者。

台下响起了热烈的掌声。我想,不管他一生是否能够真正得到这个奖,但他的决心和期望,已经足够赢得这些掌声。

一个清秀的女孩子说,她的墓志铭上将只有一行字:一位幸福的女人。

还有一个男生说,他的墓志铭上会写着——我笑过,我爱过,我活过……

这些年轻的生命,因为思索死亡而带给了自己和更多人力量。

无数生命的演变,才有了我们的个体。在这一点上,我们不单要感谢我们的父母,而且要感谢我们的祖先,感谢地球,感谢进化所走过的漫漫历程。当我们有了生命之后,我们在性的基础之上,繁衍出了爱。爱情是独属于人类的精神瑰宝,它已从单纯的生殖

沈从文的墓志铭："照我思索,能理解我;照我思索,可认识人。"

目的,变成了两性身心融合的最高境地。然而在这一切之上,横亘着死亡。死亡击打着生命,催促着生命,使我们必须审视生命的意义。

后来,我还在一些场合作过相关的演说。我在这里抄录一些年轻人留下的墓志铭,他们让我进一步认识到了,讨论死亡对于一个健康心理的建设是多么重要。

"这里安息着一个女子,她了结了她人生的愿望,去了另外的世界,但在这里永生。她的一生是幸福的一生,快乐的一生,也是奉献的一生,无憾的一生。虽然她长眠在这里,但她永远活着,看着活着的人们的眼睛。"

"高尚是高尚者的通行证。"

"我不是一颗流星。"

"生是死的开端,死是生的延续。如果我五十岁后死去,我会忠孝两全。为祖国尽忠,为父母尽孝。如果我五年后死去,我将会为理想而奋斗。如果我五个月后死去,我将以最无私的爱善待我的亲人和朋友。如果我五天后死去,我将回顾我酸甜苦辣的人生。如果我五秒钟后死去,我将向周围所有的人祝福。"

怎么样? 很棒,是不是?

按照哲学家们的看法,死亡的发现是个体意识走向成熟的必然阶段。一个人的心理健康,更是和他的生命观念、死亡观念息息相关。你不能设想一个对自己没有长远规划的人,会有坚定健全慈爱的心理。如果说在以上有关死亡的讨论中,我对此还有什么遗憾的话,就是年轻人普遍把自己的生命时间定得比较短。常有人说,我可不喜欢自己活太大的年纪,到了四五十岁就差不多了。包括现在有些很有成就的业界精英,撰文说自己三十五岁就退休,然后玩乐。因为太疲累,说说气话,是可以理解的。但认真地策划自己的一生,还是要把生命的时间定得更长远一些,活得更从容,面对死亡的限制,把自己的一生渲染得瑰丽多彩。

【赏析】

王蒙《不成样子的怀念》一书中收录了他三十余篇写师友的文章,其中一篇写到毕淑敏,题为《毕淑敏——作家——医生》,王蒙自言:写人的时候我带着几分二愣子劲儿,因为吾爱吾师吾友,吾更爱真理。写毕淑敏的开篇果然带着几分"二愣子"劲儿:

"如果她的署名是阿咪、狂姐、原水爆或者荷兰豆,也许我早就读过她的作品了。然而她的名字是毕淑敏,这名字普通得如——对不起——任何一个街道妇女。我真的不知道世界上还有这样规规矩矩的作家与文学之路。我本来以为新涌现出来的作家都可能是怀才不遇、牢骚满腹、刺儿头反骨、不敬父母(而且还要审父)、不服师长、不屑学业、嘲笑文凭、突破颠覆、艰深费解、与世难谐、大话爆破、呻吟颤抖、充满了智慧的痛苦、天才的孤独、哲人的憔悴、冲锋队员的血性暴烈或者安定医院住院病人的忧郁兼躁狂的伟人——怪物。毕淑敏则不是这样。她太正常，太善良，甚至是太听话了……"

太正常，太善良，甚至是太听话了，确实如王蒙大叔所言，当了作家的毕淑敏也没有忘记治病救人，只不过与用手术刀救治人的身体不同的是，她用笔救治的是人的灵魂，"她有一种把对人的关怀和热情悲悯化为冷静的处方的集道德、文学、科学于一体的思维方式、写作方式与行为方式。所以就更显得毕淑敏的正常、善意、祥和、冷静乃至循规蹈矩的难能可贵"。

《写下你的墓志铭》足以体现作家对待人生的冷静与周全，之所以要向年轻的大学生们讲到死亡，要他们写下自己的墓志铭，是因为"一个人年轻的时候就思索死亡，和他老了才思索死亡，甚至直到死到临头都不曾思索过死亡，这是完全不同的境界。知道有一个结尾在等待着我们，对生命的宝贵，对光明的求索，对人间温暖的珍爱，对丑恶的摒弃和鞭挞，对虚伪的憎恶和鄙夷，都要坚定得多"。我曾问过毕淑敏，如果要你来写，你的墓志铭又是怎样的？她微微一笑："我会写：这里埋葬着一个女儿、妻子、母亲，一个医生、作家、心理咨询师。——以上都是我所热爱的职业。"

善意与冷静，像孪生姐妹一样时刻跟随着毕淑敏的笔端。可见，王蒙是了解毕淑敏的。

热 爱 说 话

RE AI SHUO HUA

　　和果的对话,非常轻松。她像是一架话语永动机,不待你发问,就把你想知道的问题都说了出来,甚至比你预计得更要清晰明白。

　　你说,中国汉字里,使用频率最高的偏旁部首是哪个? 这是果对我说的第一句话。

　　果的身份是一家中外合资的商场董事长,雇用着外方的总经理,一言九鼎,威名赫赫。在果的那座身披玻璃幕墙、金碧辉煌玲珑剔透的大厦里参观时,你不由自主地会想像它的最高领导人可能是位女王。但此刻的果,安静而有学究气,好像是在大学的小组讨论会上。

　　我不好意思地说,别看天天和汉字打交道,还真没这个研究。可能是"提手"旁吧。记得学《诗经》的时候,老师曾说过,那时诗里就有数十个有关手的动词。再说我们这个民族是崇尚行动尊重实干的,"提手"应该最多。我回答。

　　错。字典里,"口"字旁和"言"字旁的字加起来,构成了中国汉字部首类里最庞大的家族。果非常肯定地说。

　　这证明,说话是人生中非常重要的一件事,我们的古人早就发现了这条真理,所以才创造出这么多形容说话的词语。在科学不发达的古代，"说"都傲视群雄，到了现代，信息大爆炸，说话就更具有了凌驾一切的力量。

我说的"说话"，是一个广义的概念，包括文字。更宽泛地讲，等同信息之意。比如我们两个坐在这里说话，就是传达彼此隔膜的信息。美国总统在派出特使执行重要公务的时候，最后一个程序就是两人促膝交谈，以便让特使最大限度地正确把握总统的思想……这说明谈话是多么要紧的事情。

我热爱谈话。果一字一句地说。

我有些吃惊，虽然我不拒绝谈话，但好像还是第一次听到热爱谈话。果不理会我的惊讶，按照自己的思路侃侃而谈。

一般来说，服从性强地位比较低下的人，多半意识不到谈话的重要性，因为他更多的是一个执行者，别人说什么，他跟着做就是了，语言好像是多余的。在中国的传统文化里，特别强调"君子讷于言而敏于行"，我觉得那是一种上智下愚的思想残余。你若是想让自己智慧起来，并表达这种智慧，让自己的智慧影响更多的人，你必须学会发展、整理、沟通萌芽状态的思想，最简便易行、行之有效的方法就是说话。我给你举一个例子，商场合资以后，外方有许多新的措施，大多数是干了几十年老商业的人，闻所未闻的招数，很多人接受不了。我就把所有中层以上的干部用车拉到一处风景胜地，有美丽的草坪和湖水。我在草坪的中央摆起三张桌子，下面聚了一帮身强力壮的小伙子。大家不知我什么意思，说董事长是不是要我们耍杂技啊？我爬上桌子，站在上面，对大家说，现在，我要背对着大家头朝下地栽下去，下面的警卫战士会接住我……高度只有两米多，接应绝无问题，现在你们看着我操作……说完以后，我就义无反顾地一个倒栽葱折了下来，战士把我接住，一切正常。我对大家说，现在，每个人把我刚才的动作重复一遍吧。最先走上桌子的，是我方的副总，他年纪比较大了，腿脚哆嗦，求告我说,我老胳膊老腿的,就免了吧。要不你就撤掉一张桌子,把高度降点。再不然,我脸朝前往下跳,眼睛看着下面,万一出点纰漏,我还能有个自卫动作。千万别让我后脑勺对着地,行不行啊?我说,不成。这项操作是安全的,我已经亲身试验了几十次,绝无问题。它就像我们商场就要施行的改革措施,是有把握的。我们不能因为自己以前没有尝试过,就没有勇气去实践。现在我决定,凡是有魄力从这几张桌子上背着身子跳下来的人,就继续留在商场工作。其他的人,请自动离开。我把话说到这个份上,副总还真是好样的,眼一闭,就栽了下来,挺顺利的。后面的人大多数很勇敢,也有个别的,战战兢兢老半天,紫涨着脸总是没动作。我就平静地对他说,你也不必勉强自己,我们马上要进行的改革力度很大,你连这种确有把握的事都做不了,何谈其他?留下来合作是不会愉快的……这次草坪会议以后,那些因循守旧的人走了,改革就大刀阔斧地进行了。

有一个青工,与顾客争吵,还扇了对方一个大嘴巴,我当然不能放过,给了他降级处分和罚款。他不服,扬言要杀我。一天,他举着个沉重的泡沫灭火器,像抢着火药筒,在商场里乱窜,说要灭掉我。大伙都劝我赶快躲躲,说这种亡命之徒什么事都干得出来。我说,把他请到我办公室来,我要和他好好谈谈。大家说你就不怕出事?我说,我一个当领导的,被这样的事吓住,以后没法工作了,这才是最大的事呢!

那个青工来了,把灭火器立在我的写字台上,说你不怕死在这屋里?我说,你杀了我,你不值啊!他惊奇道,你是大名鼎鼎的董事长,我不过是小小老百姓,你的命比我值钱多了。我说你听我算一笔账。我是董事长,不管你的事,我也照常拿我的那份钱,可见我要处分你,是为了钱以外的东西。我明知你要杀我,还把你叫到我的办公室来,并且把左右的人都打发开了,你要动手,现在就是绝好的机会，这说明我不怕死。一个人不为钱不怕死，按你的分析，就一定是为了名了。我死在你的灭火器下，成了当然的烈士，登报扬名，万人瞻仰，后代光荣，那是不必说的了。而你是杀人凶手，万人唾骂，将被处以极刑，父母家人跟着受连累，也是千真万确的事情。你本是恨我，反倒成全了我，你考虑考虑，是不是不合算啊？再者，我判断你不是真心要杀我。真要杀人，为了保证成功率，自然是要被杀的人毫无警觉才好，这就是兵法上的出其不意，攻其不备。像你这样嚷嚷得满天下知晓，哪里是要杀人，不过是恫吓。当然我不排除你的铤而走险，但主要是想把我吓得收回成命，恢复你原有的级别，不罚你，你骨子里想的是尊严和钱的问题。爱面子想挣钱，这是好愿望。只要努力工作，在一个奖惩严明效益优异的商场，机会有的是。但钱和光荣不是从天上掉下来的，是顾客送给我们的。你把顾客打走了，砸了大家的饭碗，却还要抢着和大家吃一样多的饭，那就连乞讨都不如。如果你想挣更多的钱，你必须干得比别人更好，这才是正道。青工长久地说不出话来，过了半天才吭吭哧哧地说，如果我干得好呢……我说，你放心，罚得严厉，奖得必也豪气。希望有一天，还是在这间办公室，我把精神奖励和物质奖励一道交到你手里。当那个青工耷拉着头，抱着灭火器从我的办公室走掉以后，竖着耳朵倾听这屋里动静的人们纷纷跑出来说，董事长，你靠什么化干戈为玉帛？他一路吵嚷，怎么进了你的房门就一声不吭？是不是你会一手美人拳，点了他的哑穴？我说，靠舌头，靠说话啊。世上无数的流血事件，因为误会而生。错误、失误的"误"，偏旁是"言"而不是"心"，很多时候是话没有说到点子上，心灵因此隔膜。

最困难的谈话是和外方总经理。圣诞节快到了，这些年西风东渐，国人也慢慢重视起这个洋节来。商场的舶来品较多，年底成了销售的黄金季节。恰在此时，那老外递上一纸报告，说要回欧洲与家人团聚,共度圣诞。我毫不迟疑地回答他:NO! 老外拿来一册他们国家出的日历,指着 12 月 25 日的红色数字说,这是法定假日,如果不让他休假,就是侵犯人权,他要控告我。我说,那在您的国家里,是否到了圣诞节,所有的商家一律关门大吉,回家围着圣诞树跳舞? 这回轮到他连连说 NO 了,告诉我圣诞节是一年当中最大的销售高峰,有许多促销的手段要实施。我说,那您为什么要从工作岗位上向后转呢? 老外回答,因为这是在中国,你们与这个世界性的节日无缘,商厦由中国人单独上班就行了。我拿出一本中国出的挂历,指着一个日子对他说,您知道这是什么日子吗? 老外看了半天,直把浅蓝色的眼珠瞪成了深蓝,也没弄明白,喃喃地说,它靠近情人节的日期,但我真的不明白它有什么独特的意义。我说,先生,请您清醒地记住它。因为在这个日子和它之后的四天里,您将单独在这座数万平方米的商厦里值班售货……外方总经理急白了脸,说,果董事长,你就是报复我,也不能用商厦的利益做筹码。整整五天,你知道它是什么概念吗? 无论对你还是对我的国家来说,那都是成吨的金钱啊! 我说,尊敬的先生,让我告诉您,那个日子是中国的春节,中华民族最重要的节日。按照您的逻辑,商厦里所有的中国人都应该回家休假包饺子,否则就是侵犯人权。当然应该由您这样的外国人单独上班了。至于利润,让它见鬼去吧!

老外哭笑不得,只得答应坚守岗位。他对我说的最后一句话是,你知道我是谁? 你是否把我当成了你们的共产党? 我回答他,我当然知道您是谁。您是总经理,是受雇于董事长的,您很明智地表示服从,这很好。如果您执意不肯,我就要行使命令权或是罢免权了。顺便说一句,要是共产党员遇到这种事,我一句话都不必说,他们知道自己该怎样办。

果的故事,一个个说下去,每一个都很有趣,只是她的声音渐渐嘶哑。我说,休息一下吧。果说,说话就是调整脑筋,一个原本不很清晰的概念,在你描述它的过程当中,它就像花瓣一样盛开了,散发出芳香。有质量的说话当然很累,因为它是思想的结晶。我认识一位著名的戏剧演员,平时很少吭声,口渴了,也只是写一个"水"字的纸条递给别人,就是为了把胸中之气积攒起来,到了舞台上音韵洪亮直冲霄汉绕梁三日。

我说,有一句古话:日言百句,其气自伤。

果说,生命的过程就像是一盘磁带,录满我们每个人的话语。若生命结束的时候,听到自己一生所说过的话,有用的比没有用的多,那就是无悔的人生了。

【赏析】

先发问,再解答,后说理,这似乎是毕氏散文的有趣模式之一。发问,那枚小小的问号像一枚带着诱饵的鱼钩,钩出我们的欲望;解答,是让你有进一步的"愿闻其详"的欲罢不能;说理,则用一则则具体的故事作铺垫,引领着读者一步步走向作者早就得出的结论。

说话要怎样热爱法?中国人向来提倡"君子讷于言而敏于行",西方人也有对比句"语言的巨人行动的矮子"来表达对夸夸其谈者的讥讽。本篇的提问是借女友——一位一言九鼎的商场董事长之口提出来的:中国汉字里,使用频率最高的偏旁部首是哪个?待这位自称热爱谈话的女友说出是口字旁与言字旁后,还强调:"你若是想让自己智慧起来,并表达这种智慧,让自己的智慧影响更多的人,你必须学会发展、整理、沟通萌芽状态的思想,最简便易行、行之有效的方法就是说话。"

女友随后用三个故事为自己热爱说话做论证:先是描述了一次从高处背对人群往下跳的拓展训练细节,再是讲到一个青工不满处罚抱着灭火器冲进她办公室要杀人的惊险,最后讲一个想脱岗回家过圣诞节的外方总经理最终坚守岗位的插曲,三者看似不相干,共同的解决之道是"说话"。虽然是借女友之口,三个"说话"场面仍被写得传神入微。

靠说话来赢得认可、功名,甚至赢得和平稳定,我国古自有之,如苏秦就以舌辩之才而相六国,成为战国纵横家的首要人物,东方六国在苏秦的倡议之下,结成统一的抗秦联盟。

"生命的过程就像一盘磁带,录满我们每个人的话语。若生命结束的时候,听到自己一生所说过的话,有用的比没有用的多,那就是无悔的人生了。"这,才是作者最想说的话。

像 烟 灰 一 样 松 散

XIANG YAN HUI YI YANG SONG SAN

　　觉得射击这个运动挺有意思。在现实生活中极具杀伤力的举动,在运动场上却是很平和的。你可以根本不知道你的对手是谁,不知道他打了多少环。你只是和你自己作斗争,你要最大范畴地调动你自己的能力,打出你的好成绩。当然,最终的比分要在对比中产生,但你最主要的对手始终是你自己。

　　有时候想,如果六十发子弹,打出了六百环的世界纪录,那么,这项赛事还要不要继续比试下去了? 答案可能是——还要。因为除了准确以外,还有快速。

　　记得我当新兵实弹射击,九发子弹打了八十一环,勉勉强强算个优秀。我第一发子弹就打偏了,是个七环。打完后看到靶纸,那个七环的位置,正好是在人像头部太阳穴附近,我说,哎呀,我这枪法尚可嘛,这一枪打过去,便可以致敌死命,为什么只给七环? 连长说,你瞄的是哪里? 我说,是胸膛。连长说,你瞄的是胸,却打到了脑门上,给你个七环就不错了。

　　近年结识了一位警察朋友,好枪法。不单单在射击场上百发百中,更在解救人质的现场,次次百步穿杨。当然了,这个杨不是杨树的杨,而是匪徒的代称。我问他从哪里来的这份神功,他所答非所问说,我从来不参加我学生的葬礼。我以为他是怕伤感。由于枪法出众,很多人向他学习,在射击这一行上,也是桃李满天下了。我自以为是地说,参加自己学生的葬礼,就有了白发人送黑发人的凄楚吧。他听了我的猜测,很不屑地说,不是那个意思。你既然当了我的学生,就不应当死在歹徒的枪下,所以,我不参加学生的葬礼,原因有二:一是他们之中至今还一个都不曾死;二是如果他们死了,就不是一个好射手,我不认他做学生。

我笑说,以我的枪法,肯定在第一枪的时候就被杨树打死了,于是我向他请教射击的要领。他说,很简单,就是极端的平静。我说这个要领所有打枪的人都知道,可是做不到。他说,记住,你要像烟灰一样松散。只有放松,全部潜在的能量才会释放出来,协同你达到完美。

他的话我似懂非懂,但从此我开始注意以前忽略了的烟灰。烟灰,尤其是那些优质香烟燃烧后的烟灰,非常松散,几乎没有重量和姿态,真一个大象无形。它们懒洋洋地趴在那里,好像在冬眠。其实,在烟灰的内部,栖息着高度警觉和机敏的鸟群,任何一阵微风掠过,哪怕只是极清淡的叹息,它们都会不失时机地腾空而起驭风而行。它们的力量来自放松,来自一种飘扬的本能。这些本身没有结构,没有动力,可以说是微不足道的粉末,在某一个瞬间却驾驭能量,飞向远方。

松散的反面是紧张。几乎每个人都有过由于紧张而惨败的经历。比如,考试的时候,全身肌肉僵直,心跳得好像无数个小炸弹在身体的深浅部位依次爆破,手指发抖头冒虚汗,原本记得滚瓜烂熟的知识,改头换面潜藏起来,原本泾渭分明的答案变得似是而非,泥鳅一样滑走……考工面试的时候,要么扭扭捏捏不够大方,无法表现自己的真实实力,要么口若悬河躁动不安,拿捏不准问题的实质,只得用不停的述说掩饰自己的紧张,适得其反……比如约会朋友本想讲出自己情感的关键词汇,不料面红耳赤嘴笨得像棉

毕淑敏散文精品赏析

裤腰,闹出误会贻误了终身的幸福……嗨,恕我就不一一列举悲惨的例子了,相信每个人都储存了一大堆这类不堪回首的往事。

原因清楚了,就是因为紧张。这几日看歌手大奖赛的素质考核,有的问题真是很简单,我相信歌手如果不紧张,是一定可以回答出来的,可排解不掉的紧张毁了他。频频听到那位笑容可掬的考官说:你是太紧张了,如果你放松一点,就好了,就可以回答出来了。

谁都知道放松,可又有几个人能够收放自如?于是种种研究放松的方法层出不穷,但越来越多的人依然生活在紧张之中。社会是紧张的,节奏是紧张的,生活是紧张的,对话是紧张的,步伐是紧张的……现代的人们在紧张中已然迷失得太久,忘记了放松是一份怎样的惬意。

放松其实不仅仅是惬意,更是一种智慧高度发达的表现。伟大的弗洛伊德最重要的发现,是找到了我们灵魂的地下室,那就是强大的潜意识。你不仅是在清醒的理智的状态下意识到的那个你,你更是祖先无数经验的整合,你的肌肉你的神经,你的牙齿你的骨骼,你的感官你的血脉,都有源远流长的记忆和潜能。它们是谦逊和寂寞的,如果你强大的理性君临一切,它们就卑微地匍匐着,暗哑了自己的声音。只有在高度放松的时刻,注意啊,这种放松可不是放任不管,而是一种运筹帷幄的淡定,是一种对自我高度信任的沉静。大智若愚无为而治,你的潜能就秣马厉兵地活跃起来。它们默契地配合着,如同最精准的仪器,迅速地整合模糊混乱的信息,去粗取精去伪存真,风驰电掣地得出一个最佳的组合,然后不由分说地付诸实施。

于是我明白了,我的警察朋友在瞄准杨树的时候,就是处在这样的幽远而辽阔的松弛之中——烟灰一样松散。不久,我给他找了个有异曲同工之妙的伙伴。

德国最近发生了一桩血案。一个十九岁的小伙子,2001年没能通过毕业考试而留级一年,2002年2月,因为伪造医生的假条以逃避期末考试,被校方发现,把他开除了。他满腔怒火,一心要报复学校。4月26日上午,他戴着恐怖的面具,一手握一支手枪,一手拎着连发猎枪,闯进学校,见人就打,主要是瞄准老师,他觉得是他们让他蒙受了羞辱。在二十分钟的疯狂射击中,他的手枪共打出了四十发子弹,将十七人打死,其中有十三名老师。他还有大量的子弹,足够把数百人送进坟墓。这时候,他的历史老师海泽先生走过来,抓住他的衬衣,试图同他说话。这个血洗了母校的学生认出了他的老师,他摘掉了自己的面具。海泽先生叫着他的名字说,罗伯特,扣动你的扳机吧。如果你现在向我射击,那就看着我的眼睛!那个杀人杀红了眼的学生,盯着海泽先生看了一会儿,缓缓地放下了手枪,说,先生,我今天已经足够了。

　　后来海泽先生把凶手推进了一间教室,猛地关上了门,上了锁。此后不久,凶手在教室里饮弹自杀。

　　这是另一个有关射击的故事,凶险而血腥。我惊讶于那位海泽先生的勇敢,更惊讶于他在那种千钧一发之时所说的话。

　　请看着我的眼睛扣动扳机。海泽先生对自己的眼光,一定有着充分的自信。在手无寸铁的情况下,他使用了自己的眼光。如果是我,可能会躲起来,即便是站出来阻止,也会挥舞着门板或是桌椅之类的物件……总之,我可能会有一千种方式,但我想不到会说——请你看着我的眼睛。

　　我猜这是海泽先生常说的一句话。在课堂上,在校园里。在万分危急的时刻,海泽先生不是说教也不声色俱厉,只是轻轻地说了一句在课堂上常说的话。正是这句话,唤起了凶手残存的最后一丝良知,停止了暴行。海泽先生像烟灰一样松散的话语,让整整一校的无辜师生免了肝脑涂地。

在最危急的时刻，能保持极端的放松，不是一种技术，而是一种修养，是一种长期潜移默化修炼提升的结果。我们常常说，某人胜就胜在心理上，或是说某人败就败在心理上。这其中的差距不是在理性上，而是这种心灵张弛的韧性上。

没事的时候，看看烟灰吧。它们曾经是火焰，燃烧过沸腾过，但它们此刻很安静了。它们毫不张扬地聚精会神地等待着下一次的乘风而起，携带着全部的能量，抵达阳光能到达的任何地方。

放松不仅仅是生活的常态，更是物种进化的链条。人们啊，需要常常提醒自己，像烟灰一样放松。放松不是无所事事，不是听天由命，不是随波逐流。放松是一种高度的自信，放松是一种磨炼之后的整合，放松是举重若轻玉树临风。当你放松的时候，你所有的岁月和经验，你的勇气和智慧，便都厉兵秣马集合在你内心，情绪就会安然从容，勇气就会源源不断。你不一定能胜利，但你能竭尽全力去参与过程。

【赏析】

好的散文就是一首不依韵脚也和谐优美的诗，此篇就用诗一般的标题诗一般的描述讲到了一个颇有诗意的生命状态：放松。

说放松，首先却讲到让人紧张的射击，看似南辕北辙，实则有其深意：一个有着百步穿杨的射击功夫的警察称自己从不参加自己学生的葬礼，原因有二：一是他们中至今还一个都不曾死，二是如果他们死了，就不是一个好射手，我不认他做学生。作者向自信的警察请教射击要领，他答曰就是极端的平静，记住，你要像烟灰一样松散。只有放松，全部的潜能才会释放出来。

像烟灰一样松散，这不失为一个诗人的语言。作者的语言在此相当精彩：

"烟灰，尤其是那些优质香烟燃烧后的烟灰，非常松散，几乎没有重量和姿态，真一个大象无形。它们懒洋洋地趴在那里，好像在冬眠。其实，在烟灰的内部，栖息着高度警觉和机敏的鸟群，任何一阵微风掠过，哪怕只是极清淡的叹息，它们都会不失时机地腾空而起驭风而行。它们的力量来自放松，来自一种飘扬的本能。这些本身没有结构，没有动力，可以说是微不足道的粉末，在某一个瞬间却驾驭能量，飞向远方。"

毕氏散文在一般人眼中是平淡如水是波澜不惊的，却又是令人击节叹息的："此等感觉我怎么一点不缺，可就是写不出来？"除了对理性思想的梳理，其细腻生动的文字功底不容忽略。

通过列举与放松相反的情绪紧张的生活细节，作者得出结论，放松其实不仅仅是惬意，更是一种智慧高度发达的表现。"你不仅是在清醒的理智的状态下意识到的那个'你'，你更是祖先无数经验的整合，你的肌肉你的神经，你的牙齿你的骨骼，你的感官你的血脉，都有源远流长的记忆和潜能。它们是谦逊和寂寞的，如果你强大的理性君临一切，它们就卑微地匍匐着，喑哑了自己的声音。只有在高度放松的时刻，你的潜能就秣马厉兵地活跃起来。它们默契地配合着，如同最精准的仪器，迅速地整合模糊混乱的信息，去粗取精去伪存真，风驰电掣地得出一个最佳的组合，然后不由分说地付诸实施……"

为了让论据更充分，作者又补叙德国的一起校园枪案："海泽先生像烟灰一样松散的话语，让整整一校的无辜师生免了肝脑涂地。"这让自己及时善意的提醒更贴近生活与时代。

紧　张

JIN ZHANG

　　一个有趣的游戏。两人一组,其中一人会拿到一些纸条,上面写着字——都是人们常有的一些情绪,比如高兴、漠不关心、嫉妒、疲倦已极等等。

　　拿到纸条的人,要按照纸条上的指示,做出相应的表情和行动,让另外的那个人猜。

　　例如,甲人看了看手中的纸条上的字迹,沉思片刻后开始表演。先是豹眼圆睁,辅以一个箭步上前,右手揪住假想中的某人脖领,同时挥出弧度漂亮的左勾拳,击中那人腮帮……

　　乙人在目睹了甲人的表情和行动以后,也沉思片刻。然后大声说出他解读出的对方情绪——"愤怒"。

　　甲人颔首道,基本正确。不过,我手中的纸条上写的是:"狂怒"。

　　乙人说,嗨! 如果是"狂",你的这个表达等级,味道尚欠浓烈。倘若换我,一般的愤怒,就已达到这个档次。真到了狂怒阶段,还要加上怒发冲冠拳打脚踢暴跳如雷虎啸龙吟……

　　这个小游戏,说明人和人之间,并不是很容易沟通的。人们通常按照自己表达情绪的方式,来理解他人。

　　但人和人之间,仍是可以沟通的。需要语言的帮助和长久的磨合。程度差异很大。可以一叶知秋，也可落英缤纷。

我很喜欢玩这个游戏，可以更深刻地感知他人的内心，察觉人群的异同。正是这种无休无止的差异，造成了人的丰富多彩和无数悲欢离合。

某次，我遇到了一位有趣的合作者。他是一位老板。

拿了字条开始表演。目光炯炯，眉头紧皱，身板僵直，双手攥拳……

我绕着他走了三圈，思索不出他这番表演的内涵，求助道，你能不能示意得再明确些？

他是个好商量的人。思忖片刻后，加上了一个表情：嘴角紧抿……

我还是百思不得其解，只得求饶道：猜不出猜不出。我投降，快告诉我底牌吧。

他把纸条伸给我，上面写着——焦虑。

想想，也有道理。某些人焦虑的时候，就是这副沉闷苦恼的模样。

第二轮测验开始。他看了一眼手中新的纸条，开始表演：目光炯炯，眉头紧皱，身板僵直，双手攥拳……

我丧气地说，不行。再具体些。

他就又加了一个表情——嘴角紧抿……

天啊，我一筹莫展。甚至想，这一堆测验的纸条里，不会有两张"焦虑"吧？

我说，完了。我弱智了。请你告诉我吧。

他把手心摊开，我看到了谜底：沮丧。

沮丧是这个样子的吗？我不服气地说，你的表演有问题，沮丧的时候，目光通常是低垂的。

但是，我沮丧的时候，就是如此，聚精会神的。他很诚恳地说。

我只得服输。是啊,你不能否认有些人虽败犹荣,屡败屡战,永远目光如炬。

　　再一次轮到他表演的时候,我格外地当心。看到他拿了纸条,踌躇了一下,然后胸有成竹地开始演示。

　　目光炯炯,眉头紧皱,身板僵直,双手攥拳……

　　看到我茫然愁苦的模样,他善解人意地加上了一个补充动作——紧抿嘴角……

　　我极快地调侃道,干脆杀了我。我无法破译你的密码。

　　轮到他吃惊,说,我有那么神秘吗? 其实,这一次,我表达的是一种很平和的情绪——"安静"!

　　我几乎昏了过去,说,你的大驾尊容,居然能称得上安静? 我想,当你自以为安静的时候,周边的人,绝不敢打扰你。

　　说者无心,听者有意。他静默了片刻,一拍大腿说,喔,你这样一讲,我就明白了,为什么我以为自己很慈祥的时候,大家依然说我严厉……

　　那是一次令人难忘的游戏,它的结尾有些苦涩的味道。因为我的这位朋友,无论他拿到写着怎样字迹的纸条,他的表情都像一个模子里扣出来的。目光炯炯……嘴角紧抿……甚至当"爱情"出现的时候,他也如此刻板和冷峻。

　　我问他,你成家了吗?

　　他说,成了。但是,又散了。

　　我说,还打算成吗?

　　他说,暂时没有打算。

　　我说,没有了好。

　　他说,你为什么这样说?

　　我说,我的意思是,你若不把表情修改一下,即使有了女朋友,也会莫名其妙地走开。

我后来同这位老板，详细地探讨了他的表情。他说，我一个当老板的，哪能事事都流露在面上，让人看个透明？我这是深沉。

我说，表情的僵化和不动声色，并不能画等号。对家人和对谈判对手，哪能一样？周恩来可算是大家，他的表情就丰富得很，并非整天板着阶级斗争脸。咱们常常羡慕外国的老板当得潇洒，其中重要一条——就是他们真实。当怒则怒，当喜则喜。况且，老板也是人，也有七情六欲。事业做得好，人也要活得自然自在。

后来，我和这位老板进行了比较深入的谈话，才明白在他那千篇一律的面具之后，准确地说，既不是焦虑，也不是沮丧，当然更不是安静，而是——紧张。

紧张，是现代人逃脱不掉的伴侣。

紧张的时候，我们的心跳加快，瞳孔睁大，呼吸急促，血流湍急……我们的思索急迫而锋利，我们的行动敏捷而有力。

紧张这个词，很多年以前，被写进一所著名大学的校训。我想，那时它一定是有的放矢，有着历史的必然和辉煌的功绩。

时代在发展，如今，当我们不再从战火和铁血的角度，看待紧张的时候，紧张就有了更多探讨的意义。

短时间的紧张，很好，会使我们焕发出非凡的爆发力。不过，世界上的事情，一蹴而就的，肯定有，但终是有限。大量的成功，孕育在日积月累的跋涉中。紧张是一百米短跑，成长则是马拉松比赛。长久的紧张，如同长久的鞭策一样，是不能持久的。它会导致反应的迟钝。紧张可以应对一时，紧张却无法达到永恒。

紧张是一种无休止的激动，是一种没有间歇的高亢，是一种针插不进水泼不进的致密，是一种应急和应激的全力以赴。

你见过没有起落的江河吗？你听过没有顿挫的乐曲吗？你爬过没有沟崖的山峦吗？你走过没有悲喜的人生吗？

紧张是面具。紧张的下面，潜伏着怎样的暗流？换句话说，什么导致我们长久僵硬的紧张？

紧张的人，思维是直线而不是发散的，因为他的注意力太集中了，心就无旁骛。当我们的视野中只有一个目标的时候，它是收束和狭窄的（不是指远大的唯一的目标，是指运筹帷幄的策略）。我们的显意识之下，是辽阔的潜意识。当紧张的时候，理智和经验就占据了上风，而人类在长久的进化中所积累的本体感觉，被抑制和忽略。所以，紧张的人，很容易累。因为他是在用百分之五的能力，负载着百分之百甚至更高的压力，怎么能集思广益化险为夷呢？

紧张的人，其实是不安全的。他处于风声鹤唳之中，对自己的位置和处境，有深深的忧虑。他大张着自己所有的感官——眼睛瞪着，耳朵开放，手脚绷紧，呼吸也是浅而快的……他的全身就像一架打开的雷达，侦察着周围的一草一木。

他因袭着以往的重担，关注着周围的一举一动，他无法平和地看待他人和看待自己。紧张的人，睡眠通常不良。因为在睡梦中，他也不由自主地睁着半只眼睛。

打个比喻。什么动物最易于紧张呢？通常一下子就会想起老鼠兔子麻雀之类的，大都是弱小的谨慎的没有强大的防御能力的生灵。如果是老虎狮子大象甚至蟒蛇，我们想起它们的时候，可以是觉得它们或懒洋洋或佯装安宁，但我们不会浮现出它们是紧张的这样一个印象。在突袭猎物的时候，它们快则快矣，狠则狠矣，你可以痛恨它，但它依然是从容和大智若愚。它们不紧张。

再举南极洲的企鹅为例。这些穿西服的鸟们，似乎也没有伶牙俐齿可供攻伐猎物与保障自身，胖墩墩的战斗力不强，但是，它们毫无疑义地不紧张。这次，不是来自它们自身的强大，而是没有人类的迫害和袭扰，它们尚不知紧张为何物。

所以，紧张不是强大，只是懦弱的一件涂着迷彩的旧风衣。

紧张往往使我们看问题的角度趋向负面。因为不安全,所以防御感强,假如判断不清的时候,首先断定对方是有敌意和杀伤力的,考虑自己怎样防卫怎样规避怎样逃脱……紧张会使我们误会了朋友的友谊,曲解了爱情的试探,加深了创伤的痛楚,减缓了复原的时机。在紧张的时刻,决定往往是短期和激烈的。

　　紧张的时候,我们无法清晰地聆听到他人真实的声音。我们自身澎湃的血流,主导了我们的听觉。我们看到的可能并非真实的世界,因为自身的目光已经有了某种先入的景象。我们无法虚怀若谷地接纳他人的意见,因为自己的念头依然盘踞在心。我们难以深刻地反省局限,因为注意力全然集中对外,内心演出了一场空城计……紧张就如同凹凸镜一般,变形了真实的世界,让我们进入高度的备战状态。

　　紧张的人,很难和别人和睦相处。紧张的人,通常落落寡合慎言忧郁。紧张的人,孤独寂寞。他们可以置身于灯红酒绿车水马龙当中,好似应者云集,但他们的心,多疑多虑,挛缩成一块石头。

　　人们很推崇的一个词——大将风度。我以为其中极重要的组成部分,就是不紧张。每一行真正的高手,几乎都是举重若轻温柔淡定的。草船借箭诸葛空城,功夫在诗外。无论形势多么危急,他们成竹在胸。无论己方多么孤立,他们胜券在握。哪怕局面间不容发,他们眼观六路,耳听八方。

　　大将不紧张。

【赏析】

　　同样是说心理问题,这篇就更接近作家的医学范畴。"紧张",直截了当的两个字,读着都让人不舒服,因为我们都有过紧张的不快感,都体会过紧张带给我们的负面影响。有句经典的笑话,就是说一个人上台发言,紧张得不知手该往哪儿放,上来第一句话就是

"大家好,我叫不紧张"。可见紧张无处不在,无时不在。

从北师大心理学系毕业后,毕淑敏开了自己的心理诊所,她曾说过,自从介入了心理学的工作以来,自己与过去相比,"我现在对人是越来越尊重了,再也不敢有丝毫的骄傲和浮华。每一个人都是如此的宝贵和特异,他们内在的世界都是那样丰富和幽深"。同样,毕淑敏也越来越学会了放松,作品也以轻松见长,尤其是心理学方面的作品更是以各类有趣的游戏为切入点,让人们在轻松可行的小游戏中发现自己与他人的内心世界。

《紧张》也是如此:两人一组,其中一人拿到一些纸条,上写着字,都是人们常有的一些情绪。拿到纸条后,要按照纸条上的指示,做出相应的表情和行动,让另外的那个人猜。

这个看似简单的游戏却出乎意料地很难成功进行,因为我们不是控制不住自己的表情,就是按照自己表达情绪的方式来理解他人。而这种误读与被误读的背后根源竟是一种负面的心理——紧张在作怪。"紧张不是强大,只是懦弱的一件涂着迷彩的旧风衣。"惠兰瑜伽功的倡导者也曾说过"紧张,是现代社会的瘟疫",报章上也都在介绍各种消除紧张的方法,《消除紧张十诀》、《七个方法教你摆脱紧张》等等,大多从生理学角度帮人克服紧张情绪。

也许正是因为能够从心理学角度对人类共通的心灵进行诊视,对这些我们都不能避免的"毛病",作者才会因为懂得而珍爱每一个平凡的生命,发出"每个人都是如此的宝贵和特异,他们内在的世界都是那样丰富和幽深"的感慨。

第七辑

成长篇

怨恨还是快乐，这是一个问题

YUAN HEN HAI SHI KUAI LE ZHE SHI YI GE WEN TI

　　那天，一位姑娘走进我的心理诊室，文文静静地坐下了。她的登记表上"咨询缘由"一栏，渺无一字。也就是说，她不想留下任何信息表明自己的困境。我按照登记表上的字迹，轻轻地叫出她的名字——苏蓉，你好。

　　苏蓉愣了一下，是聪明人特有的那种极其短暂的愣怔，瞬忽就闪过了，轻轻地点点头。但我还是觉出她对自己名字的生疏，回答的迟疑超过了正常人的反应时间。这只有一个解释，那就是苏蓉二字，不是她的真名字。

　　因为诊所对外接诊，我们不可能核对来者的真实身份，很多人出于种种的考虑，登记表上填的都是假名。

　　名字可以是假的，但我相信她的痛苦是真的。

　　我打量着她。衣着黯淡却不失时髦，看得出价格不菲。脸色不好，但在精心粉饰之下，有一种凄清的美丽。眉头紧蹙，口唇边已经出现了常常咬紧牙关的人特有的纵行皱纹。

　　我说，只要不危及你自身和他人的安全，只要不事关违犯法律问题，我们这里对来访者的情况是严格保密的。我希望你能填写出你来心理咨询的缘由，这样，你对自己的问题可以有一个梳理，我作为咨询师，也可以更清晰地了解你的情况，加快工作。

听了我的话,她沉吟了一下。抓起茶几上的黑色签字笔,在表格"咨询缘由"一栏上,写下了这样一行字:怨恨还是快乐?我不知道。这是一个问题。这句话套自莎士比亚的名剧《哈姆雷特》中王子的独白——"生存还是死亡,这是一个问题"。看来,这位美丽的姑娘为此已思考了很久。

我点点头,表示明白她的困境。对于一般人来说,在怨恨和快乐之间作出选择,根本就不是一个问题。所有的人都会毫不迟延地选择快乐,这是唯一的答案,此刻的苏蓉却深受困扰。不管她的真名叫什么,我都按照她为自己选定的名字称呼她苏蓉。此时此刻,名字并不重要,重要的是她真实的苦恼和深在的混沌。

我说,苏蓉,究竟发生了什么,让你如此的迷惘?

她微微侧了一下身子,好像要抵挡正面袭来的冷风。

我得了乳腺癌,你想不到吧?不但你想不到,我也想不到。乳腺癌的发病率越来越高,发病年龄越来越低。我还没有结婚,青春才刚刚开始。直到我躺在手术台上,刀子滑进我胸前皮肤的时候,我还是根本不相信这个诊断。我想,做完了手术,医生们就会宣布这是一个天大的误会。没想到病理检验确认了癌症,我在听到报告的那一刻,觉得脚下的大地裂了一道黑缝,我直挺挺地掉了下去,不停地坠呀坠,总也找不到落脚的支点。那是持续的崩塌之感,我彻底垮了。紧接着是六个疗程的化疗,头发被连根拔起,每天看着护工扫地时满簸箕的头发,我的心比头发还要纷乱。胸前刀疤横劈,胳膊无法抬起,手指一直水肿……好了,这些关于乳腺癌术后的凄惨情况,我知道你写过这方面的书,我也就不多重复。总之,从那一刀开始,我的生活被彻底改变了……

一番话凄惨悲切,我充满关注地望着这个年轻姑娘,感觉到她所遭遇到的巨大困境。她接着说:我辞了外企的高薪工作,目前在家休养。我想,我的生命很有限了,我要用这有限的生命来做三件事情。

哪三件事情呢？我很感兴趣。

第一件事，以我余生的所有时间来恨我的母亲……

无论我怎样克制着自己的情绪，还是不由自主地把震惊之色写满一脸。我听到过很多病人的陈述，在心理咨询室里也接待过若干癌症晚期病人的咨询。深知重病之时，正是期待家人支持的关键时刻，这位姑娘，怎能如此决绝地痛恨母亲呢？

她看出了我的大惑，说：你不要以为我有一个继母。我是我母亲的亲生女儿，我的母亲是一个医生。以前的事情就不去说它了，母亲一直对我很好，但天下所有的母亲都对自己的女儿好，这很正常，没有什么特别的。我要说的是在得知我病了以后，她惊惶失措，甚至比我还要不冷静。她没有给过我任何关于保乳治疗的建议，每天只是重复说着一句话，快做手术快做手术！我一个外行人，主修的专业是对外贸易，简直就是一个医盲。因为我是当事人，肿瘤到底是良性恶性的，医生也没敢说得太明确。但我妈妈知道所有的情况，可她就没有作深入的调查研究，也没有请教更多的专家，也不知道还有保存乳房治疗乳腺癌的方法，就让那残忍的一刀切下来了。时至今日，我不恨给我主刀的医生，他只是例行公事，一年经他的手术切下的脏器，也许能装满一辆宝马车。我咬牙切齿地痛恨我母亲。她身为医生，唯一的女儿得了这样的重病，她为什么不千方百计地想办法，为什么不替还没成家还没有孩子的女儿多多考虑一番？！她对我不负责任，所以我刻骨铭心地恨她。

我要做的第二件事是死死绑住一个男人。苏蓉说。

看到我不解的表情，她重复道：是绑住他，用复仇的绳索五花大绑。这个男人是我工作中认识的，很有风度也很英俊。他有家室，以前我们是情人关系，常在一起度周末，彼此愉悦。我知道这不符合毕老师你这一代人的道德标准，但对我来说是无所谓的事情。我从来没有要求他承诺什么,也不想拆散他的家庭,因为那时我还有对人生和幸福的通盘设计,和他交往不过是权宜之计。他喜欢我,我也喜欢他,我不贪图他的钱财,他也不必对这段婚外情负有什么责任。可是,当我手术以后重新看待这段感情的时候,我的想法大不相同了。今非昔比,我已经失去了一只乳房,作为一个女人来说,我已不再完整。这个残缺丑陋的身体,连我自己都无法接受,更不能设想把它展现在另外的男人面前。我的这位高大的情人,是这个世界上见证过我的完整我的美丽的最后一个男人了。我爱他,珍惜他,我期待他回报我以同样的爱恋。我对他说,你得离婚娶我。他说,苏蓉,我们不是说好了各自保留空间,就像两条铁轨,上面行驶着风驰电掣的火车,但铁轨本身是永不交叉的。我说,那是以前,现在情况不同了。打个比方吧,我原本是辆红色的小火车,有名利有地位有钱有高学历,拉着汽笛风驰电掣隆隆向前,人们都羡慕地看着我。现在,火车脱轨了,零件散落一地,残骸中还藏着几颗定时炸弹,随时都可能引爆。车颠覆了,铁轨就扭缠到一起了,你中有我,我中有你。要么永不分开,要么玉石俱焚。听了我的决绝表态,他吓坏了,说要好好考虑一下。这一考虑就是一个月杳无音信。以前他的手机短信长得几乎像小作文,充满了柔情蜜意,现在消失得无影无踪。我不知道他考虑的结果如何,如果他同意离婚后和我结婚,那这第二颗定时炸弹的雷管,我就暂时拔下来。如果他不同意,我就把他和我的关系公布于众。他是有身份好脸面的人,不敢惹翻我,我会继续不择手段地逼他,直到他答应或是我们同归于尽……

我要做的第三件事,是拼命买昂贵的首饰。只有这些美轮美奂的小物件,才能挽留住我的脚步。我常常沉浸在死亡的想像之中,找不到生存的意义。我平均每两周就有一次自杀的冲动,唯有想到这些精美的首饰,在我死后,不知要流落到什么样的人手里,才会生出一缕对生的眷恋。是黄金的项圈套住了我的性命，是钻石的耳环锁起我对人间最后的温情，是水晶摆件映出了我的脸庞，让我感知到生命是如此年轻，还存在于我的皮肤之下……

她的目光没有焦点，嘴唇不停地翕动着，声音很小，有一种看淡生死之后的漠然与坦率，但也具有猛烈的杀伤力。我的心随之颤抖，看出了这佯装镇定之下的苦苦挣扎。

她又向我摊开了所有的医疗文件，她的乳腺癌并非晚期，目前所有的检查结果也都还在正常范围之内。

我确信她的生命受到了严重的威胁，但这不是来自那个被病理切片证实了的生理的癌症，而是她在癌症击打之下被粉碎了的自信和尊严。癌症本身并非不治之症，癌症之后的忧郁和愤怒、无奈和恐惧、孤独和放弃、锁闭和沉沦……才是最危险的杀手。

我问她，你为什么得了癌症呢？

苏蓉干燥的嘴唇张了几张，说：毕老师你这不是难为我了吗？不单我不知道自己是怎样得了癌症的，就连全世界的医学专家都还没有研究出癌症的确切原因。我当然想知道，可是我不知道。

我说，苏蓉你说得很对。每一个得了癌症的人都要探寻原因，他们百思不得其解。而人是追求因果的动物，越是找不到原因的事，就越要归纳出一个症结。在你罹患癌症之后，你的愤怒，你的恐惧，你的绝望，包括你的惊骇和无助，你都要为自己的满腔悲愤找到一个出口。这个出口，你就选定在……

苏蓉真是个绝顶聪明的女孩，我的话刚说到这里，她就抢先道，哦，我明白了，你的意思是我把得了癌症之后所有的痛苦伤感，都归因到了我母亲身上？

我说，具体怎样评价你和母亲的关系，这是一个很复杂的课题，我们也许还要进行漫长的讨论。但我想澄清的一点是——母亲是你得癌症的首要原因吗？

苏蓉难得地苦笑了一下,说,那当然不是了。

我说,你母亲是一个治疗乳腺病方面的专家吗?

苏蓉说,我母亲是一个基层保健院的大夫,她最擅长的是给小打小闹的伤口抹碘酒和用埋线疗法治痔疮。

我又说,给你开刀的主治医生,是个专家吧?

苏蓉很肯定地说,是专家。我在看病的问题上是个完美主义者,每次到了医院,都是点最贵的专家看病。

我接着说,你觉得主刀大夫和你妈妈的医术比起来,谁更高明一些呢?

苏蓉有点不高兴了,说这难道还用比吗? 当然是我的主刀医生更高明了,人家是在英国王家医学院进修过的大牌。

我一点都不生气,因为这正是我所期待的回答。我说,苏蓉,既然主刀医生都没有为你制订出保乳治疗的方案,你为什么不恨他?

苏蓉张口结舌,嗫嚅了好半天才回答道:我恨人家干什么? 人家又不是我的家人。

我说,关键就在这里了。关于你母亲在你生病之后的反应,我相信肯定不是十全十美的,如果给她以足够的时间,也许她会为你做得更充分一些。没有为你进行保乳治疗的责任,主要不是在你母亲身上。这一点,不知道你是否同意?

苏蓉沉默了一会儿,说,我同意。

我说:一个人成人之后,得病就是自己的事情了。你可以生气,却不可以长久地沉浸其中,无法自拔。你可以愤怒,却不可以将这愤怒转嫁他人。你可以研究自己的疾病,但却不要寄望于太理想太完美的方案。你可以选择和疾病抗争到底,也可以一蹶不振以泪洗面,这都是自己的事情。只有心理上长不大的人,才会在得病的时候,又恢复成一个小女孩的幼稚心理。在我们的文化中,有一种值得商榷的现象。比如小孩子学走路的时候,如果他不小心摔了一跤,当妈妈的会赶快跑过去,搀扶起自己的孩子,心疼地说:哎呀,是什么把我们宝宝碰疼了啊?原来是这个桌子腿啊!原来是这块破砖头啊!好了好了,看妈妈打这个桌子腿,看妈妈砸这块破砖头!如果身旁连桌子腿破砖头这样的原因都找不到,看着大哭不止的宝宝,妈妈会说,宝宝不哭了,都是妈妈不好,没有照顾好你。有的妈妈还会特地买来一些好吃的好玩的东西哄宝宝……久而久之,宝宝会觉得如果受到了伤害,必定是身边的人的责任……

我的话还没有说完,苏蓉就忍不住微笑起来,说,你好像认识我妈妈一样,她就是这样宠着我的。现在我意识到了,身患病痛是自己的事情,不必怨天尤人。我已长大,只能独立面对命运的残酷挑战并负起英勇还击的责任。

苏蓉其后接受了多次的心理咨询,并且到医院就诊口服了抗抑郁的药物。在双重治疗之下,她一天天坚强起来。在第一颗定时炸弹摘下雷管之后,我们开始讨论那个高大的男人。

我说,你认为他爱你吗?

苏蓉充满困惑地说,不知道。有时候好像觉得是爱的,有时又觉得不爱。比如自从我对他下过最后通牒之后,他就一个劲儿地躲着我。其实,在今天的通讯手段之下,没有什么人是能够彻底躲得掉另外一个人的。我只要想找到他,天涯海角都难不住我。我只是还没有最后决定。

我说,苏蓉,以我的判断,你在现在的时刻,是格外需要真挚的爱情。

苏蓉毛茸茸的眼睛里立刻蓄满了泪水,她说,是啊,我特别需要有一个人能和我共同走过人生。

我说,你觉得这个人可靠吗?

这一次,苏蓉很快回答道,不可靠。

我说,把自己的生命和一个不可靠的人联系在一起,我只能想像成一出浩大悲剧的幕布。

苏蓉幽幽地吐出一口长气说,如果我是一个完整的女人,我会很清楚自己该怎么办。但是,我已残缺。

我说,谁认为一个动过手术的女人就不配争取幸福,谁认为身体的残缺就等同于人生的不幸,这才是最大的荒谬呢!

苏蓉那一天久久地没有说话。我等待着她。沉默有的时候是哺育力量的襁褓。毕竟,这是一个严峻到残酷的问题,谁都不能代替她的思考和决定。

后来她对我说,回家后流了很多的泪,纸巾用掉了好几盒。她终于有能力对自己说,我虽然切除了一侧乳房,但依然是完整的女人,依然有权利昂然追求自己的幸福。哪个男人能坦然地接受我,珍惜我,看到我的心灵,这才是爱情的坚实基础。建立在要挟和控制之上的情人关系,我不再保留。

我们最后谈到的问题,是那些美丽的首饰。

我说,我也喜欢首饰呢,但是仅仅限于在首饰店中隔着厚厚的玻璃欣赏。我记得一位名人说过,全世界的女人都喜欢首饰和丝绸,喜欢它们闪闪发亮的光泽和透明润滑的质感。面对钻石的时候,会感觉到几千万年的压力和锤炼,才能成就那种非凡的光辉。

苏蓉一副遇到知己的快乐,说你也喜欢首饰,这太好了。

我说,首饰虽好,但生活本身更美好。让我留在这个世上的动力,是我要做的事情和我身边的友情,当然,还有快乐。

苏蓉轻轻笑道,我的看法和你是一致的。从此以后,我会节制自己买首饰的欲望。可能常去看看,但不会疯狂地购买了。至于以前买下的首饰嘛,我想自己留下一部分,然后把一些送给朋友们。我还是很喜爱金光闪闪和玲珑剔透的小物件,但我不必把它们像铁锚一样紧紧地抓在手里,生怕一松手遗失了它们,就等于丢掉了自己的性命……我不必用没有温度的首饰来锁住自己,相反,我将用它们把我的生活打扮得更光彩夺目。

终于，分离的日子到了。当最后一个疗程结束，苏蓉走出诊室的时候，我目送着她。我已经无数次经历过这样的时刻，伤感又令人振奋。一个心理咨询师所有的努力，都是为着这一天的早日到来。苏蓉握着我的手说，毕老师，我就不和你说再见了，咱们就此别过。因为我不想再见到你了。这不等于说我不感谢你，不怀念你。也许正是因为知道难得再见，我的思念会更加持久和惆怅。今后的某一天，也许是黎明日出时分，也许是皓月当空的时候，也许是正中午也说不定，你的耳朵根子会突然发热，那就是我在远方深情地呼唤着你。我不见你，是相信我自己有能力对付癌症，不论是身体的癌症还是心理上的癌症，只要精神不屈，它们就会败退。怨恨和快乐，这不再是一个问题，今后的关键是我如何建立自己的心情乐园。顺便说一句，即使是我的癌症复发，即使我的生命走到尽头，我相信，只要我有意识地选择快乐，谁又能阻挡我呢？

她的美丽和从容，让我充满了感动。我微笑着和她道别，尊重她的意愿，也希望自己永远不再见到她。有的时候，也许是半夜时分，也许是风中雨中，耳朵并无发热，也会想起她来。我不知道她是否已经和母亲建立起了新型的关系，也不知道她是否找到了心仪的男友，不知道她的首饰盒里可曾增添了新的成员？但我很快地对自己说，相信苏蓉吧，她已经成功地把三颗炸弹成功地摘除了，重新开始了自己新的生活。

【赏析】

这真是一个问题吗？

生存与死亡？让多少哲人郁郁终生，怀着未解的悬疑最终不得不放弃了生存接受了死亡，从而也放弃了这个生命的追问。

怨恨还是快乐？问号后面，本身就蕴含着走投无路的痛苦，这是一个本想快乐的人用怨恨的口气发出的不甘质问。

一个患了乳腺癌的年轻女子被切除了乳房,辞去了外企高薪工作在家休养,在认为自己生命有限的时候,要用有限的生命来做三件事:恨自己的母亲,因为母亲身为医生没能为女儿的乳房负责;绑住一个男人,因为得知她患癌后他疏远了她;买昂贵的首饰,它们让她对生命尚有唯一的眷恋。

面对咨询者写下的怨恨还是快乐,面对她要做的三件事,作家,在此或许应该准确说是心理咨询师开了三剂药方:一个人成人之后,得病就是自己的事了(所以,没必要恨自己的母亲,即使她是医生);把自己的生命和一个不可靠的人联系在一起,只能酿成更大的悲剧(所以,没必要绑住这样一个男人);首饰虽好,生活本身更美好(所以,没必要用没有温度的首饰来锁住自己)。

与杰克·坎菲尔的心灵鸡汤有相通之处,除了鸡汤主料精挑细选,毕淑敏的作品更胜在烹制鸡汤的手艺上,一点一滴都不肯模糊敷衍,每道工序的火候都把握得极其精确,不仅口感好,让人喝了有益,色香味,一个都不能少。所以,细节永远是她耐心打磨的重点。如:

写来访者痛苦自卑的心态:"我按照登记表上的字迹,轻轻地叫出她的名字——苏蓉,你好。苏蓉愣了一下,是聪明人特有的那种极其短暂的愣怔,瞬忽就闪过了,轻轻地点点头。但我还是觉出她对自己名字的生疏。"

写她的无助:"她微微侧了一下身子,好像要抵挡正面袭来的冷风。"

细节是天堂,细节是地狱。

飘逸的长发与人生的幸福

PIAO YI DE CHANG FA YU REN SHENG DE XING FU

　　接到一封读者来信,是一个名牌大学的男生写来的。他说恋爱过程连战累挫,女友抛弃了他,他很痛苦,简直丧失了活下去的勇气。他问我拯救自己的方式是否为马上进入下一场恋爱?以前的每一位女友都有飘逸的长发,都是一见钟情。他说,我还要找一头长发的女孩,还要一见钟情。

　　通常的读者来信,我是不回的。但这一封,让我沉思。他谈到了一个我不能同意的救赎自我的方法,我想对长发谈点看法。因为长发对他成了一种绝望与新生的象征。

　　早年间,看到很多女孩留长发,司空见惯了,也不去寻找这后面所包含的信息。后来,我偶然发现一位已婚女友的发式常有变化,有时是长发,有时是短发。刚开始我以为这是她出于美观或是时尚的考虑,后来她告诉我这和她的婚姻状况有关。如果这一阶段与她的丈夫关系不错,她就梳短发,如果关系很僵,她就留长发。我说,哦,我明白了,头发和爱情密切相关。她笑话我说,亏你还是个作家呢,难道不知头发是人的第三性征?

　　后来,我见到她稳定地梳起了马尾巴。说实话,那一头飘逸的长发(她的头发不错),和她满脸的皱纹实在是有些不相宜。好在我明白了头发的意义,对她说,你是下定了离婚的决心,要重新寻

头发是爱情的护照吗?

找伴侣了。

她有些惊奇,我还没来得及告诉你,你怎么就知道了?

我说是你的头发出卖了你。她抚摸着头发说,这是爱情的护照。

从那以后,我就对长发渐渐地留意起来。

女性的头发的样式表示她的婚姻状况,这是一种集体无意识,已经深深地刻在我们的骨骼上了。女孩子为什么要留长发? 首先因为一个人的头发是一个很好的晴雨表,可以反映这个人的健康状况。

在中医学里,称"发为血之余"。一个人的头发是否健康,表示着他的血脉是否丰沛充盈,生命力是否蓬勃旺盛。服饰可以调换,颜面可以化妆,但一个人的头发,是不能全面颠覆的。血自骨髓来,骨髓是一个人先天后天的精华之府。在骨髓的后面站着——肾。"肾主骨生髓",这才是关键所在。众所周知,在东方人的文化中,"肾"并不仅仅是一个泌尿器官,而是和人的生殖系统有着极为密切的关系。

好了,现在我们已经逐渐捅到了问题的核心。长发在某种意义上,表达的是这个人肾的健康状况,也就是间接地反映着他的生殖潜能。当你以为只是展示你飘逸的长发的时候,你其实是在暴露你的健康史。

所以,一般说来,未婚的和期望求偶的女子,爱留长发。如果一个未婚女孩梳个短发,大家就会说她像个假小子。女子在结婚的时候,会把头发来一个改变,正如那首著名的歌曲中唱到的:"谁把你的长发盘起,谁为你穿上嫁衣?"

如今,对女子头发的要求,是越来越苛刻了。君不见某些品牌的洗发水广告,拍出的长发美女,那头发的长度已经到了一挂黑瀑的险恶境地。画面曲折表达的意思是——你想赢得性感高分吗?请向我看齐。潇洒到形销骨立的刘德华干脆说:我的梦中情人,有一头长发。潜台词即是:你想成为著名歌星的梦中情人吗?此处有一个绝好的机会——请用我们这个牌子的洗发水吧!

这种要求渐渐全方位起来。比如近年来的男性艺人组合"F4"的走红,除了种种因素之外,我觉得和他们形象中的一统长发有相当的关联。不单男性需要知道女性的健康和性征资料,女性也有同样的要求。女性的潜在的平等诉求被察觉和被满足,于是"F4"蓬松长发油然而生并一炮而红。

不厌其烦地就头发讨论了半天,是想说明"性"这个因素是仅次于"食"的人类基本本能之一,它的影响力不可低估。它在很多时候,渗入到我们生活的种种缝隙中,以"缘分"甚至是"思想"这类面孔闪亮登场。

再来说说一见钟情。我是医生出身,见过若干关于一见钟情的生物学分析。在那些神话般的境遇之中,很可能是男女双方的体味在相互吸引,要么就是基因的配型有着某种契合,还有免疫互补……甚至,童年经验也在润物细无声地影响着我们。不要把一见钟情说得那么神秘,那么不可思议的权威。我们不是生活在真空,很多以为虚无缥缈的事件背后,有着我们今天还不能彻底通晓的物质基础。

在我们以为是天作之合的帷幕下,有时埋伏着的不过是人的本能这个老狐狸。我在这里绝没有鄙薄本能的意思,但作为主人,知道有乔装打扮的本能先生混在客人堆里一个劲儿地劝酒,觥筹交错时就要提防酩酊大醉,以防完全丧失了理智,被本能夺了嫡。

本能这个东西,很有意思,魔力就在于我们能否察觉它。它习惯在暗中出没,魔法无边。我们被它辖制而不自知,它就是君临天下的主宰。但是,如果把它揪到光天化日之下,它就像雪人一样瘫软乏力。假设那位来信的男生,知道了他期望找到一位长发女友这先入的标准,不过是要查询和检验一个女子的生殖系统潜能和最近若干时间以来的健康状况,那么,他在考虑长发因素的时候,可能就有了更多的角度和更宽容的把握。

本能是很会乔装打扮的,它不狡猾,但它善变。能够识出它的种种变相,不仅要凭一己的经验,也要借助他人的心得和科学的研究。

如果有人现在对那个男孩子讲,你选择女友的标准只是看她如何性感,我猜他一定要反驳,说根本就不是那样浅薄,我们情投意合,我们非常默契,我要找到的就是和她在一起的这一份独特的感觉……

其实在婚姻这件事上,绝对的好或是绝对的坏,大约是没有或是极少的,有的只是常态,只是平衡,只是相宜。单凭某个孤立的条件来寻找爱人,只怕是不够成熟的表现。你是一个什么人,你可要先认清,才好去寻找一个和你相宜的人。我很喜欢一个词,叫做"志同道合",人们常常以为这句话是指事业,我觉得写给婚姻更妙。

有的年轻朋友会说,我找的是伴侣,火眼金睛地把对方认清了不就得了,干吗先要从自己开刀?

理由很简单。忠诚的人只能欣赏忠诚,而不能欣赏背叛。诚恳的人只能接纳诚恳,而不能接纳谎言。慷慨的人可以忍受一时的小气,却不会喜欢长久的吝啬。怯懦的人可以伪装暂时的勇敢,却无法在无尽的折磨中从容。谁想用婚姻改造人,只是一个幻彩的泡沫,真实只能是——人必然改造婚姻。

恋爱、婚姻是一个寻找对方更是寻找自己的过程。你整个的价值和思想体系,都在这种亲密无间的关系中得以延伸和凸现。

如果你把金钱当作人生的要素,你就不要寻找一个侠肝义胆的爱人。因为你即使在危难中曾受惠于他,但那是他的禀性,而非对你的赞同。当有一天你祭起"金钱至上"的大旗,无论你怎样千姿百媚,还是挽不回壮士出走的决心。

如果你荆钗布裙安于寡淡,就不要寻找一个鸿鹄千里的爱人。即使你以非凡的预见知道他会直抵云天,也不要向这预见屈服,把自己的一生押了出去。否则他的翅膀上坠着你,他无法自在遨游,你也被稀薄的空气掠得胆战心惊。

如果你单纯以色相示人,就要准备在人老色衰的时候被厌恶和抛弃。如果你喜欢夸夸其谈,你就等着被欺骗的结局吧。

物以类聚,人以群分。失恋男生喜欢长发和一见钟情,他就不断地被这些吸引。他把恋爱当成了一道算术题,当一个答案打上红叉的时候,他赶忙用橡皮擦掉笔迹,在毛糙的纸上写下另一个答案。殊不知他早已将题目抄错。

不要把长发当成唯一,一见钟情也没有什么神秘。我手头就有若干个例子,某些离散的婚姻,往往始于绚烂无缺的开端。比起开头来,人们更重视过程和结尾,这就是"创业难,守成更难"。这就是"行百里者半九十"的含义。

我在一个有鸟鸣的清晨给这位男生回信。因为我已心境沧桑,而对方是一位青年,人在清晨的时候心脉比较年轻。我说,不要把人生匆匆结束,不要把恋爱匆匆开始,你把一件事做完再做另一件事好吗?

他很快给我回了信。他说,不是我没有做完,而是事情已经被女友提前结束。我复信说，为了你一生的幸福，你要把爱的前提好好掂量，为此花费一点时间是值得的。没想清楚之前，旧的就不算真正结束。我明白你想用新鲜替代腐烂，想把新发丝粘结在旧发丝上让它随风飘扬……可你见过馊了的牛奶吗？如果你不把酸奶倒掉，不把罐子刷洗干净，便把新牛奶倒进去，那么，只怕很快我们就又要捂起鼻子了……

他已经久未来信了。我不知他是生我的气了，还是已酿了清新的爱情？

【赏析】

乍一看，长发与幸福，不相干的话题呢，可是随着通读完全篇，针对作者的观点，几乎没有人会不赞同。这又要提到毕淑敏的功夫了得，也应了古人那句话：行成于思，毁于随。

作品借一个大学生来信入题：一个失恋的男生问是否能用一场新的恋爱把自己从失恋的痛苦中拯救出来，以前的每一位女友都有飘逸的长发，都是一见钟情。由此作者联想到一个把头发长短与自己的婚姻状况相联的女友：与丈夫的关系不错，就梳短发，如果关系很僵，就留长发。而未婚的女子也多以长发示人，一个女人美貌的标准也早在人类中产生了思维定势，那就是一定要长发飘飘，这个长发论在有着专业医学知识的作家眼里又是怎样的？"长发在某种意义上，表达的是这个人肾的健康状况，也就是间接地反映着他的生殖潜能。"同样，被无数文学家绞尽脑汁描写得动人心魄的一见钟情，作家也不给情面地一针见血："在那些神话般的境遇之中，很可能是男女双方的体味在相互吸引，要么就是基因的配型有着某种契合，还有免疫互补……"

事实上我们早就明白，恋爱其实是荷尔蒙在作怪，因而也有爱情的保鲜期只有十八个月的说法，但即使如此，作为有着超强想像力的人类,往往还是自觉不自觉地把本能提升到精神的层面,似乎这样,许多本着获得而产生的目的性就变得纯洁了,美丽了,高尚了,可以言表了,能放在光天化日之下了,对此,作家一语道破天机:在我们以为是天作之合的帷幕下,有时埋伏着的不过是人的本能这个老狐狸。具体到那个男生的恋爱标准,也"不过是要查询和检验一个女子的生殖系统潜能和最近若干时间以来的健康状况……其实在婚姻这件事上,绝对的好或是绝对的坏,大约是没有或是极少的,有的只是常态,只是平衡,只是相宜。单凭某个孤立的条件来寻找爱人,只怕是不够成熟的表现"。

长发与一见钟情都是生理表象,与爱情理应无关,看似有些煞风景,但对于一些尚未成熟的心灵来说,不啻一剂预防针。

何时才能外柔内刚

在咨询室米黄色的沙发上，安坐着一位美丽的女性。她上身穿着宝蓝色的真丝绣花 V 领上衣，衣襟上一枚鹅黄水晶的水仙花状胸针熠熠发亮。下着一条乳白色的宽松长裤，有一种古典的恬静花香一般弥散出来。

服饰反射着心灵的波光，常常从来访者的衣着中就窥到他内心的律动。但对这位女性，我着实有些摸不着头脑。她似乎是很能控制自己的情绪，安宁而胸有成竹，但眼神中有些很激烈的精神碎屑在闪烁。她为何而来？

你一定想不出我有什么问题。她轻轻地开了口。

我点点头。是的，我猜不出来。心理医生是人不是神。我耐心地等待着她。我相信她来到我这儿，并不是为了给我出个谜语来玩的。

她看我不搭话，就接着说下去。我心理挺正常的，说真的，我周围的人有了思想问题都找我呢！大伙儿都说我是半个心理医生。我看过很多心理学的书，对自己也很了解。

她说到这儿，很注意地看着我，我点点头，表示相信她所说的一切。

是的，我知道有很多这样的年轻人，他们渴望了解自己也愿意帮助别人。但心理医生要经过严格的系统的训练,并非只是看书就可以达到水准的。

我知道我基本上算是一个正常人,在某些人的眼中,我简直就是成功者。有一份薪水很高的工作,有一个爱我、我也爱他的老公,还有房子和车。基本上也算是快活,可是,我不满足。我有一个问题——就是怎样才能做到外柔内刚?

我说,我看出你很苦恼,期望着改变。能把你的情况说得更详尽一些吗?有时,具体就是深入,细节就是症结。

宝蓝绸衣的女子说,我读过很多时尚杂志,知道怎样颔首微笑怎样举手投足。你看我这举止打扮,是不是很淑女?我说,是啊。

宝蓝绸衣女子说,可是这只是我的假象。在我的内心,涌动着激烈的怒火。我看到办公室内的尔虞我诈,先是极力地隐忍。我想,我要用自己的善良和大度感染大家,用自己的微笑消弭裂痕。刚开始我收到了一定的成效,大家都说我是办公室的一缕春风。可惜时间长了,春风先是变成了秋风,后来干脆成了西北风。我再也保持不了淑女的风范,开业务会,我会因为不同意见而勃然大怒,对我看不惯的人和事猛烈攻击,有的时候还会把矛头直接指向我的顶头上司,甚至直接顶撞老板。出外办事也是一样,人家都以为我是一个弱女子,但没想到我一出口,就像上了膛的机关枪,横扫一气。如果我始终是这样也就罢了,干脆永远的怒目金刚也不失为一种风格。但是,每次发过脾气之后,我都会飞快地进入后悔的阶段,我仿佛被鬼魂附体,在那个特定的时辰就不是我了,而是另一个披着我的淑女之皮的人。我不喜欢她,可她又确确实实是我一部分。

看得出这番叙述让她坠入了苦恼的渊薮,眼圈都红了。我递给她一张面巾纸,她把柔柔的纸平铺在脸上,并不像常人那般上下一通揩擦,而是很细致地在眼圈和面颊上按了按,怕毁了自己精致的妆容。待她恢复平静后,我说,那么你理想中的外柔内刚是怎样的呢?

宝蓝绸衣女子一下子活泼起来,说我给你讲个故事吧。那时我在国外,看到一家饭店冤枉了一位印度女子,明明道理在她这边,可饭店就是诬她偷拿了某个贵重的台灯,要罚她的款。大庭广众之下,众目睽睽的,非常尴尬。要是我,哼,必得据理力争,大吵大闹,逼他们拿出证据,否则绝不甘休。那位女子身着艳丽的纱丽,长发披肩,不愠不火,在整整两个小时的征伐中,脸上始终挂着温婉的笑容,但是在原则问题上却是丝毫不让。面对咄咄逼人的饭店侍卫的围攻,她不急不恼,连语音的分贝都没有丝毫的提高,她不曾从自己的立场上退让一分,也没有一个小动作丧失了风范,头发丝的每一次拂动都合乎礼仪。

那种表面上水波不兴、骨子里铮铮作响的风度,真是太有魅力啦! 宝蓝绸衣女子的眼神充满了神往。

我说,我明白你的意思了,你很想具备这种收放自如的本领。该硬的时候坚如磐石,该软的时候绵若无骨。

她说,正是。我想了很多办法,真可谓机关算尽,可我还是做不到。最多只能做到外表看起来好像很镇静,其实内心躁动不安。

我说,当你有了什么不满意的时候,是不是很爱压抑着自己?宝蓝绸衣女子说,那当然了。什么叫老练,什么叫城府,指的就是这些啊。人小的时候天天盼着长大,长大的标准是什么? 这不就是长大嘛! 人小的时候,高兴啊懊恼啊,都写在脸上,这就是幼稚,是缺乏社会经验。当我们一天天成长起来,就学会了察言观色,学会了人前只说三分话,未可全抛一片心。风行社会的礼仪礼貌,更是把人包裹起来。我就是按着这个框子修炼的,可到了后来,我天天压抑着自己的真实情感,变成一个面具。

我说，你说的这种苦恼我也深深地体验过。在阐述自己观点的时候，在和别人争辩的时候，当被领导误解的时候，当自己一番好意却被当成驴肝肺的时候，往往就火冒三丈，也顾不得平日克制而出的彬彬有礼了，也记不得保持风范了，一下子义愤填膺，嗓门也大了，脸也红了。

　　听我这么一说，宝蓝绸衣的女子笑起来说，原来世上也有同病相怜的人，我一下子心里好过了许多。只是后来你改变了吗？

　　我说，我尝试着改变。情绪是一点一滴积累起来的，我不再认为隐藏自己真实的感受，是一项值得夸赞的本领。当然了，成人不能像小孩子那样，把所有的喜怒哀乐都写在脸上，但我们的真实感受是我们到底是一个怎样的人的组成部分。如果我们爱自己，承认自己是有价值的，我们就有勇气接纳自己的真实情感，而不是笼统地把它们隐藏起来。

　　一个小孩子是不懂得掩饰自己的内心的，所以有个褒义词叫做"赤子之心"。当人渐渐长大，在社会化的过程中，学会了把一部分情感埋在心中。在成长的同时，也不幸失去了和内心的接触。时间长了，有的人以为凡是表达情感就是软弱，要把情感隐藏起来，这实在是人的一个悲剧。

　　我们的情感，很多时候是由我们的价值观和本能综合形成的。压抑情感就是压抑了我们心底的呼声。中国古代就知道，治水不能"堵"，只能疏导。对情绪也是一样，单纯地遮藏只能让情绪在暗处像野火的灰烬一样，无声地蔓延，在一个意想不到的地方猛地蹿出凶猛的火苗。

　　这个道理想通之后，我开始尊重自己的情绪，如果我发觉自己生气了，就不再单纯地否认自己的怒气，不再认为发怒是一件不体面的事情，也不再竭力用其他的事件分散自己的注意力。因为发自内心的愤怒在未被释放的情况下,是不会像露水一样无声无息地渗透到地下销声匿迹的,它们潜伏在我们心灵的一角,悄悄地发酵,膨胀着自己的体积,积攒着自己的压力,在某一个瞬间,就毫不留情地爆发出来。

如果我发觉自己生气了,就会很重视内心感受,我会问自己,我为什么而生气?找到原因之后,我会认真地对待自己的情绪,找到疏导和释放的最好方法,再不让它们有长大的机会。举个小例子,有一段时间我一听到东北人说话的声音心中就烦,经常和东北人发生摩擦,不单在单位里,就是在公共汽车上或是商场里,也会和东北籍的乘客或是售货员争吵。

终于有一天,我决定清扫自己这种恶劣的情绪。我挖开自己记忆的坟墓,抖出往事的尸骸。那还是我在西藏当兵的时候,一个东北人莫名其妙地把我骂了一顿,反驳的话就堵在我的喉咙口,但一想到自己是个小女兵,他是老兵,我该尊重和服从,吵架是很幼稚而不体面的表现,就硬憋着一言不发。那愤怒累积着,在几十年中变成了不可理喻的仇恨,后来竟到了只要听到东北口音就过敏反感,非要吵闹才可平息心中的阻塞的地步,造成了很多不必要的误会。

我把我的故事对宝蓝绸衣的女子讲完了,她说,哦,我有了一些启发。外柔内刚的柔只是表象,只是技术,单纯地学习淑女风范,可以解决一时,却不能保证永远。这种皮毛的技巧,弄巧成拙也许会使积聚内心的情绪无法宣泄,引起某种场合的失控。外柔需要内刚做基础,而内刚不是从天上掉下来的,是靠自我的不断探索。

我说你讲得真好,咱们都要继续修炼,当我们内心平和而坚定的时候,再有了一定表达的技巧,就可以外柔内刚了。

【赏析】

　　散文是生活之树上摘下的果实。这篇散文可以说是针对问题性格者的咨询对话片断,让人有兴趣"偷听",尤其是有着类似困惑者更是捡来了一个看心理医师的绝好机会。

　　一个衣着不俗,有着高薪收入,有着和美家庭,自称"基本上算是一个正常人"的女子来看心理医师,本身就有些悬念,先扬后抑,只为吊足读者的阅读胃口。

　　这位"内心里涌动着激烈的怒火"的女子自述"我看到办公室内的尔虞我诈,先是极力地隐忍。可惜时间长了,我再也保持不了淑女的风范。开业务会,我会因为不同意见而勃然大怒,对我看不惯的人和事猛烈攻击,有的时候还会把矛头直接指向我的顶头上司,甚至直接顶撞老板。出外办事也是一样,人家都以为我是一个弱女子,但没想到我一出口,就像上了膛的机关枪,横扫一气。如果我始终是这样也就罢了,干脆永远的怒目金刚也不失为一种风格。但是,每次发过脾气之后,我都会飞快地进入后悔的阶段,我仿佛被鬼魂附体,在那个特定的时辰就不是我了,而是另一个披着我的淑女之皮的人……"

　　我不知道其他读者,我自己读到这儿时是加快了阅读速度的,因为我自己也有着这个女人的困扰,我太想知道究竟毕淑敏给出了怎样的良方,尤其是那位印度女子"面对咄咄逼人的饭店侍卫的围攻,她不急不恼,连语音的分贝都没有丝毫的提高,她不曾从自己的立场上退让一分,也没有一个小动作丧失了风范,头发丝的每一次拂动都合乎礼仪"的风度着实让人向往!

　　作家并没有高高在上,而是坦然承认:你说的这种苦恼我也深深地体验过,在阐述自己观点的时候,在和别人争辩的时候,当被领导误解的时候,当自己一番好意却被当成驴肝肺的时候,往往就火冒三丈,也顾不得平日克制而出的彬彬有礼了,也记不得保持风范了,一下子义愤填膺,嗓门也大了,脸也红了。"我开始尊重自己的情绪,如果我发觉自己生气了,就会很重视内心感受,我会问自己,我为什么而生气? 找到原因之后,我会认真地对待自己的情绪,找到疏导和释放的最好方法,再不让它们有长大的机会。"

究竟何为外柔内刚? 它究竟是什么宝物让一个"成功"女性如此孜孜以求? 迈步如履薄冰,无滞重感,挥臂如棉裹铁,无轻浮态。这是东方古老功夫太极拳最基础的要领,与作者的"内心平和而坚定,再有一定表达的技巧"相通。

苍 蝇 向 何 处 而 飞

CANG YING XIANG HE CHU ER FEI

　　从小,我就知道自己是个笨手笨脚的女孩。最显著的证据就是我打不到苍蝇。看那家伙蹲在墙上,傲慢地搓着手掌,翅膀悠闲地打着拍子,我咬牙切齿地用苍蝇拍笼罩它,屏气,心跳欲炸。长时间瞄准后猛然扑下,苍蝇却轻盈地飞走了,留下惆怅的我,欲哭无泪,悔恨自己竟被一只苍蝇打败。

　　甚至我第一次有意识说谎,也同苍蝇有关。每年夏天,少先队都要开展打苍蝇比赛,自报数字。面对着同学们几百的战果,我却只能报出寥寥几个,惭愧无比。想打杀更多苍蝇的心愿火烧火燎,但我遇到的苍蝇都狡猾无比,无论我瞄准多长时间,它必能抢在拍落之前起飞逃窜,且定可逃脱。绝望之中,我确信自己先天性手脚搭配失灵,不然为什么人人都能轻易做到之事,在我如此艰难?为了面子好看,我开始虚构消灭苍蝇的数字,幸亏我学习不错,又是大队长,信誉还凑合,以至于没人怀疑。可说了假话,终是恐惧,为了心理安稳些,下次看到苍蝇,我就闭着眼睛把蝇拍砸下,然后并不看打到没有,扬长而去。这样报数时,压力轻些。

　　后来当兵,射击训练时,手抖得像得了老年震颤症,三点无论如何瞄不成一线。老兵宽慰说这对新兵很正常,练练就好,没什么稀奇。但我羞惭不已,四处检讨自己笨。一心想提前制造舆论,为实弹射击吃鸭蛋埋下伏笔,让大伙先有个思想准备,觉得本人打不中靶子理所当然。虽然后来我的射击成绩是"优",开展争特等神枪手运动时,还是知趣地逃之夭夭。我固执地认为,那次好成绩纯属偶然,先天缺陷无药可治。

实习军医时,外科主任说,我看你反应快,素质好,培养你成为外科一把刀如何?那时学员之间流传着:金外科,银内科,破铜烂铁妇儿科……女生能被外科权威挑中,是天大的福气。但我毫不迟疑地拒绝了,胡乱找了一个理由,说我晕血,不喜欢外科。其实内心真正的恐惧是——外科讲究心灵手巧,我是一个连苍蝇都打不了的人,怎么能成为出色的女外科医生呢?还是知难而退吧。

多少年来,凡是需要手眼配合的关头,我都自觉地退避三舍。哪怕是学气功和防身武术,心中热望,迫切报名,最后关头均以退出告吹。解嘲道,我很笨,肯定学不好,甭浪费老师时间吧。我尽量地躲避需要身体运动的技术,怕自己像打不到苍蝇一般,在众人面前丢丑。因为这种遮掩退避,在漫长的岁月里,我的手脚果真变得越来越笨了。

人到中年,突然在一篇科普文章中看到,通过超高速摄影,然后慢速回放,可以观察到苍蝇起飞的那一瞬,是猛然间向后飞翔。如果你想准确地命中苍蝇,就要瞄准它的后方……

没人知道,这行简单字迹,给我带来多么大的震撼和心灵救赎。那一刻,我几乎热泪盈眶。

我明白了,打飞苍蝇,不在动作笨拙,而是大脑无知。因为求胜心切,所以长时间地瞄准,惊动了苍蝇,失去了就地歼敌的良机。紧接着,在运动战中杀灭对方的意图,又因错误判断苍蝇是向前飞行,导致屡战屡败。

一个简明的道理,搞懂它,用去数十年。那只想像中的巨蝇,横亘在我人生旅途上,不止一次强烈地干扰了我的重大决策。我从未对人谈起过这只苍蝇,但我知道,它阴险地活跃在我的自我判断中,让我自卑,催我退缩,它使我自动放弃许多学习各种事物的成长机会,又成了我姑息自己推诿责任倚靠他人不肯努力的挡箭牌和遮羞布。

我剖析自己,思考良久。人们容易夸大自己的成绩和优点,沾沾自喜。这虽然不明智,起码尚好理解。但我们有时夸大自己的失误和缺陷,甚至以此为盾,振振有词,究竟是为什么?

我们习惯一事当前,先为自己布下巧妙逃遁的理由。我们善于发挥悲哀的想像力,制造可资逃避的借口。我们不断把一些后天的弱点,归结为遗传的天性,以洗脱自身应负的责任。我们没有勇气针对瑕疵自我解剖,便推诿于种种客观和大自然的不可抗拒之力。

这一切的核心是怯懦。自身的敌人,也需有正视和砍刈的英雄气概。

从那以后,我击打苍蝇几乎是百发百中了。但由于多年退避的惯性,我于需要用手操作的场合,还是十分笨拙。我知道,那只嗡嗡作响的巨蝇,并不甘心退出它寄居了数十年的巢穴。由于我以往的姑息养奸,它已尾大不掉。举起思想中的蝇拍,瞄准它,扣紧它的后方。无论它起飞还是降落,都力争消灭它,是我毕生的一件活儿了。

【赏析】

作家的特点在于善于把握生活点滴并从这些不为人注意的点滴中生发感悟,以此感悟作用于自己的人生作用于读者,像一棵小草引出春绿,自然,清新,可信,毕淑敏在这个方面无疑相当成功,本文就是一个很好的例证。打飞苍蝇实属生活小事恐怕没有多少人去关注思索,但是毕淑敏联系自己的人生经历,发现"多少年来,

凡是需要手眼配合的关头,我都自觉地退避三舍"的元凶祸首正是
这打飞的苍蝇,从小认定自己笨手笨脚的自我暗示自我否定使得
她自卑退缩,成为人性中的一大弱点,而当她了解到打飞苍蝇真相
的时候不禁热泪盈眶,完成了一次心灵的救赎,最后说出自己的感
悟:"我们不断把一些后天的弱点,归结为遗传的天性,以洗脱自身
应负的责任。我们没有勇气针对瑕疵自我解剖,便推诿于种种客
观和大自然的不可抗拒之力。这一切的核心是懦弱。自身的敌
人,也需要有正视和砍刈的英雄气概。"全文显得自然流畅,让人不
知不觉地认同作者的感悟,认真审视自身人性中的弱点。

　　毕淑敏散文风格一贯清新淡定,决不像高山突兀而起,而是像
潺潺细流徐徐微风一样沁入人心。本文虽然沿袭了哲理散文先讲
故事再说感悟的惯用模式,但是在行文之间还是很好体现了她的
风格,在娓娓述说之中让读者对人生人性有所思考有所领悟。一
名优秀作家就应该具有这样的才能:把一盘家常小菜也调制得色
香俱全,让人吃得津津有味。

眼药瓶的奥秘

YAN YAO PING DE AO MI

渠枫来见我的时候，披头散发，衣帽邋遢。对一个容颜娟秀的女孩子来说，糟蹋自己到了这种地步，可见她遇到了重大的困厄，心灰意懒，已经抛弃自爱，不再珍重。

她一屁股坐下来，从内兜深处掏出一件东西，握在手心，对我说，都是它把我毁了！

我以为那会是一枚珠宝首饰或是一个信物，要么干脆是一封绝交信，没想到在渠枫苍白的缓缓展开的手掌心里，是一只普通的塑料的小眼药瓶。到街上的药店，一块钱可以买回三只。

我细细地观察着这只药瓶。奇怪它有何魔力，竟能把一个青春年华的女大学生，折磨得如此憔悴萎靡。

药瓶基本上是空的，它的底部，有一些暗红色的渣滓沉淀着，好像是油漆的碎片。瓶颈部的封堵已被剪开。之所以特别提到了这一点，是它被剪开的位置，反常地偏下。一般人怕药水大量滴出，瓶尖部的口通常开得很细小。但这只眼药瓶，几乎是从瓶肩部被断开了，瓶颈缩得短短，仅够套上瓶帽。

我看着渠枫。渠枫也看着我。很久很久，沉默如同黑色的幕布，遮挡着我们。终于，渠枫说，你为什么不问我？

我说，我在等你。

渠枫说,等我什么?

我说,你来找我,就是信任我。我等着你把你想要对我说的话,说出来。

渠枫又继续沉默。当我几乎不寄希望的时候,她突然说,好吧,我就把一切都告诉你。

我爱上了申拜,一个并不高大但是很有内涵的男生。有同学说,依你的条件,可以找一个比申拜外形更酷的男孩,申拜矮了些,要知道,身高就是男人的性感喔!我说,我看重的是申拜的内在。注重男子的身高,是农耕社会和游牧民族的习气了,机械欠发达的时候,男人的力气就是他的资本,比如扛麻包挑担子什么的,当然是大个子占便宜。如今到了电子时代,经营决策,敲击电脑,都和身高无关。一个男人能不能给女人幸福,不在身高,在乎内里的质量。

朋友被我驳得两眼如同死鱼,干张着嘴,无话可说。申拜知道了我的观点,对我更是呵护有加体贴入微。他说,我是他交的第一个女朋友。我说,你也是我的……我们的感情很快进展到如胶似漆。一天,我约他到我家玩,父母正好同到外地出差。夜深了,他抱着我说,他忍不住了,想彻底全面地得到我。我急忙推开他的手,说,不……不能……

我看他退开,情绪很伤感,觉得我对他不信任。就急忙安慰他说,不是我不愿意,是我还没做好这个准备。下次吧,好吗?

他很尊重我,就让自己渐渐地平息下去,那一天,我们好说好散了。

没想到他期待中的下次,竟那么快,就是第二天。也许是怕我父母很快就会回来,我们就不容易找到如此安全无干扰的地方了。又是我的小屋,又是子夜时分,我们聊着,却都有些心不在焉,在期待着什么,畏惧着什么,迎接着,又想躲避……

他突然拥着我说，今天，你准备好了吗？

我战战兢兢地回答，准备好了。

我把灯熄灭了。在黑暗中，我们脱掉所有衣服，把彼此还原成伊甸园中的模样。我躺在自己的小床上，看着窗外，觉得自己的床如此陌生，我就要在这张床上，变成申拜的新娘。我看到申拜被月光镀成青铜色的躯体，知道一个关键的时刻即将到来。

申拜的激情越来越蓬勃，我在昏眩中等待。就在箭即将离弦的时候，他突然抬起身体，说，渠枫，你说得对，我们还没有做好准备。既然我们要爱到地老天荒，为什么不能再等几个朝朝暮暮？我保存和尊重你的领土完整，直到婚礼之夜……

我拼命搂住他的身体，不让他离开我，声嘶力竭地叫道：不！申拜，你不能这样！不能！我要你！

但是，没用。申拜是一个自制力非常顽强的人，他一旦决定了，谁也无法更改。我于是绝望地看着他起身，拧亮电灯……于是，在明亮如昼的灯光之下，他看到了——在我的雪白的床单之上，有一片鲜红的血迹……

这是什么？他大吃一惊。

刚才，床单上还是什么都没有的啊……我干了什么？我什么都没干啊……

申拜惊愕地捶着自己的胸膛，我知道，在他的胸膛里，一颗纯洁的心正在粉碎。

他疯了似地抓住我，歇斯底里地喊道，这是你干的，是你！是不是？

我泪水凄迷地点了点头。这屋子里没有别人，不是我干的，又是谁干的？！

这就是你所说的要做的准备，对不对？你想伪装成一个处女，你作案的工具在哪里？在哪里？！申拜的目光喷吐着蔑视的火焰，嘴唇哆嗦。

我不说。我什么也不说。默默地穿上我的衣服。我看着申拜,如同路人。刚才,我们还在肌肤相亲啊。

申拜在我的房屋里疯狂地寻找,很快,他就在我的床下,找到了这只眼药瓶,里面还有几滴残存的血液。

申拜说,你是处女吗?

我说,我不是处女了。

申拜说,那个人是谁?

我说,是我以前谈过的一个男朋友。我不知道男人为什么要用性这种东西,让女人来证明自己的爱。我那时还小,我不知道说"NO"。当我发现他不可信任的时候,我就离开了他。

申拜捏着这个眼药瓶说,这里面是你的血吗?

我哭了,说,不是。我没有办法把自己的血装进这个小瓶里。如果做得到,我愿用千倍百倍的血来证明我的爱。

申拜毫不为之所动,冷冷地追问,那这是谁的血?

我说,不是谁,是一只鸡。那只鸡是我杀的,它的尸体在垃圾桶里。

申拜说,想不到,你设计得这样周密啊!

我放声痛哭道,我不愿失去你!我知道你在意!我没办法,才想出这个主意。我本来想用现成的猪血豆腐,但那是凝固的,根本就不能流淌了。我后来到了菜市场,我想跟人要点鳝鱼血,就说是为了治病,可我还是没法子把它装进小瓶里。后来,我买了一只活鸡。菜贩子说,小姑娘,我替你杀了吧,不多收钱。我说,不,我自己杀!

我从来没有杀过任何活物,包括一只螳螂或是蝴蝶。可是,为了我的爱情,一回到家,我挥刀就把鸡头斩了下来。鸡血飙射一地,好像谋杀案的现场。我往一只碗里注了冷水,再加了点白醋,然后把鸡血控进去,拼命搅动。我从书上查到,这样血液就不会凝固了。然后我到街上买了几支眼药水。先是开口剪得太小，血好不容易吸进去但又挤不出来，总之很不顺畅。我想熄灯后，留给我操作的时间不会太长，我得速战速决。后来我又把药瓶口子剪得太大了，瓶帽盖不住了。费了半天劲儿才弄得合适了，血吸进去后，一滴不漏。需要的时候，可以很快喷涌而出。一切都计算好了，只是没想到……

申拜双臂交叉，紧紧地抱住自己的肩膀，好像在狂风暴雨中。他冷笑道，你没想到什么？

我说，没想到你有如此坚强的毅力，没想到你那样地珍爱我……

申拜说，珍爱？只可惜，那是以前了。你伤害了我，就什么都不需存在了。保存好你的秘密武器吧！

他说着，把这个眼药瓶扔到我床上，扬长而去。

从那以后，我无论打他多少电话，他一概不接。我堵着他，好不容易见到了，也没一个眼神……我太痛苦了，生命已没有价值……渠枫拼命撕扯着自己的头发，没有一点痛觉的模样，好像那是一堆破鱼网。

我看着愁云惨淡的渠枫，再看看那个眼药瓶。药瓶如同一个杀了人的子弹壳，丑陋而污秽。

我说，渠枫，你很后悔，你想挽回，你不知从何做起？对不对？

渠枫说，是啊，是啊。快教我怎样办。

我说，你先告诉我，你最伤了申拜心的是什么？

渠枫说，他嫌我不再是处女。

我说，如果真是这个原因，此事已无可挽回。即便你做了修补手术，不似这次露馅，但他已心冷如铁，你无法修补他的记忆。

渠枫想想，又说，他嫌我欺骗他。

我说，一个不诚实的人，确实人见人怕。你怎样才能让申拜认为你从此痛改前非,开始真诚?

　　渠枫说,我找到他,把我的苦心和忏悔告知他。如果他能原谅我,我就和他重新开始。如果他不能原谅我,我也只好认命了。但是,以后,我若再交了男朋友,该如何解释自己不是处女?

　　我说,交友的双方,都可以保留自己的隐私,这无可厚非。只是你机关算尽,导演了一场闹剧,你企图伪造一个现实,这就是欺骗了。恋人之间,谎言注定会杀伤幸福。渠枫,你已经付出了两次惨痛的代价,但是你还没有得到代价之后的思索。真正的爱情必定是真诚基础上的建筑。

【赏析】

　　仍然是一段不够美好的爱情经历,仍然是一个女孩的痛苦倾诉,作家从一个小小的塑料瓶开始写起:

　　"她一屁股坐下来,从内兜深处掏出一件东西,握在手心,对我说,都是它把我毁了。"一个小小的塑料瓶,怎么能把一个人毁了?引起读者的好奇心。

　　"药瓶基本上是空的,它的底部,有一些暗红色的渣滓沉淀着,好像是油漆的碎片。瓶颈部的封堵已被剪开。之所以特别提到了这一点,是它被剪开的位置,反常地偏下。一般人怕药水大量滴出,瓶尖部的口通常开得很细小。但这只眼药瓶,几乎是从瓶肩部被断开了,瓶颈缩得短短,仅够套上瓶帽。"继续写那个吊人胃口的小药瓶,让人如坠云里雾里。

　　以女孩的诉说为线,一个爱情故事开始浮出云雾:她不顾旁人的反对,爱上了一个"并不高大但是很有内涵"的男生,在一个约会之夜,男孩想得到她,被坚决拒绝;再次的时刻来临时,她决定接受他,结果男孩却冷静地克制住了自己。"我拼命搂住他的身体,不让他离开我,声嘶力竭地叫道:不! 申拜,你不能这样! 不能! 我要你!"随着这种戏剧性的场面的出现,戏剧的悬念达到了高潮:"我于是绝望地看着他起身,拧亮电灯……于是,在明亮如昼的灯光之下,他看到了——在我的雪白的床单之上,有一片鲜红的血迹……"没有性爱发生,居然有血赫然眼前,读者与那个男孩一起有些不知所措。

为了得到爱情而伪装处女,床底下暗藏着盛有鸡血的药瓶泄露了女孩的秘密。作家用大量笔墨来详细描写女孩的"伪造"和实施计划的过程:"我本来想用现成的猪血豆腐,但那是凝固的,根本就不能流淌了。我后来到了菜市场,我想跟人要点鳝鱼血,就说是为了治病,可我还是没法子把它装进小瓶里。后来,我买了一只活鸡……我从来没有杀过任何活物……我往一只碗里注了冷水,再加了点白醋……然后我到街上买了几支眼药水。先是开口剪得太小,血好不容易吸进去但又挤不出来,总之很不顺畅……"

看得出,作家对女孩满含同情,只是这并不能挽回被欺骗了的男孩的心:"我看着愁云惨淡的渠枫,再看看那个眼药瓶。药瓶如同一个杀了人的子弹壳,丑陋而污秽。"

恋人之间,谎言注定会杀伤幸福。

毕淑敏是一个会讲故事的人,且能在故事讲罢,给人故事外的启发。每篇小文都如同一颗酸甜适中的桃子,精心洗净削皮之后,端给客人享用,待客人有滋有味地品完果肉后,总有一粒坚硬的果核会留在掌心,历年累月不腐不化。

唯有一点与作家商榷:渠枫为准备"处女之血"花费了那么多时间与精力,可见是有预谋的,可是前边文中根据她的自述,"那一天,我们好说好散了。没想到他期待中的下次,竟那么快,就是第二天",前后似有些矛盾。

校门口的红跑车

女人们对自己的感情经历,大体上可分为三种:一种是讲,逢人就讲,对熟悉她和不很熟悉她的人,甚至车船旅途中的萍客,都可倾诉;一种是不讲,埋得深深,不少人把它像一种致命的病菌一样,带进坟墓;第三种是通常不讲,但在某一特别的场合和时间下,会对人讲。那种时刻,如果我恰巧成为听众的话,常常生出感动。因为我知道,此时一定有什么特别的情形,痛切地触动了她的内心。我也要感激她对我的信任和这一份特别的缘分。

那一夜,月亮非常亮。据说是 1963 年以来,月亮最亮的一个晚上。女孩对我说:

我是师范院校的学生。读师范的女生,基本上都是家境贫寒的,长相通常也不很好。这样说,我的女同学们,可能会不服气,但我说的是实话,包括我自己,相貌平平。大约读大二的时候,我们就可以做家教了。其实那时,我们和普通大学生所上的课,并没有大的区别,还没学到教学方法什么的,也不一定就能当好如今独生子女的小先生。师范院校的牌子挺能唬人的,再说我们也特需要钱来补贴。所以,同学们就自己组织起家教"一条龙"服务,每天派出代表,在大街上支个桌子,上书"家教"两字,等着上门求助的家长,接了活后再分给大家。谁领到了活儿,会从自己的收入当中,抽一部分给守株待兔的同学——我们称他们为"教提"。

有一天,教提对我说,给你分一个大款的女儿,你教不教?我说,钱多不多?他说,官价。我说,你还不跟大款讲讲价?他苦笑着说,讲了,不成。人家门儿清。我说,好吧,官价就官价。他说,那明天下午四点,范先生驾车到大门口接你。

第二天,我提前五分钟到了学校门口。没人。我正好把自己的服装最后检视一遍。牛仔裤、白T恤——挺得体的,既朴素又充满了活力,而且这是我最好的衣服了。

四点整,一辆我叫不出来名字的红跑车飞驰而来,停在我面前,一位潇洒的中年男人含笑问道:你是黎小姐吗?

我姓李,他讲话有口音,我也就不计较了,点点头。我说,你是范先生吧?他说,正是。咱们接上头了,快请上车吧,我女儿正在家等你呢。

我上了车,坐在他身边,车子风驰电掣地跑起来。我从来没有坐过如此豪华的车,那感觉真是好极了。他的技术非常娴熟,身上散发着清爽的烟草和皮革混合的气味,好像是猎人加渔夫。总之,很男人。

他一边开车一边说,女儿的英语基础不是很好,尤其是胆小,不敢会话。口语的声音弱极了,希望不要在意。我的目光注视着窗外飞速闪动的街景,不停地点头……心想,同样的建筑,你挤在公共汽车上看,和坐在这样高贵的车里看,感受竟有那么大的差别啊。

很快到了一片"高尚"住宅区(我对这个词挺不以为然的,住宅又不是品质,凭什么分高尚和卑下呢),在一栋欧式小楼面前停下,他为我打开车门时说,我的女儿英语考试成绩每提高一分,我就奖给你一百块钱。

我充满迷惘地问他,你女儿的英语成绩,和我有何相干呢?我是来教历史的。

那一瞬,我们大眼瞪小眼,然后异口同声地说:对不起,错了。他赶紧带上我,驱车重回校门口,接上那位教英语的黎同学回家,而我也找到了已经等得很不耐烦的范先生。

说实话,那天我对范先生的女儿很是心不在焉。这位范先生虽说也是殷实人家,但哪能与那一位范先生相比呢? 我心里称那位先入为主的为——范一先生。

晚上,我失眠了。范一先生的味道,总在我的鼻孔里萦绕。我想,住在那栋小楼里的女人,该是怎样的福气呢? 不过,想来素质也不是怎样的好吧? 不然,她的女儿为什么那么胆小? 要是我有这样的先生和家业,会多么的幸福啊⋯⋯

想归想。这年纪的女生,谁没有一肚子的幻想呢? 天一亮,我就恢复正常了,谁叫咱是灰姑娘呢! 下午四点之前,我又到了校门口,范二先生说好了再来接我。可能是因为头天迟到的缘故,我到得格外早。

走近校门,我的心咚咚跳起来——又看到了那辆非凡的红色跑车。我悄悄站在一旁,因为和我没关系。他是来接英语系的黎同学的,这很好理解。

没想到,那辆红跑车,如水鸟一样无声地滑到了我面前,范一先生温柔地笑着说,李小姐,你好。

我说,你到得很早啊。

范一说,昨天我正点到时,你已经到了。所以我想你今天还会到得早,果然不错。我喜欢守时的人,咱们走吧。

他说着,打开了车门。

我说,范先生,昨天错了。

他笑笑说,昨天错了,今天就不能再错。我已将黎同学炒了,重新雇用你。

我很吃惊，说，你怎么会知道今天我们能见面？

他说，不要这么惊奇。你惊奇的样子，可爱极了。对于一个商人来说，这点信息有什么难呢？历史系，一个姓氏和"黎"近似的有着魔鬼身材的女生，现正做着家教……就这样啊。

我扶着车门说，我不是英语系的。

他说，你的大学只要是考上的，就可以教我女儿的英语……上车吧，我女儿已经在等了。

在车上，所有昨天的感觉都复活了。正当我沉浸在速度的快感之中时，范一先生打断了我的美好感受。他说，看来你对自己太不在意了。

我说，此话怎么讲？

他说，你穿着和昨天一模一样的衣服。有你这样魔鬼身材的女孩，应该善待自己才是。

我说，一个穷学生，是无法善待自己的。

他说，我也当过穷学生，你的处境我体会。但是，别忘了，你有资源啊。

我说，我有什么资源啊？芸芸众生而已。

他说，你的身材非常好，我昨天一眼就被吸引了。一个人，长相好，其实相对来讲比较容易。一张脸，才有多大的面积？对比匀称不算难。就是有些小的瑕疵，比如眼睛不够大，鼻梁不够挺直，做做整容也不难，巴掌大的地方，就那么几组零件，好安排。可一个人的身材，波及到全身所有的结构，头颅过大过小都不成，脖子不长不行，脊柱要挺拔，胸腰的比例要适宜，腿更是重中之重，要是短了，纵使闭月羞花也白搭……你呢，刚刚好，所有的搭配都天造地设，你要懂得珍惜啊。而且我提醒你，女性的身材，是很脆弱的结构。上了年纪，就不一样了。锻炼出来的，节食出来的，和天然的，是不一样的……好了，我们到了。

又是那座小洋楼，但我无心观赏它的精致了。我的心被范一先生的逻辑催动，变得不安分了。这就像一个穷人，守着自己的几亩薄田苦熬。有一天，突然有人对你说，你田里长的那些草，都是人参啊！你还能心平气和吗？

不过，那天我还是抖擞起精神，辅导范一先生的女儿。我对女主人的羡慕和嫉妒，都不存在了。这是一个没有女主人的家庭，因此那女孩十分孤独内向。她的英语其实不是很差，只是因为不敢说，成绩才糟。

范一对我很满意，约定以后天天接我来做家教。我说，都是这辆车吗？

他说，你很在意这辆车吗？

我说，不是在意，是它美丽。

他说，我能理解。美丽的东西，人人都想和它在一起。好吧，即使我不能来，我也会派我的司机，开着这辆车来。

我和范一先生的女儿交了朋友，她的胆子渐渐大起来。嘴一敢张开，成绩就突飞猛进。

校门口每天准时出现的红色跑车，让我大出风头。有时候下午有课，我就编谎话请假，总之从未误了范一那边。期末，那女孩的英语成绩提高了二十五分，范一递给我二千五百块钱。

我就接过来了。心安理得。

后来，他开始给我买衣服，我不要，他说，我是不忍暴殄天物啊。我就收了……直到有一天，他很神秘地拿出一个纸袋，说是托人特地从国外带回来的时装，送给我。那套衣服漂亮得让人心酸，让人觉得自己以前穿过的都是垃圾。

你能今天在我家就把这套衣服穿起来，让我看看吗？你知道，我也很爱美丽的东西啊。范一说。

我本不想答应，但我怕范一不高兴。工钱和奖金，都是我必需的,还有这套华贵的衣服。

我把卫生间里面门上的小疙瘩按死,开始换衣服。正当我把旧衣服脱下,新衣服还没上身的时候,门无声无息地开了。

我想看看自己的眼光,对你的三围的估计准不准? 范一说。

我呼救反抗……偌大的房间里,只有我们两人,女孩到同学家去了。暴行之后,范一扔下一笔钱,说,我是很公平的。你们做家教,是按小时收钱,明码标价。我也是。你的每一厘米胸围,我付一笔钱。你的腰围比臀围每少一厘米,我付一笔钱。我可以告诉你,我从来没有给过任何一个小姐这么多的钱。你真是魔鬼身材啊。

我很想到公安局告他,可我怕舆论。每天招摇的红跑车,让我气馁。我也很想把钱扔到他脸上,然后扬长而去。那是电影里常常出现的镜头,但是,我做不到。我缺钱。我已经付出了高昂的代价,我要为自己保存一点物质补偿。

我想,一个人是不是记得住那些惨痛的教训,不在于片刻的决绝,更在于深刻的反省吧。

我再也没有见过范一。有时候,在镜子面前欣赏自己优美的身材的时候,我会想起范一的话。我承认这是一种资源,但是,所有的资源,都需要保护。越是美好的资源,越要珍惜。女人,最该捍卫的,不就是自己的尊严吗?!

在明月的照耀下,我看到她脸上的清泪。

【赏析】

红跑车,停在校门口的红跑车,看到题目,就让人产生直接的联想,果然,这是一则大款与女大学生的故事。

不管这个故事是否百分百真实,作家对当今在校女生还是比较了解,师范学校的学生,尽管只是大二,尽管还没学到什么教学理论,就成了做家教的主力军。她们是师范生,经济都比较困难,家教一条龙成了学生们在校谋生的第一手段。

作家把她们的心态刻画得活龙活现:女孩得到一个给大款的女儿当家教的机会,坐在对方来接她的车里:"我从来没有坐过如此豪华的车,那感觉真是好极了。他的技术非常娴熟,身上散发着清爽的烟草和皮革混合的气味,好像是猎人加渔夫。总之,很男人。"几句心理活动的描写,把女学生对大款的好感表达得淋漓尽致。

"在一栋欧式小楼面前停下,他为我打开车门时说,我的女儿英语考试成绩每提高一分,我就奖给你一百块钱。我充满迷惘地问他,你女儿的英语成绩,和我有何相干呢? 我是来教历史的。那一瞬,我们大眼瞪小眼,然后异口同声地说:对不起,错了。"接错人,这个意外的发生给故事平添了一丝紧张。

"说实话,那天我对范先生的女儿很是心不在焉。这位范先生虽说也是殷实人家,但哪能与那一位范先生相比呢? ……住在那栋小楼里的女人,该是怎样的福气呢? ……要是我有这样的先生和家业,会多么幸福啊……"女孩的虚荣心态可见一斑,同时又让读者起疑,断定红跑车不会与女孩就这样没了干系。

果然,范一先生主动把家教换成了女孩:"在车上,所有昨天的感觉都复活了。正当我沉浸在速度的快感之中时,范一先生打断了我的美好感受。他说,看来你对自己太不在意了……所有的搭配都天造地设,你要懂得珍惜啊。"

"校门口每天准时出现的红色跑车,让我大出风头。"二千五百块钱与时装的拥有,让女孩有些把持不住自己了:"那套衣服漂亮得让人心酸,让人觉得自己以前穿过的都是垃圾。"直到失去了贞节才反思:"越是美好的资源,越要珍惜。"

本文如行云流水,点到即止,给人留下了充分的回味余地。

附耳细说

韩国的古书,说过一个小故事。

一位名叫黄喜的相国,微服出访,路过一片农田,坐下来休息。瞧见农夫驾着两头牛正在耕地。便问农夫,你这两头牛,哪一头更棒呢?农夫看着他,一言不发。等耕到了地头,牛到一旁吃草,农夫附在黄喜的耳朵边,低声细气地说,告诉你吧,边上那头牛更好一些。黄喜很奇怪,问,你干吗用这么小的声音说话?农夫答道,牛虽是畜类,心和人是一样的。我要是大声地说这头牛好那头牛不好,它们能从我的眼神手势声音里分辨出来我的评论,那头虽然尽了力、但仍不够优秀的牛,心里会很难过。

由此想到人。想到孩子。想到青年。

无论多么聪明的牛,都不会比一个发育健全的人,哪怕是稍明事理的儿童,更敏感和智慧。对照那个对牛的心理体贴入微的农夫,世上做成人做领导做有权评判他人的人,是不是经常在表扬或批评的瞬间,忽略了一份对心灵的抚慰?

父母常常以为小孩子是没有或是缺乏自尊心的。随意地大声斥责他们,为了一点小小的过错,唠叨不止。不管是什么场合,有什么人在场,只顾自己说得痛快,全然不理会小小的孩子是否承受得了。以为只要是良药,再苦涩,孩子也应该脸不变色心不跳地吞

动物的心灵如同人一般敏感

下去,孩子越痛苦,越说明对这次教育的印象深刻,越能够起到举一反三的效力。

这样的父母,实在是想错了。

能够约束人们不再重蹈覆辙的唯一缰绳,是内省的自尊和自制。它的本质是一种对自己的珍惜和对他人的敬重,是对社会公有法则的遵守与服从。如果一个孩子从小就在无穷的心理折磨中丧失了尊严,无论他今后所受的教育如何专业,心理的阴暗和残缺都很难弥补,人格潜伏着巨大危机。

人们常常以为只有批评才需注重场合,若是表扬,在任何时机任何情形下都是适宜的,这也是一个误区。

批评就像是冰水,表扬好比是热敷,彼此的温度不相同,但都是疗伤治痛的手段。批评往往能使我们清醒,凛然一振,深刻地反省自己的过失,迸发挺进的激奋。表扬则像温暖宜人的淋浴,使人血脉喷张,意气风发,产生勃兴向上的豪情。

　　但如果是在公众场合的批评和表扬,除了直接对对象的鞭挞和鼓励,还会涉及到同时聆听的他人的反应。更不消说领导者常用的策略往往是这样:对个别人的批评一般也是对大家的批评,对某个人的表扬更是对大多数人的无言鞭策。至于做父母的,当着自家的孩子,频频提到别人孩子的品行作为,无论批评还是表扬,再幼稚的孩子也都晓得,更是醉翁之意不在酒的含沙射影。

　　批评和表扬永远是双刃的剑。使用得好,犀利无比,斩出一条通达的道路,使我们快速向前。使用得不当,就可能伤了自己也伤了他人,滴下一串串淋漓的鲜血。

　　我想,对于孩子来说,凡是隶属天分的那一部分,无论是表扬还是批评,都不必过多地拘泥于此。就像玫瑰花的艳丽和小草的柔弱,都有浓重的不可抵挡的天意蕴藏其中,无论其个体如何努力,可改变的幅度不会很大,甚至丝毫无补。玫瑰花绝不会变成绿色,小草也永无芬芳。

　　人也一样。我们有许多与生俱来的特质,每个人都是不同的。比如相貌,比如身高,比如气力的大小,比如智商的高低……在这一范畴里,都大可不必过多地表扬或是批评。夸奖这个小孩子是如何的美丽,那个又是如何的聪明,不但无助于让他人有的放矢地学习,把别人的优点化为自己的长处,反倒会使没有受表扬的孩子滋生出满腔的怨怼,使那受表扬者滋生出莫名的优越。批评也是一样,奚落这个孩子笨,嘲笑那个孩子傻,他们自己无法选择换一副大脑或是神经,只会悲观丧气也许从此自暴自弃。旁的孩子在这种批评中无端地得了傲视他人的资本,便可能沾沾自喜起来,松懈了努力。

　　批评和表扬的主要驰骋疆域,应该是人的力量可以抵达的范围和深度。它们是评价态度的标尺而不是鉴定天资的分光镜。我们可以批评孩子的懒散,而不应当指责儿童的智力。我们可以表扬女孩把手帕洗得很洁净,而不宜夸奖她的服装高贵。我们可以批评临阵脱逃的怯懦无能,却不要影射先天的多病与体弱。我们可以表扬经过锻炼的强壮机敏,却不必太在意得自遗传的高大与威猛……

不宜的批评和表扬,如同太冷的冰水和太热的蒸气,都会对我们的精神造成破坏。孩子和年轻人的皮肤与心灵,更为精巧细腻。他们自我修复的能力还不够顽强,如果伤害太深,会留下终生难复的印迹,每到淫雨天便阵阵作痛。遗下的疤痕,侵犯了人生的光彩与美丽。

山野中一个农夫,对他的牛,都倾注了那样淳厚的爱心。人比牛更加敏感。因此无论表扬还是批评,让我们学会附在耳边,轻轻地说……

【赏析】

据说,依据通常的情况,人们的个体空间需求大体上可分为四种距离:亲密距离、个人距离、社交距离、公共距离。其中亲密距离一般间隔在十五至四十五厘米之间。附耳细说,当属亲密距离吧?让人想到花前月下,想到天伦之乐,想到诲人不倦。

事实上,这是一篇说理性较强的作品。

两头正在田间耕作的牛,谁更能干?韩国历史上一位名叫黄喜的相国没想到,他的提问得到的是农人的一言不发。等耕到了地头,牛到一旁吃草时,农夫才附在黄喜的耳朵边,低声细气地说:"告诉你吧,边上那头牛更好一些……牛虽是畜类,心和人是一样的。我要是大声地说这头牛好那头牛不好,它们能从我的眼神手势声音里分辨出来我的评论,那头虽然尽了力、但仍不够优秀的牛,心里会很难过。"

真有这样的故事吗？有趣。这则有点像寓言故事的小文被作家很轻易地引申到人身上：由此想到人，想到孩子，想到青年。"对照那个对牛的心理体贴入微的农夫，世上做成人做领导做有权评判他人的人，是不是经常在表扬或批评的瞬间，忽略了一份对心灵的抚慰？"

　　对批评与表扬，作者从孩子与青年的角度进行了分析，因为孩子和年轻人的皮肤与心灵，更为精巧细腻。"批评就像是冰水，表扬好比是热敷，彼此的温度不相同，但都是疗伤治痛的手段……批评和表扬永远是双刃的剑……不宜的批评和表扬，如同太冷的冰水和太热的蒸气，都会对我们的精神造成破坏。"

　　虽为说理性文字，因为篇幅不长，语言朴素，读来并不枯燥。结尾再次与首段相呼应："山野中一个农夫，对他的牛，都倾注了那样淳厚的爱心。人比牛更加敏感。因此无论表扬还是批评，让我们学会附在耳边，轻轻地说……"

图书在版编目(CIP)数据

毕淑敏散文精品赏析/毕淑敏著;李冰赏析.—上海:学林出版社,
2006.12

(女人坊:中国当代著名女作家散文精品赏析丛书/红孩,曹维劲主编)
ISBN 7-80730-265-8

Ⅰ.毕… Ⅱ.①毕…②李… Ⅲ.①散文-作品集-中国-当
代②散文-文学欣赏-中国-当代 Ⅳ.①I267②I207.67

中国版本图书馆 CIP 数据核字(2006)第 136235 号

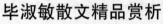

毕淑敏散文精品赏析

主　　编	——	红　孩　曹维劲
作　　者	——	毕淑敏
赏　　析	——	李　冰
责任编辑	——	乐惟清
特约编辑	——	居　然
封面设计	——	魏　来
出　　版	——	上海世纪出版股份有限公司 学林出版社(上海钦州南路 81 号) 电话:64515005　传真:64515005
发　　行	——	新华书店上海发行所 学林图书发行部(上海钦州南路 81 号 1 楼) 电话:64515012　传真:64844088
印　　刷	——	上海展强印刷有限公司
开　　本	——	880×1230　1/32
印　　张	——	10.5
字　　数	——	25 万
版　　次	——	2006 年 12 月第 1 版 2006 年 12 月第 1 次印刷
印　　数	——	10000 册
书　　号	——	ISBN 7-80730-265-8/I·54
定　　价	——	22.00 元

(如发生印刷、装订质量问题,读者可向工厂调换。)